THE ANNOTATED
PETER PAN

Contents

下巻目次

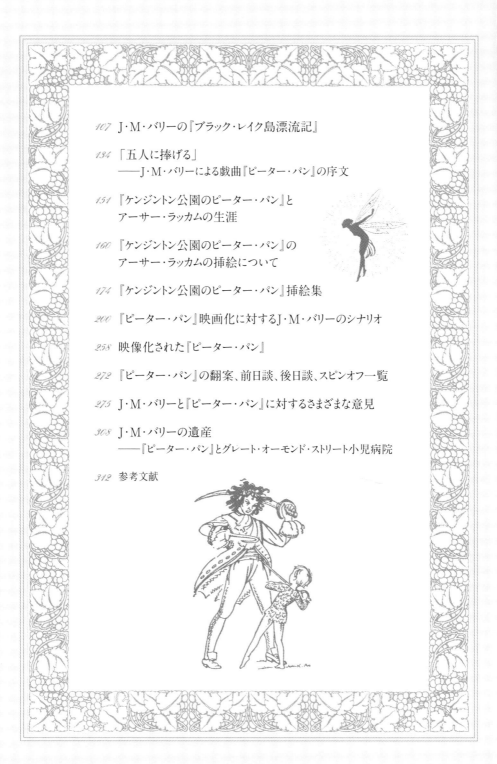

THE ANNOTATED
PETER PAN

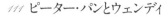

Contents

上巻目次

J·M·BARRIE

第11章 ウェンディのお話

「じゃ、聞いてね」と言って、ウェンディはお話を始めました。マイケルはウェンディの足もとにいて、七人の男の子たちはベッドに入っていました。「むかし、あるところに、ひとりの男の人がいました――」

「女の人のほうがいいな」とカーリーが言いました。

「白いネズミだったらいいのに」とニブスが言いました。

「静かにしなさい」とお母さんがしかりました。「女の人もいました。それに――」

「お母さん」ふたごのお兄さんのほうが叫びました。「女の人もいます、でしょ？　その人死んでないよね？[1]」

「あら、もちろん死んでませんよ」

「ああよかった、死んでなくて嬉しいよ」とトゥートルズが言いました。「きみも嬉しいかい、ジョン？」

「もちろん、嬉しいさ」

「ニブス、きみも嬉しい？」

「まあね」

1【その人死んでないよね？】この発言はいかにも子どもっぽく見えるかもしれないが、物語をするさいの重要なポイントをついている。物語は過去を現在のように思わせることでなりたつ。物語は過去形（むかしあるところに……いました）を使って、過去を現在に呼びさます。したがって「女の人もいました」というのはその人が（今は）死んでいることを意味するわけではない。ふたごは物語を聞くことに慣れておらず、そのような過去形の使い方を理解していなかった。だが、ふたごの問いかけは深い意味をはらんでいる。すなわちあらゆる物語文学には死の観念が染みこんでおり、どれほど多くの読者や聞き手が直接的であれ間接的であれ死という主題を感じとるかを、われわれに思い出させるのだ。


「ふたごくんたちも嬉しいかい？」

「すごく嬉しいよ」

「あらあら」ウェンディがためいきをつきました。

「もうちょっと静かにしろ」とピーターが大声で言いました。ピーターにとってはどんなにいやな話でも、とにかくウェンディにはきちんと話をさせてやろうと決めていたからです。

「男の人の名前はダーリングさん」ウェンディは続けます。「女の人の名前はダーリング夫人と言いました」

「ぼく、その人たちを知ってたよ」とジョンが言って、みんなをいやな気持ちにさせました。

「ぼく、知ってたような気がする」マイケルは少し自信がなさそうに言いました。

「その人たちは結婚していたの」とウェンディが説明します。「ふたりの家には何がいたと思う？」

「白いネズミ」ニブスが思いついたままに叫びました。

「違います」

「さっぱりわからないよ」とその話をそらで覚えているトゥートルズが言いました。

「静かにして、トゥートルズ。その人たちには三人の子孫がいました」

「子孫ってなに？」

「ふたごくん、あなたも子孫よ」

「ねえ、聞いたかい、ジョン？　ぼくは子孫なんだ」

「子孫って子どものことさ」とジョンが言いました。

「やれやれ」ウェンディはためいきをつきました。「それでこの三人の子どもたちにはナナという名前のとてもいい乳母がいました。でもダーリングさんがナナを怒って中庭に鎖でつないでしまいました。そこで子どもたちは三人とも飛んでいってしまいました」

「とってもいい話だね」とニブスが言いました。

「三人とも飛んでいってしまいました」ウェンディは続けます。「ネバーランドへ。そこは迷い子の男の子たちがいるところです」

「そうだと思ってたよ」カーリーがいきりたって口をはさみます。「どうしてかわからないけど、そうだろうと思ったよ！」

「ああ、ウェンディ」トゥートルズが叫びました。「迷い子のひとりはトゥートルズという名前だったの？」

「そうです」

「やった！　ぼく、お話に出てくるんだ。ぼく、お話に出てくるんだよ、ニブス」

「静かにして。子どもたちが飛んでいってしまったあとの、かわいそうなお父さんお母さんの気持ちを考えてみてごらんなさい」

「ああ！」みんな悲しそうな声を出しました。本当はかわいそうなお父さんお母さんのことなんて、少しも考えていなかったのですが。

「からっぽになったベッドのことを考えてみて！」

「ああ！」

「とっても悲しいね」とふたごのひとりが明るく言いました。

「このお話がどうやってめでたしめでたしになるか、ぼくにはわからないよ」もうひとりのふたごが言いました。「ニブス、きみにはわかる？」

「ぼく、すごく心配だよ」

「お母さんの愛情というものがどんなに大きいか、あなたたちにわかっていれば」とウェンディは得意そうに言いました。「心配はいりません」ウェンディの話はこれから、ピーターの大嫌いなところへ入るのです。

「ぼくはお母さんの愛情が大好きだよ」と言いながらトゥートルズが枕でニブスをたたきました。「ニブス、きみはお母さんの愛情が好きかい？」

「もちろん好きさ」と言ってニブスがたたき返しました。

「それでね」ウェンディは落ちついて言いました。「このお話の主人公の女の子は、子どもたちがいつ帰ってきても家に入れるように、お母さんが窓をあけたままにしてくれているだろうってわかっていたんです。だから子どもたちは何年も出かけたまま、楽しく過ごしていました」

「その子たち、帰ったの？」

「それでは、ここで」ウェンディはせいいっぱい気持ちを引きしめて言いました。「ちょっと未来をのぞいてみましょう」みんな、未来がのぞきやすいようにからだをひねりました。「何年もたちました。ロンドン駅で電車から降りている、この、年はよくわからないけどすてきな女の人は誰でしょう？」

「ああ、ウェンディ、その人誰なの？」まるで本当に何も知らないように興奮して、ニブスが叫びました。

「ひょっとしてあれは――そうよ――違うかしら――あれは――きれいなウェンディだわ！」

「ああ！」

「そして、ウェンディと一緒にいる体格のいい、立派な大人になったふたりの男の人は誰でしょう？　もしかしてジョンとマイケルかしら？　そうよ！」

「ああ！」

「『ほら、あなたたち、見てごらんなさい』ってウェンディは上のほうを指さしながら言うの。『まだ窓があいたままよ。お母さんの愛情を強く信じていたおかげで、わたしたちは帰ってこられたのよ』って。こうして三人はお父さんとお母さんのところへ飛んでいきました。そのあとに待っていたしあわせな場面は、とても言葉では言いあらわせません。ここでカーテンを引いて、もう見ないことにしましょう」

　これがウェンディのお話でした。それを話していたきれいなウェンディと同じくらい、聞いていた子どもたちも満足しました。何もかも思いどおりになったのですからね。わたしたち子どもというのは世の中でいちばん薄情なものです。[2] あとさきのことは考えずにどこかへ行ってしまいます。まあ、そこが魅力でもありますが。勝手にどこかへ行って気ままに過ごしたあげく、かまってほしくなれば、またすました顔で帰ってきます。頬をピシャリとたたかれるなんて考えもしないで、ぎゅっと抱きしめてもらえるものと信じきっています。

子どもたちはお母さんの愛情をそれほど強く信じていますから、もう少しのあいだ勝手なことをしていても平気だと思っています。

でも、ほかの子たちよりもう少し物事をよく知っている子がひとりだけいて、その子はウェンディの話が終わると、思わずうめき声をあげていました。

「ピーター、どうしたの？」ウェンディはからだの具合でも悪くなったのかと思ってピーターに駆けよりました。そして心配そうにピーターの胸から下のあたりをさすりました。「どこが痛いの、ピーター？」

「からだのどこかが痛いんじゃないよ」とピーターが暗い声で答えました。

「じゃあ、どこが痛いの？」

「ウェンディ、きみはお母さんのこと、まちがって考えてるんだ」

みんなぎょっとしてピーターのまわりに集まりました。ピーターの言ったことがみんなをとても不安にしたのです。ピーターは今までみんなに隠していたことを、思いきってすっかり話すことにしました。

「ずっとむかし、ぼくもみんなと同じように、お母さんはいつでもぼくのために窓をあけておいてくれると思っていたんだ。だからぼくは家から飛びだして、何か月も何か月もたってから帰ってきた。[3] そうしたら窓にはかぎがかかってたんだ。お母さんはぼくのことをすっかり忘れて、ぼくのベッドにはほかの小さな男の子が寝ていたんだよ」

これが本当の話かどうか、わたしにはわかりません。でもピーターは本当だと思っているので、ほかの子はこわくなりました。

2【子どもというのは世の中でいちばん薄情なものです】語り手は、子どもたちがいかに明るく、無邪気で、薄情かを示す言葉でこの物語をしめくくる。ここでは、子どもは遊びに飛びだしていき（自分を愛してくれる大人のことを忘れて）、大人にしかできないことをしてもらう必要が生じたとたん、戻ってくる生き物とみなされている。語り手は「子どもというものは」というべきところで「わたしたちは［we］」という主語を使っているが、それと同時に大人の視線で子どもを見て「魅力的」「気まま」「すまして」などと描写している。語り手は代名詞にあらわれる立場をするりと移動し、子どもらしい「信頼と確信」に「明らかに大人の視線からの見解」をさしはさんでいるのだ（ローズ）。バリーは大人と子どもの間にはどうしても壁があり、自分はもう子どもと友だちのようにつきあえないと自覚した日のことを痛切に語っている。「わたしが初めてそれを知った日

「お母さんって本当にそういうものなの?」

「そうさ」

それならお母さんはそういうものだったのです。なんてひどい人たちでしょう!

それでも、物事を決めるときはよく考えなければなりません。子どもというのは、すぐにたしかめたがるものです。「ウェンディ、家へ帰ろう」ジョンとマイケルがいちどに叫びました。

「そうしましょう」と、ふたりを抱きしめながらウェンディが言いました。

「今夜じゃないよね?」迷い子の男の子たちがあわてて聞きました。この子たちはぼくの心と呼んでいるところでは[4]、人はお母さんがいなくてもちゃんとやっていけて、やっていけないと思っているのはお母さんたちだけだと知っていました。

「今すぐに」とウェンディはきっぱり答えました。「ひょっとするとお母さんはもう今ごろは、わたしたちがいない悲しみを忘れかけている[5]かもしれない」という恐ろしい考えが浮かんでいたからです。

この恐ろしい考えのせいで、ウェンディはピーター

のことは、他のほとんどの日の出来事より鮮明に覚えている。私にその一撃をくわえたのはほとんど初対面だった小さな女の子だった。私はその子を喜ばせようといろいろやっていたのだが、突然その子の顔に『おじさん、もうそんなことする年じゃないでしょ』とでも言いたげな表情が浮かんでいるのに気づいた。それまで見た子どもの表情のなかでもいちばん冷淡で手厳しいものだった。わたしはそれを最後通牒と認めるしかなかった。前はあれほど子どもの扱いがうまかったのに。あれは私の人生でもっとも痛切な思いをした日のうちのひとつだった」(*The Greenwood Hat*)。

3【窓にはかぎがかかってたんだ】第一次大戦中にバリーが書いた戯曲『おい、ブルータス[*Dear Brutus*]』(一九一七年)で、ある人物が別の人物にこんなせりふを言う。「わたしたちは大きな間違いをおかしたとき、次の機会にはああしよう、こうしようと考えるものだ。しかし……次の機会はない、大方の者にはね。次に窓に近づいてみると、もう戸締りの時間だ。一度閉まったかんぬきは、もう一生閉まったままなのだ」

4【ぼくの心と呼んでいるところでは】語り手は子どもを「薄情[heartless]」と言っておきながら、「心[heart]」という言葉を使ってあからさまな当てこすりをしている。

5【わたしたちがいない悲しみを忘れかけている】ヴィクトリア時代は、服喪にかんする複雑なしきたりで有名だ。ヴィクトリア女王自身の葬儀にさいしては、ロンドン中が紫と白の飾りで埋めつくされた。女王が喪のしるしの黒を嫌っていたからだ。ちなみにヴィクトリア時代の女性の服喪には三段階あった。深いあるいは完全な服喪の期間(一年と一日)、第二の服喪期間(九か月)、半服喪期間(三〜六か月)である。第一段階では全身を

の気持ちも忘れて、少しつっけんどんに言いました。「ピーター、わたしたちが帰るための準備をしてくれない？」

「おのぞみとあれば」ピーターはまるでそこの木の実をわたしによこしてと頼まれたときのように、落ちついて言いました。

ふたりのあいだに、あなたと別れるのは悲しいという雰囲気なんてこれっぽっちもあるものですか！　ウェンディが平気な顔で行ってしまうなら、ピーターだって平気だというところを見せるまでです。

でも、もちろんピーターは平気ではありませんでした。そしていつものように何もかも台無しにしてしまう大人に激しい怒りを感じていました。だから自分の木の中に入るとすぐに、わざと一秒に五回の速さで短く息をしました。ネバーランドでは、誰かが一回息をするたびに大人がひとり死ぬという言いつたえがあったからです。ピーターは仕返しのために、できるだけ速いスピードでどんどん大人を殺してやりました。[6]

それから地上のインディアンたちにいろいろ指図をしておいて、ピーターは家に戻りました。そこはピーターのいないあいだに情けないありさまになっていました。ウェンディがいなくなると知ってショックを受けた迷い子たちが、ウェンディをおどかすようなことを言っていたのです。

「これじゃウェンディが来る前より悪くなるぞ」とみんなが叫びました。

「行かせちゃだめだ」

「つかまえておこう」

まったく装飾のない黒い服装でおおい、黒いヴェールをつける。第二、第三段階では宝石類などのアクセサリーは許容される。ダーリング夫人の悲しみを考えるとき、子どもの冒険や遊びを描いた物語は子どもの死とそれによる悲しみを暗に示していることが思い出されるだろう。しかし映画化された『ピーター・パン』では、ウェンディが「お母さんは悲しみを忘れかけている」と思ったとき、ウェンディの脳裏には「悲しみのかけらもなく、蓄音機からながれる音楽に合わせて明るく新しいダンスに興じる」ダーリング夫妻の映像が浮かんでいた。

6【どんどん大人を殺してやりました】ピーターは大人を殺すことにほとんど躊躇を感じない。迷い子の少年たちを「間引く」ことにも大して罪の意識はない。ここにも魔法の世界の出来事だという前提が生きており、何でもない動作——例えば手をたたく、笑う、速く呼吸する——に生かしたり殺

「そうだ、鎖でつなごう」

　追いつめられたウェンディは、誰をたよりにすればいいか本能的にひらめきました。

「トゥートルズ」ウェンディは叫びました。「お願い、助けて」

　おかしくないですか？　ウェンディがいちばんのろまなトゥートルズにお願いするなんて。

　でもトゥートルズは立派に答えました。このときばかりは、トゥートルズはのろまではなくなって、堂々と名乗りました。

「ぼくはトゥートルズ。誰もぼくのことなんか気にかけない。でもウェンディにイギリスの紳士らしくないふるまいを最初にしたやつは、ぼくの手にかかって血を流すことになるぞ」[7]

　トゥートルズは短剣[8]をぬきました。その瞬間のトゥートルズには、誰もかないそうにありません。ほかの子たちはもじもじと後ろに下がりました。そこへピーターが戻ってきました。子どもたちはピーターをひと目見ると、味方になってくれないことがすぐにわかりました。ピーターは、いやがる女の子を無理にネバーランドにひきとめるようなことはしないのです。

「ウェンディ」大またで行ったり来たりしながらピーターが言いました。「きみは長く飛ぶと疲れるから、インディアンたちに森の道案内をするように頼んできた」

「ありがとう、ピーター」

「それから」と命令することになれている人の口ぶりでピーターは続けました。

したりする力があるとされているのだ。

7【血を流す】原文の動詞bloodには、「血を流す、血で濡れる、血で汚れる」などの意味がある。

8【短剣】ここでトゥートルズが抜いた短剣は原文ではhangerで、ふつうはベルトからつるす。

「ティンカーベルが海の上を越える案内をする。ニブス、ティンクを起こせ」

　ニブスが部屋の戸を二回たたくと、やっとティンクが答えました。本当はしばらく前から起きていて、ベッドのなかで聞き耳をたてていたのです。

「誰？　なんだって起こすの？　あっちへ行ってよ」ティンカーベルが叫びました。

「起きてよ、ティンク。ウェンディを旅に連れて行くんだ」ニブスが呼びかけます。

　もちろんティンクはウェンディがいなくなると聞いて大喜びしているのです。でもウェンディの道案内なんか絶対するものかと決心していましたから、それをもっときつい言葉で言っておいて、また寝たふりをしました。

「ティンクがいやだって」反抗されてびっくりしたニブスが叫ぶと、ピーターがこわい顔でティンカーベルの部屋に近づいて、きびしく言いました。

「ティンク、すぐに起きて着がえないと、このカーテンをあけるぞ。みんなでおまえの寝間着姿を見てやる」

　これを聞くとティンカーベルはベッドから飛びおりて「起きないなんて言ってないわよ？」と叫びました。

　そのあいだ、男の子たちはとてもさびしそうにウェンディを見つめていました。今ではもう、ジョンとマイケルと一緒に旅をするしたくができています。迷い子たちは沈みこんでいました。ウェンディがいなくなってしまうからだけではなく、ウェンディは自分たちが仲間に入れてもらえない何かとてもいいことをしに行くような気がしていたからです。この子たちはいつものように新しいことに興味を引かれていたのです。

子どもたちが自分との別れをおしんでいると思いこんでいるウェンディは、かわいそうになって言いました。

「ねえ、みんな、もしあなたたちみんなが一緒に来るというなら、たぶんわたしのお父さんとお母さんにみんなを養子にするように頼めると思うわ」

これは特にピーターに言いたかったことでした。でもほかの男の子たちはみんな自分に言われたと思いこんで、たちまち飛びあがって喜びました。

「でもお父さんとお母さんはぼくたちが多すぎると思わない？」飛びあがっているさいちゅうにニブスが聞きました。

「あら、そんなことないわ」ウェンディがすばやく考えてから言いました。「応接間にいくつかベッドを入れればいいし、第一木曜日[9]にはそれをカーテンで隠せばいいから」

「ピーター、行ってもいい？」迷い子たちはみんな、頼むような声で叫びました。迷い子たちは、みんなが行くならとうぜんピーターも行くと思っていましたが、本当はピーターが行くかどうかはどっちでもよかったのです。子どもというのは何か新しいことに夢中になると、いちばん大切な人でさえ、さっさとおいて行ってしまうものなのです。[10]

「いいよ」とピーターはにがい微笑みを浮かべて言いました。そのとたん、子どもたちは自分の荷物をとりに駆けだしました。

「それじゃピーター」何もかもうまくいったと考えて、ウェンディが言いました。

9【第一木曜日】ダーリング夫人は、特に招待なしで自由に訪れる客を迎えて談笑するホームパーティーを毎月第一木曜日に開いていた。

10【いちばん大切な人でさえ、さっさとおいて行ってしまうものなのです】ここでは、子どもは無邪気で大人の心をいやし希望をもたらす存在というより、むしろ自己中心的で他者との永続的なつながりをもてないものとして描かれている。バリーは、子どもは「前向きな考え」をすることで「希望」をもたらすというワーズワースとは異なる見かたをしていた。

「出かける前にお薬をあげなくちゃね」ウェンディは子どもたちに薬を飲ませることが好きで、いつも飲ませすぎていました。まあ薬といってももちろんただの水でしたが、その水はポウポウの実のカラに入れてあって、いつもその入れものをふって一滴二滴と数えて飲ませていましたから、少し薬のような感じがしていました。でもこのときは、ウェンディはピーターにその薬を飲ませませんでした。ちょうど薬の準備ができたとき、ウェンディはピーターの顔に浮かんだ表情を見て心が沈んだのです。

「あなたの荷物をとってきて、ピーター」ウェンディは震えながら言いました。

「いいや、ぼくはきみと一緒に行かないんだよ、ウェンディ」とピーターはどうでもいいようなふりをして言いました。

「いいえ、行くのよ、ピーター」

「行かない」

ウェンディがいなくなっても平気だということを見せるために、ピーターは部屋中をスキップしながら、人の気持ちなんかおかまいなしの笛を明るく吹きならしました。みっともなく見えることもかまわずに、ウェンディはそんなピーターを追いかけて走りまわりました。

「あなたのお母さんを見つけるのよ」ウェンディがなだめるように言いました。

もしいつかピーターにお母さんがいたとしても、今のピーターはもうお母さんを恋しがってはいませんでした。お母さんがいなくてもうまくやっていけるのです。ピーターはお母さんというものについてよく考えたあげく、悪いことばかりを思い出したのです。

「いや、お母さんなんか見つけない」ピーターはきっぱり言いました。「きっとお母さんはぼくが大きくなったって言うけど、ぼくはいつまでも小さな子どものままで、面白いことをしていたいんだ」

「でも、ピーター」

「ぼくは行かない」

そういうわけでほかの子たちにこう伝えなければなりませんでした。

「ピーターは来ないの」

ピーターが来ない！　迷い子たちはぽかんとした顔でピーターを見ました。みんな棒をかつぎ、棒の先にはそれぞれの荷物が縛りつけてあります。子どもたちが最初に思ったことは、ピーターが行かないなら、ピーターは自分たちも行かせないだろうということでした。

でもそんなことをするのはピーターの誇りが許しません。「きみたちのお母さんが見つかったら」[11]と暗い声で言いました。「きみたちはそのお母さんを好きになれるといいね」

この恐ろしい皮肉を聞いてみんなは不安になりました。ほとんどの子が、迷っているようでした。みんなの顔が、行きたがるなんてぼくたち馬鹿なんじゃないかな、と思っているように見えました。

「さあ」ピーターが叫びました。「もうごちゃごちゃ言うんじゃない。泣きごとはやめだ。さよなら、ウェンディ」そう言うとピーターは明るく手をさしだしました。

11【きみたちのお母さんが見つかったら】戯曲『ピーター・パン』の初期の舞台には「美しい母親たち」の場面があり、そこではウェンディが迷い子たちひとりひとりに母親を選ぶための一種のオーディションをしていた。初めは二〇人の候補者が舞台にあらわれていたが二一人になり、けっきょくこの場面は割愛された。いちばん大きな理由は現実的なこと――短いシーンなのにかなりのキャストが必要になる――だったと思われる。

自分には大切な用事があるから、もう行ってくれと言わんばかりでした。

しかたなくウェンディはピーターの手を握りました。ピーターは指ぬきのほうがいいとは言いそうにありませんでしたから。

「肌着をかえるのを忘れないでね、ピーター」ウェンディはピーターのそばでぐずぐずしていました。ウェンディはいつも、肌着をかえるように子どもたちに注意していたのです。

「わかってる」

「薬を飲んでね」

「わかってる」

もう話すことはなさそうでした。気まずい空気が流れました。でもピーターは人に弱みを見せるような子ではありません。「用意はいいか、ティンカーベル？」と呼びかけました。

「アイ、アイ」

「じゃあ、みんなの先に進め」

ティンクはいちばん近い木の穴から飛びだしていきました。でも、誰もそのあとに続きませんでした。ちょうどそのとき、海賊たちがインディアンに激しい攻撃をしかけてきたからです。あれほど静かだった地上が、今は鉄のぶつかりあう音や切りあう音でいっぱいです。地下は物音ひとつしません。ぽかんとあけた口がいくつも並んでいるだけです。ウェンディはがっくりひざをつきました。でもその手はピーターのほうへのばしています。全員の手がピーターのほうへのびていました。[12]

12【全員の手がピーターのほうへのびていました】この章のドラマチックな終わり方は、そもそも『ピーター・パン』が演劇から始まったことを思い出させる。舞台ではダーリング家の子どもと迷い子たちに囲まれたピーターが剣を高くかかげるシーンだ。海賊とインディアンの戦いという危機にあって、ピーターの権威がよみがえる。みんなが彼をおいて去ろうとしたまさにそのとき、ふたたび意気軒昂なピーターが復活したのだ。

まるでピーターに向かって強い風が吹いたようでした。みんな声を出さずに、ピーターに助けを求めていました。ピーターはといえば、海賊バーベキューを殺したのと同じだと思っている剣をつかみ、その目には戦いを求める光が輝いていました。

第12章 子どもたちが連れていかれる

海賊の襲撃はまったくの不意うちでした。あきらかに無法者のフックが、やってはいけないことをしたのです。インディアンに不意うちをしかけるなんてことは、白人が考えつくことではなかったのですから。

インディアンとの戦いには、文字には書かれていないけれどもルールのようなものがあり[1]、それによれば襲撃をしかけるのはいつもインディアンのほうで、ずるいインディアンは必ず夜明け前に襲撃すると決まっていたのです。なぜかというと、夜明け前は白人たちの勇気がいちばん弱くなっているときだと、インディアンは知っていたからです。いっぽう白人は、遠くのゆるやかにうねる土地の高くなったところに簡単な木の柵を作ってありました。その下のほうには川が流れています。水から遠く離れすぎるのは危険だと、海賊にはわかっていたからです。この場所で海賊たちは襲撃のときを待っていました。襲撃になれていない者はピストルを握りしめ、小枝をふんで行ったり来たりしていましたが、古強者（ふるつわもの）は夜明けのすぐ前まで眠っていました。長く暗い夜のあいだ、インディアンの偵察隊の戦士たちはヘビのようにからだをくねらせながら、草の葉一枚も動かさずに進みます。インディアン

1【インディアンとの戦いには文字に書かれていないけれどもルールのようなものがあり】バリーはここで、何世紀か続いたネイティヴ・アメリカンとの紛争に関する当時の記録の内容を無視している。欧米人が記録したところでは、ネイティヴ・アメリカンとの戦闘は、決戦や武力制圧というより不意打ちや待ち伏せが中心の限定的なものだった。戦闘による死傷者数は多くはなく、じっさいには殺戮を意図したものというより抑制された儀

たちが通ったあとは、モグラが飛びこんだあとの穴を砂が自然に埋めるように、やぶの木や草が音もたてずにもとどおり隠します。コヨーテのさびしい遠吠えを上手にまねて合図するインディアンの声のほかには、物音ひとつしません。その声に別のインディアンが遠吠えでこたえます。コヨーテはもともと遠吠えがあまり上手ではありませんから、インディアンの中には本物より上手にできる者もあるほどでした。こうして不安な時間はすぎていきます。長く続く緊張はそれを初めて経験する海賊にとっては耐えられないほどつらいものでしたが、古強者にとっては気味の悪い叫び声も、それよりもっと気味の悪い静けさも、夜の時間がすぎていくしるしでしかありませんでした。

　これがいつもどおりの戦いのやりかただとフックはよく知っていたはずですから、知らなかったという言いわけはできません。

　いっぽうインディアンのピカニニ族はフックが名誉にかけても戦いのルールを守ると思いこんでいたので、フックとは違ってその夜もいつもどおりのやりかたにしたがって動いていました。ピカニニ族の評判を裏切ることなく、やるべきことはすべてぬかりなくやっていました。文明人にとっては驚きであると同時に絶望のたねでもある鋭い感覚で、海賊のひとりが枯れた枝をふんだ瞬間、海賊が島に上陸したことに気がつきました。そして、あっという間にコヨーテの遠吠えが始まりました。フックが手下たちを上陸させたところから木の下の家に続く道は一歩のすきまもなく、けものの皮の靴を前後ろ反対にはいたインディアンの戦士たちによってこっそり調べられました。川の近くにある丘はひとつしかありません。フックはそこを選

式的なものだった。「ずる賢いインディアン」という紋切り型の表現は、ネイティヴ・アメリカンの戦士のほうが身体能力にすぐれ、土地勘があり、戦闘に適した服装をしていた——ブーツにくらべればモカシンのほうがはるかに音をたてずに歩ける——ために不利だった植民者たちがひろめた自己弁護の手段である。欧米の強力な兵力を前にして、ネイティヴ・アメリカン側は「地形を利用して身をかくし、奇襲、機略、緻密な計画と並外れた知性によって戦う」（デロリアおよびサリスバリー）しかなかった。

ぶに決まっています。そこを陣地にして、夜明けのすぐ前まで待つはずです。そこまで悪魔のように抜け目なく考えたうえで、インディアンの本隊の戦士たちは毛布をからだにまきつけ、インディアンの世界では最高の男らしさのしるしである落ちついてゆっくりしたようすで地下の子どもたちの家の上にあぐらをかきました。そして生っ白い白人たちをむかえうつ決戦のときを待っていたのです。

　人を疑うことを知らない本隊のインディアンたちは、はっきり目をさましたまま、夜があけたらフックにお見舞いするつもりの激しい苦しみを思いえがいていたところを、卑怯もののフックに襲われました。偵察隊にいたおかげでこの大虐殺を逃がれた戦士たちがあとになって伝えた話によると、フックは丘のところでいったん止まるようすもなかったということです。夜明け前の薄暗いなかで、その丘が見えなかったはずはありません。それでもフックのずるい心には、攻撃されるまで待つという考えは、いちどたりとも浮かばなかったのです。夜があけはじめるまで待つこともしませんでした。襲いかかるということ以外は何も考えていませんでした。偵察隊の戦士たちは、こんなやりかた以外はどんな戦術も身につけていました。でもこれではどうすることもできません。手も足も出ないまますっかり身をさらし、あいかわらず悲しそうなコヨーテの声をあげながら、フックのあとに続くしかありませんでした。

　勇敢なタイガー・リリーのまわりを守っていたとりわけたくましい戦士たちは、卑怯な海賊たちが突然高いところから襲いかかってくるのを見ました。インディアンたちの頭の中には自分たちが勝ちほこるようすが浮かんでいたのですが、それはあっという間に消えてなくなりました。敵を拷問していためつけることはもう二度とないでしょう。これから狩りの楽園へ行くのです。それはわかっていました。でも父の名誉にかけて一二人の戦士はがんばりました。こんなときでも、すばやく立ちあがってぴったりくっつき楯（たて）のような陣形をとれば、海賊がそれを破るのは難しかったはずです。でも「伝統」あるピカニニ族の誇りがそれを許しませんでした。すぐれたインディアンは白人の前で驚いたようすを見せてはいけないと書かれたおきてがあるのです。だから海賊からの突然の襲撃は恐ろしかったでしょうが、まるでこの敵が招待された客であるかのように、戦士たちは一瞬じっとしてひとつの筋肉も動かしませんでした。そうしてから、今度は勇敢にしきたりを守って武器をつかみ、あたりは戦いの叫び声で満たされました。でももう遅すぎました。

　戦いというより虐殺と言うほうが正しいようなものについてくわしく書くのは私たちの仕事ではありません。こうしてピカニニ族の精鋭の多くが殺されました。誰もがただやられただけ、というわけではありません。やせオオカミという名のインディアンは海賊アルフ・メーソンを倒しましたから、アルフは二度とカリブ海を荒らすことはできません。ほかにもジョージ・スコーリー、チャールズ・ターリー、アルサシア人のフォジェティ[2]がたおされました。ターリーはあの恐ろしいパンサーの斧にやられました。パンサーはタイガー・リリーや少しの生き残りと一緒に敵の囲みを切りひらいて逃げることができました。

　フックのとった作戦がどれほど批判されるべきかについては、これから歴史家が決めることです。決められた時間までフックと海賊の一味が丘の上で待っていたと

2【ジョージ・スコーリー、チャールズ・ターリー、アルサシア人のフォジェティ】ジョージ・スコーリーはジョージ・ロスにちなんでつけた名前。ジョージ・ロスはスコットランド北西部の海岸にあったスコーリー・ロッジの主人の息子だった。ルウェリン・デイヴィズ家の少年たちは一九一二年の夏休みをそのロッジですごし、ジョージと親しくなった。チャールズ・ターリーは少年向けの学校小説を書いていたチャールズ・ターリー・スミスからとった名前。

したら、やられたのは海賊のほうだったでしょう。フックを批判するときにはこの点を考えに入れなければ不公平というものです。フックは敵にたいして自分は新しい作戦をとるつもりだと知らせるべきだったのかもしれません。でもそうすれば奇襲攻撃をする意味がなくなってしまいます。だからこれについて判断しようとすれば、どうしても難しい問題がつきまとうのです。とにかく、これほど思いきった計画をたてたフックの頭のよさと、それを残忍に実行できた才能については、しぶしぶながらも大したものだと言わないわけにはいきません。

ではこの勝利の瞬間に、フックは自分のことをどう思っていたのでしょう。ぜひともそれを知りたいものだと思いながら、フックの手下たちは荒い息をはき、短剣についた血を拭きとりながらフックの鉄の鉤がとどかないところに集まって、この並はずれた男をイタチのように目を細めて見ていました。意気揚々としているはずですが、そんな顔には見えません。いつものように暗く謎めいた孤独に包まれて、フックは心もからだも手下たちから離れたところによそよそしく立っていました。

この夜の仕事はまだ終わっていません。フックたちはインディアンを倒しに来たわけではないのです。インディアンはハチミツをとるのに邪魔だから煙でいぶしたミツバチにすぎません。フックが倒したかったのはパン、パンとウェンディとその仲間たちですが、いちばんの目あてはピーター・パンでした。

ただの小さな男の子のピーター・パンをどうしてフックがこれほど嫌うのか、わたしたちには不思議です。たしかにピーターはフックの片腕をワニに投げてやりました。でもそのことと、ワニがそのあともしつこくフックを追いかけてきて命の危険を感じていることだけでは、これほど残酷で悪意にこりかたまった復讐心(ふくしゅうしん)を説明することはできません。本当を言えば、ピーターにはこの海賊船長の怒りをかきたてる何かがあるのです。それはピーターの勇気でもなく、愛嬌のある見た目でもなく――。いいえ、遠まわしに言う必要はないですね。わたしたちはそれが何だかよく知っているのですから、はっきり言わなければなりません。それはピーターのうぬぼれでした。[3]

それがフックをイライラさせるのです。それがフックの鉄の鉤をピクピクさせ、夜になると虫のようにフックをうるさがらせるのです。ピーターが生きているかぎり、この責め苦にとりつかれた男は、おりに飛びこんできたツバメに悩まされるライオンのようなものでした。

いま問題なのはフックがどうやって木から下へおりていくか、または手下をどうやって下へおろすかということでした。フックはギラギラした目で手下たちをなめまわして、いちばんやせた男を探しました。手下たちは不安そうにもじもじしています。フックが何のためらいもなく、手下を力ずくで穴におしこむだろうとわかっていたからです。

そのあいだ、地下の子どもたちはどうしていたのでしょう？　わたしたちは最初に武器がうちあう音を聞いてみんながぽかんと口をあけ、手をいっせいにピーターのほうへのばしたまま石像のようにかたまっているところまでは見ました。今はみんな口を閉じ、両手はからだの横にだらりと下がっています。地上の大混乱は始まったときと同じくらい突然に終わりました。まるで突風が吹きすぎていったよう

3 **【それはピーターのうぬぼれでした】**ピーターの勝ち誇った叫び声は、フックから見ればナルシシズムの極致だ。眠っているピーター・パンを見たときも、フックはピーターの「うぬぼれ」、つまり自分に満足しきった様子が気にさわり、殺してしまいたい衝動にかられた。フックがピーターに対していだくこの強迫観念は神話における父と息子の敵対関係にまでさかのぼることができるが、ここでは一般的な家族関係をこえたところにある何かを暗示しているようだ。

な感じです。でも子どもたちは、その風がすぎたあいだに自分たちの運命が決まったことを知っていました。

どっちが勝ったのだろう？

木の穴のところで耳をすましていた海賊たちは迷い子たちがこういうのを聞いていました。するとああ、ピーターの答も聞こえてきました。

「もしインディアンが勝ったのなら、やつらはタムタムをたたくだろう。いつでもそれが勝ったしるしなんだ」とピーターは言いました。

そのタムタムはスミーが見つけていて、そのときは上に腰かけていました。「おまえら、もう二度とタムタムの音を聞くことはないぜ」とスミーがつぶやきました。もちろん聞こえないようにです。絶対に音をたててはいけないと命令されていましたから。ところが驚いたことに、フックがタムタムをたたけとスミーに合図したのです。スミーにもこの命令の恐ろしい悪だくみがだんだんわかってきました。お人よしのスミーが、このときほどフックに感心したことはありませんでした。

スミーは二回その太鼓をたたき、にやにやしながら耳をすましました。

「タムタムだ」とピーターが叫ぶのを、悪者たちは聞きました。「インディアンが勝ったんだ！」

暗い運命がせまっている子どもたちはそれを聞いて「ばんざい」を叫びました。それは上の悪者たちにとっては音楽のように聞こえました。「ばんざい」を叫んですぐ、子どもたちはピーターにもういちどさよならを言いました。聞いていた海賊たちは不思議に思いましたが、もうすぐ敵が木の穴を上がってくるという何ものにもまさる喜びのせいで、ほかの考えは忘れてしまいました。海賊たちはおたがいの顔を見てはにやにやし、手をこすりあわせていました。フックは声を出さずにすばやく命令を伝えました。一本の木の前にひとりずつ立つ、ほかの者は二メートルずつあいだをあけて一列に並べという命令でした。

第13章 妖精を信じますか？

これから起こる恐ろしい出来事の話は、さっさとすませたいと思います。木から最初に出てきたのはカーリーでした。上がってきたと思ったらそこはチェッコの腕の中で、そこからスミーの腕にほうり投げられ、スミーの腕からスターキーへ、スターキーからビル・ジュークスへ、それからヌードラーへという調子で、腕から腕へと次々に投げられて最後に恐ろしい海賊フックの足もとへ投げ出されました。男の子たちは全員、このひどいやりかたで木から引っぱりだされたのです。まるで荷物の包みが手から手へ投げられていくようなもので、同時に何人かの子が空中にほうり投げられていました。

最後に出てきたウェンディだけは特別扱いをされました。フックはわざとらしいていねいさで帽子をもちあげてウェンディにあいさつし、腕をとって、ほかの子たちがさるぐつわをはめられて集められている場所まで案内しました。このときのフックはとても気取っていて、驚くほど上品だったので、ウェンディはうっとりして叫ぶことを忘れていました。ウェンディはまだ小さな女の子ですからしかたありません。

少しのあいだにしてもウェンディがフックにうっとりしていたと言ったら[1]、告げ口になるかもしれません。どうしてウェンディのこんなちょっとしたあやまちをお話しするのかというと、そのおかげで思いがけないことになったからなのです。もしウェンディがツンとしてフックの手をふりはらっていたら（そう書けたらよかったのにと思いますが）、ウェンディもほかの子たちと同じようにほうり投げられていたでしょう。そうなるとたぶんフックは、子どもたちが縛られるところを見ることもなかったでしょう。もしフックがそれを見なければ、スライトリーの秘密を発見することもなかったでしょう。その秘密を発見していなければ、フックがのちのちピーターの命をねらって卑怯な計画をたてることもなかったでしょう。

子どもたちは飛べないようにひざを耳のところまで曲げたかっこうで縛られました。フックはそのためにあらかじめ縄を九等分に切っておきました。スライトリーの番になるまではそれでうまくいっていました。ところがスライトリーはぐるっとまわりに紐をかけると結びめを作る縄が残らないという、縛るときにとても腹がたつ荷物のような子だとわかったのです。そんなとき、みなさんが荷物をけとばすように（本当は紐をけとばすべきなのですが）、怒った海賊たちはスライトリーをけとばしました。そして不思議なことに、乱暴はやめろと海賊たちに言ったのはフックでした。何か悪だくみを思いついたらしいフックの唇は、得意そうにめくれあがっています。スライトリーを縛ろうとからだのどこかをおさえつければ別のところがでっぱるせいで手下たちが汗をかいて苦労しているわきで、かしらのフックはスライトリーがこんな目にあっている結果ではなく理由をじっくり考えていまし

1【ウェンディがフックにうっとりしていた】フックは紳士であり、襲撃を企てるさいにも礼儀作法に気をつけている。ピーターとフックはお互いがお互いの影のような存在であり、ピーターはフックをそっくりに真似ることができる事実からも、ウェンディがフックに魅了されたのは驚くことではない。フックはシルヴィア・ルウェリン・デイヴィズの父親ジョージ・デュ・モーリアが書いて大ヒットした小説『トリルビー』（一八九四年）に出てくる邪悪な人物ズヴェンガリを思わせるところがある。そしてウェンディがフックに魅せられたことが、「ピーターの命をねらうフックの悪だくみ」をまねく直接の引き金になるのだ。

た。フックの勝ちほこったようすから見ると、理由がわかったのでしょう。スライトリーはフックが自分の秘密をさぐりあてたことを知って青ざめました。つまり、こういうことなのです。スライトリーのように太った子は、ふつうの大人がつかえるようなせまい穴を通れるわけがありません。かわいそうなスライトリーは今では男の子たちの中でいちばん不幸な子でした。ピーターのことが心配でたまらず、自分はなんて失敗をしたんだろうと後悔しています。スライトリーは暑いときに水をがぶ飲みしたせいでおなかのまわりが太ってしまったのですが、木に合わせてやせるかわりに、みんなには内緒で自分の木の穴をからだに合わせてけずって大きくしていたのです。

それに気づいたフックは、これでいよいよピーターの命はおれさまのものだと思いましたが、心の奥深くで作りあげた計画を口には出しませんでした。自分はひとりになりたいから、[2]つかまえた子どもたちを船に運べと手下に合図しただけでした。

子どもたちを船に運ぶといっても、どうすればいいのでしょう？　ひとりひとりが紐で丸められていますから、樽をころがすように丘をころがすことはできますが、道のほとんどはどろ沼のようになっていました。しかしこのときもフックは名案を思いつきました。小さい家を乗り物にしろと手下たちに命令したのです。子どもたちはみんな家にほうりこまれ、たくましい四人の海賊が家を肩にかつぎました。ほかの海賊はあの憎らしい海賊の歌を歌いながら後ろに続き、奇妙な行列は森の中を進んでいきました。子どもたちの誰かが泣き声をあげていたかどうか、わたしにはわかりません。もし泣いていたとしても、海賊の歌に消されて聞こえなかったで

2【自分はひとりになりたいから】原文は that he would be alone.

しょう。でも小さな家が森の中に消えようとしたとき、煙突から小さな煙のかたまりが、まるでフックに反抗するように勇ましくポッと出ました。

フックはそれを見ました。それはピーターにとってまずいことでした。怒りくるったフックの胸の中にわずかばかりの情け心が残っていたとしても、その煙がすっかり消してしまいました。

夜があけかかった中でひとりになったフックが最初にしたことは、スライトリーの木に忍び足で近づいて自分が穴を通れるかどうかたしかめることでした。次に長いあいだ考えこみました。不吉な感じのする帽子は草の上にぬいで置いてあったので、そよそよと吹きはじめていた風が髪のあいだを気持ちよく吹きぬけていきました。フックの頭の中は悪だくみで黒かったにしても、その青い目はツルニチニチソウ[3]のようなあわい色でした。何か下の世界から聞こえてこないかとフックは耳をすましましたが、地上と同じで地下も物音ひとつしません。地下の家はからっぽの空間にあるあき家にすぎないように感じられました。あの男の子は眠っているのでしょうか？　それともスライトリーの木の下で短剣を手に、待ちかまえているのでしょうか？

それを知りたければ、下りていくしかありません。フックはコートをするりとぬいで地面に落としました。それから邪悪な血がにじみ出るまで唇をかみ、木の中へ入っていきました。フックは勇敢な男です。でもしばらくはそこから動けませんでした。そしてロウがたれるように額に流れる汗を拭きました。それから、音もなく未知の場所へとからだを進ませました。

3【ツルニチニチソウ】常緑のつる性植物で青紫色の花を咲かせる。戯曲では、フックの目は「ワスレナグサのような青」とされている。

フックは無事にたて穴の底につくとまた立ちどまり、ほとんどつめていた息をはきだしました。目が暗さになれてくると、地下の家にあるいろいろなものの形が見えてきました。でもフックのギラギラした目が探し求め、やっと見つけたのはあの大きなベッドでした。その上でピーターが眠っていました。

地上で起こった悲劇には気づかないまま、ピーターは迷い子たちが出ていったあともしばらくのあいだ陽気に笛を吹いていました。どう見ても、ぼくは少しも気にしていないぞというかっこうをするための、むなしい行動でした。次に、ウェンディを悲しませるために薬を飲まないことにしました。それから、わざとベッドのかけぶとんのないところに横になりました。ウェンディが夜明けのころに寒くなるかもしれないからと言って、いつもみんなをかけぶとんの中におしこもうとしていたからです。そのときピーターはもう少しで泣きそうでしたが、泣くかわりに笑ったらウェンディが怒るだろうなと思いついて、大いばりで笑いながら眠ってしまいました。

たびたびというわけではありませんが、ピーターは夢を見ることがありました。それはほかの男の子たちの夢より苦しい夢でした。[4]ピーターはその夢の中で悲しくて何時間も泣くのですが、どうしても夢からさめることができないのです。その夢はたぶん、ピーターの謎に関係があるのだろうとわたしは思っています。そんなときはいつも、ウェンディがピーターをベッドから起こしてひざの上に抱き、自分なりに考えたやりかたでなぐさめるのです。そしてピーターが落ちつくと、すっかり目をさまさないうちにベッドに戻してやったものでした。そのおかげで、ピーター

4【それはほかの男の子たちの夢より苦しい夢でした】フロイトは一九〇〇年に出版された『夢解釈』［訳注＝『夢判断』のタイトルもある］で、夢と無意識の解釈の重要性を説いた。ピーターは自分ひとりが取り残されても少しも寂しくないことを示すために、いろいろなことをしたばかりだ。平気なことを示すために笛を吹いたり、薬を飲まないことや掛け布団の上に寝ることでウェンディに抵抗してみたりしたが、何よりも笑い声をあげることが彼なりの仕返しだった。それでも作者はここで彼の夢の話をすることで、こうして二度目の孤独を味わうこと（二度目は窓のかぎをしめられて家に帰れなくなったとき）が彼にどれほどこたえているかをほのめかしている。ピーターは夢の中では「得意そうに笑う」ことで悲しみをおさえるのでなく、悲しみの涙に屈服していた。

は自分がウェンディの前ではずかしいところを見せたことを知らずにすんだのです。でも今は、ピーターはあっという間に寝入ってしまい、夢も見ませんでした。片方の腕はベッドの横からたらし、片方のひざを立て、まだ途中だった笑いが口に浮かんでいました。その口は軽くあいていて、真珠のような小さな歯がのぞいていました。

フックはこの、いかにも無邪気に眠りこけているピーターを見つけました。[5] そして下りてきた木の根元に立ったまま、部屋のむこう側にいる敵を黙って見つめていました。フックの暗い心は、少しの思いやりも感じなかったのでしょうか？　この男もすっかり悪にそまっているわけではありません。フックだって花を愛する心はあります（とわたしは聞いたことがあります）し、きれいな音楽も好きです（ハープシコードを弾く腕前はなかなかのものでした）。はっきり言ってしまいましょう。このおだやかな光景はフックの心を激しくゆさぶりました。あるひとつのことさえなかったら、フックは仏心（ほとけごころ）を起こして、しぶしぶながらもそのまま木の穴を上っていったかもしれません。けれどもフックをそうさせなかったのは、眠っているピーターが生意気に見えたからでした。あいた口、たらした腕、立てたひざを[6]一緒に見ると、まるで「生意気」という言葉を人の形にしたように見えました。もう二度とピーターのこんな生意気な姿が、感じやすい心をもったフックの目に入らないことを願わずにはいられません。とにかく、ピーターの姿を見てフックの決心はかたまりました。たとえ怒りのためにフックのからだがバラバラにくだけたとしても、ひとつひとつの破片が眠っているピーターに飛びかかっていったことでしょう。

5【フックはこの、いかにも無邪気に眠りこけているピーターを見つけました】この場面はピーター・パンに対するフックの気持ちが大きく揺れ動いたことを示している。誰もが可愛いと思わずにはいられない無防備に眠りこける子どもの姿を見て、フックも一瞬敵意を忘れ、「いい人」の一面を出しかかった。

6【あいた口、たらした腕、立てたひざ】暗やみの中、ひとつだけの明かりに照らされて浮かびあがったピーターの寝姿は際立って美しく、エロティックな印象さえ与える絵画のようだったに違いない。眠る子どもの美しさはフックが感じたような冷たい怒りではなく、いつくしみとあわれみを起こさせるのがふつうだ。

ベッドの上はひとつだけともされたランプでぼんやり明るかったのですが、フックは暗いところに立っていました。そしてそっと一歩ふみだすと、何かにぶつかりました。それはスライトリーの木につけられたドアでした。出入り口の下のほうをふさいでいるだけだったので、ドアの上から部屋の中が見えたのです。取っ手をつかもうとして手をのばしても低すぎてとどかなかったので、フックはますますカッとなりました。カッとして見ると、ピーターの顔やかっこうがよけいに生意気に見えてきました。フックはドアに何度も体当たりしました。フックの敵の運命やいかに？

でも、あれは何でしょう？　すぐ近くの棚に立てかけてあるピーターの薬が、フックの血ばしった目にとまりました。フックはすぐにそれが何かわかりました。そしてすぐさま、ピーターの命はもらったと思いました。

生けどりにならないためにフックはいつも恐ろしい薬を身につけていました。手に入るかぎりの指輪にしこまれた毒薬[7]を自分でまぜあわせたものです。フックはそれを煮つめてどんな科学者も知らない黄色い液体を作りましたが、これはたぶんこの世でいちばん強力な毒薬でしょう。

フックは今、この毒薬をピーターのコップに五滴入れました。フックの手は震えていました。はずかしさのせいではなく、勝利の喜びのせいです。毒薬をたらしながら、フックはピーターの顔を見ないようにしていました。でもそれは、かわいそうに思って気持ちがくじけないためではなく、ただ毒薬をこぼさないためでした。それから満足そうに敵の顔をじっくりながめると、向きをかえて木の穴の中を苦労

7【指輪にしこまれた毒薬】原文は「死をもたらす指輪［death-dealing rings］」

しながらくねくねと上がっていきました。地上にあがって木から出てきたフックは、いかにも穴から出てきた悪霊らしく見えました。帽子をひろいあげるとおしゃれな角度にかたむけてかぶり、からだにまきつけたコートのはしをおさえて夜から身を隠すようにしました――そうは言ってもフックのからだは夜の中でもひときわ暗く見えたのですが。そして奇妙なひとりごとをつぶやきながら、音もなく森の中へ消えていきました。

ピーターは眠り続けていました。ロウソクは燃えつきて、地下の部屋は真っ暗になりました。それでもピーターは眠っていました。そしてワニの時計で一〇時はすぎたと思うころ、突然何かに目をさまされてベッドに起きあがりました。ピーターを起こしたのは木のドアをそっとたたく音でした。

そっと、用心深くたたく音でしたが、静けさの中では不気味に聞こえました。ピーターは手さぐりで短剣をつかんでから、声をかけました。

「誰だ？」

長いあいだ答はありませんでした。そしてまたドアをたたく音がしました。

「誰だ？」

答はありません。

ピーターはぞくっとしました。ピーターはぞくっとするのが好きでした。二歩歩いてドアの前に行きました。スライトリーの木のドアとは違って、ピーターの木のドアは出入り口をすっかりふさいでいますから、むこう側は見えません。ドアをたたいているほうからもピーターは見えません。

「返事をするまであけないぞ」とピーターはどなりました。

やっと返事がありました。かわいらしい、鈴のような声です。

「入れて、ピーター」

それはティンクでした。ピーターは急いでかんぬきをはずしました。ティンクは入ってきましたが、興奮して顔が赤く、服はどろでよごれています。

「どうしたんだ？」

「ああ、あなたには想像もつかないことよ！」とティンクは叫び、三回で当ててごらんなさいと言いました。「さっさと話せ！」とピーターはどなりました。そしてティンクは手品師が口からずるずると引っぱりだすリボンのように長々とわかりにくい言葉で、ウェンディと男の子たちがつかまった話をしました。

聞きながらピーターの心臓はバクバクしました。ウェンディが縛られて、海賊船に連れていかれた。何ごともきちんとすることが大好きなウェンディが！

「助けに行くよ！」ピーターはそう叫ぶと武器に飛びつきました。飛びつきながら、ピーターはウェンディが喜びそうなことを思いつきました。薬を飲めばいいのです。[8]

ピーターの手が死をよぶ水薬にのびました。

「だめよ！」とティンカーベルが叫びます。ティンクはフックが急ぎ足で森を歩きながらひとりごとで自分がしたことをつぶやくのを聞いたのです。

「なんでだめなんだ？」

「毒が入っているのよ」

8【薬を飲めばいいのです】ピーターが毒の入った薬をどうしても飲もうとする場面は、ダーリング氏が薬を飲む飲まないでマイケルとやりあった光景（「マイケル、男らしくしろ。……わたしがおまえぐらいの年だったときは、文句を言わずに薬を飲んだぞ」）を思い出させる。ダーリング氏（薬のこととなると卑怯なうそをつく）とフック（卑怯にも機会さえあれば平気で毒をもる）の対比と類似性はこの物語でたびたび引き合いに出される。

「毒だって？　誰にそんなことができたんだよ？」

「フックよ」

「馬鹿なことを言うな。フックがどうやってここまで下りてこられたんだ？」

けれども残念なことに、ティンクはその説明ができませんでした。ティンクもスライトリーの木の暗い秘密を知らなかったのです。でもフックはたしかにそう言っていました。ピーターのコップには毒が入っているのです。

「それに、ぼくはちっとも寝てなんかいなかったんだから」とピーターは言いました。心からそう信じていたのです。

ピーターはコップをもちあげました。もうあれこれ言っているひまはありません。行動するしかないでしょう。ティンクは得意の早わざでピーターの口と毒の入ったコップのあいだに飛びこみ、一滴も残さずに飲んでしまいました。

「こら、ティンク。なんでぼくの薬を飲んじゃったんだよ？」

でもティンカーベルは答えることができませんでした。もう空中でよろよろしています。

「どうしたんだ、ティンク？」ピーターは急にこわくなって叫びました。

「毒が入っていたのよ、ピーター」ティンクが弱々しい声で言いました。「わたし、もうすぐ死ぬわ」

「ティンク、きみはぼくを助けるために毒を飲んだのかい？」

「そうよ」

「でもティンク、どうして？」

ティンクの翼は、もうティンクをほとんどささえていられません。でもティンクは返事をするかわりにピーターの肩にとまり、鼻のところをやさしくかみました。そしてピーターの耳に「この大馬鹿やろう」とささやくと、よろよろと自分の部屋に入り、ベッドに倒れこみました。

ピーターが悲しんでティンクの部屋の近くにひざをつくと、その小さな部屋の四つめの壁はピーターの頭でほとんど隠れてしまいました。[9] ティンクの光が一秒ごとに弱くなっていきます。この光がなくなったらティンクは死んでしまうことを、ピーターは知っていました。ティンクはピーターの涙がいとしくて、美しい指をのばして涙に濡れる頬にあてました。

ティンクの声があまり小さかったので、ピーターには初めのうち、何を言っているのかわかりませんでした。でも、だんだんとわかってきました。ウェンディは、もし子どもたちが妖精がいると信じてくれれば自分は元気になれると思うと言っていました。

ピーターは両手を前にさしだしました。そこには子どもはいません。そして今は夜です。でも今ネバーランドの夢を見ているかもしれない子どもたち、だから思っているよりずっとピーターの近くまで来ている子どもたちみんなに呼びかけました。寝間着を着ている子どもや、木からつるされたかごの中にはだかで寝ているインディアンの子どもたちに呼びかけたのです。

「きみたちは信じますか?」ピーターは叫びました。[10]

ティンクはほとんど元気よくといっていいほどの勢いで、自分の運命を聞くため

9【その小さな部屋の四つめの壁はピーターの頭でほとんど隠れてしまいました】「四つめ（第四）の壁」とはおもに演劇で使われる用語で、観客と舞台とのあいだを隔てる仮想の額縁のような空間のこと。読書におけるフィクションの舞台設定と読者とを分ける一線としても同様に使われる。劇作家でもあるバリーにとってはおなじみの用語だったはずで、彼が劇場的な効果を期待してこの言葉を意識的に用いたことは明らかだ。しかし彼はこの壁を物語（あるいは舞台）全体に適用するのではなく、第四の壁をこわしてティンカーベルを助けるよう読者（観客）に訴えるためにティンカーベルの部屋だけに設定したのだ。

10【「きみたちは信じますか?」とピーターは叫びました】劇中でピーターがこのせりふを言うとき、ピーターは――観客に呼びかけることで――舞台上で起こっていることは現実ではなく芝居にすぎない

にベッドから起きあがりました。

ティンクには信じるという返事が聞こえたような気がしましたが、たしかではありません。

「どう思う?」ティンクはピーターに聞きました。

「もし信じるなら」、ピーターが子どもたちに叫びました。「みんな手をたたいて。ティンクを死なせないで」

たくさんの子がたたきました。

たたかなかった子もいました。

少しだけいたへそまがりの子はシッと言いました。

拍手は突然とまりました。数えきれないほどたくさんのお母さんが子ども部屋へ駆けつけて、いったい何が起こったのか見ようとしたようです。でも、そのときはもうティンクの命は助かっていました。まず声に力が戻ってきました。次にベッドから飛びおりました。それから前よりもっと楽しそうに、もっと得意そうに部屋中を飛びまわりました。ティンクは妖精を信じてくれた子たちにお礼を言おうとは考えませんでしたが、シッなんて言った子にはぶつかってやりたいと思っていました。

「よし、じゃあウェンディを助けに行こう」

ピーターが武器だけを身につけて[11]危険な冒険に出発するために木から地上に上がったときには、雲の多い空に月がのぼっていました。それはピーターにとっておあつらえ向きの夜とはいえませんでした。ピーターは見なれないものがあったらわかるように地上からあまり離れずに飛んで行きたかったのですが、雲にさえぎられ

ことを明確にしている。しかも皮肉なことに、これは芝居だというしくみを明白にさらすのと同時に、芝居の中のピーターが観客に妖精を信じていると実際に表明することを求めるのだ。このとき私たちはサミュエル・テイラー・コールリッジの言う不信の自発的停止の状態にある。このせりふに対する観客の反応についてはバリー自身も確信がなく、初演時に自発的に大きな拍手が起こったときには大いに驚き、喜んだ。戯曲の初期の草稿では、ピーターは子どもたちに妖精を信じるならハンカチをふってくれと言っていた。モーリーン・ダフィはこうしたピーターの行為はバリー自身が人を自在にあやつる手段であると考え、「バリーが恥知らずにも子どもの観客の感情につけこんで彼の演劇の魔術がいかに効力をもつかを見せつけることで、自尊心を満足させようとした瞬間だ」と評している。

た光の中を低く飛べば木のあいだに長い影を落として鳥たちを驚かせ、用心している敵にピーターが動きだしたことを知られてしまうでしょう。

前にピーターが島の鳥たちにとてもへんてこな名前をつけたせいで、鳥たちはすっかり気が荒くなってつき合いにくくなってしまったのです。ピーターは今、それを後悔しています。

こうなればインディアンのやりかたで前進するしかありません。運のいいことにピーターはそのやりかたの名人でした。でもどっちへ行けばいいのでしょう？ 子どもたちが海賊船に連れていかれたのかどうか、ピーターは知りませんでした。薄くつもった雪のせいで足あとはすっかり消えています。あたりは物音ひとつしません。まるで少し前に起こった恐ろしい大虐殺に島の生き物すべてが恐れをなして、しばらくのあいだ動きをとめているようです。ピーターはタイガー・リリーとティンカーベルから教わった森で生きるための知恵を男の子たちに教えてありました。子どもたちは困ったときにはきっとそれを思い出すはずです。例えばスライトリーは、チャンスさえあれば木の皮をけずって目じるしにするでしょう[12]。カーリーはタネを落とすはずです。そしてウェンディはどこか目じるしになる場所にハンカチを落としておくでしょう。でもそのような目じるしを探すには朝を待たなければなりません。ピーターにはとても待てませんでした。空はピーターを呼んでいますが、何も助けてくれません。

ワニがピーターを追いこしていきました。でもほかにはひとつの生き物も、音も、動きもありませんでした。それでも思いがけない死がそこの木の陰（かげ）に隠れているか

11【武器だけを身につけて】原文のbegirtはベルトで巻きつける意味。

12【木の皮をけずって目じるしにする】原文はblazeという単語をこの意味に使っている。

もしれず、後ろから近づいてくるかもしれないことをピーターは知っていました。

　ピーターは恐ろしい決心をきっぱりと口にしました。「今度こそ、フックかぼくかだ」

　ピーターは今へビのようにはって進んだかと思えば、次は立ちあがって月の光のさす場所を矢のようにすばやく通りすぎました。指を一本唇にあて、短剣をかまえたピーターは、ものすごくしあわせでした。[13]

13【ものすごくしあわせでした】バリーの表現はじつに巧妙にピーターの精神状態をとらえている。「ものすごくしあわせ」という表現からは、子どもたちが（ごっこ遊びの）危険な状態におちいったときに感じるわくわくした気持ちが伝わってくる。私たちは、ピーターは冒険と危険を目の前にしたときがいちばんしあわせだと知るのだ。

第14章　海賊船

海賊川の「河口」に近いキッド入り江[1]の上でチカチカ光るみどり色のあかりは、二本マストの帆船ジョリー・ロジャー号がそこにいるしるしでした。それはいかにもスピードの出そうな船[2]で、かなり深くまで水に沈んでいます。船の外側は貝ががくっついて汚らしく、甲板は一面にちぎれた鳥の羽根をまき散らした地面のようにひどいありさまでした。ジョリー・ロジャー号は人食い船と呼ばれていました。その名前を聞けばこわがって誰も近づかないので、見張りはほとんどいりませんでした。

船は今、夜の毛布にくるまれて、どんな音がしても岸まではとどきません。そもそも大した音はしていませんでしたが、その中でスミーが動かしているミシンだけが気持ちのいい音をたてていました。いつもまじめによく働き、親切でふつうの人の見本のような、あわれなスミー。どうしてスミーがこんなにあわれな感じがするのか、わたしにはわかりません。自分があわれだということにスミーがあわれにも気づいていないらしい、ということが理由のひとつではあるでしょう。とにかく、強い男たちもスミーを長く見ていられなくて、急いで目をそらします。夏の夕方な

1【キッド入り江】ウィリアム・キッド（一六四五～一七〇一年）は一七〇一年五月二三日にロンドン西部の海賊処刑場で絞首刑にされた。キッドは非常に有名な海賊のひとりで、かなりの富をたくわえたと言われていた。彼の名はエドガー・アラン・ポーやロバート・ルイス・スティーヴンソンの作品によって不朽のものとなり、海賊たちは自分の船を係留する入り江を彼にちなんでこう名づけていた。

2【スピードの出そうな船】ジョリー・ロジャー号や海賊たちの生活は『宝島』のパロディのように読める。『宝島』のロング・ジョン・シルヴァーは片足がないのに対し、

どにはスミーがフックの涙のつぼにふれてしまい、涙をこぼさせることが何度もありました。でもスミーはそのことにまったく気づいていません。ほかのほとんどのことでもそうでした。

何人かの海賊は船のへりによりかかってあやしい夜の空気を吸っています。樽があちこちに置いてある甲板に寝そべってサイコロやトランプで遊んでいる海賊もいます。小さな家をかついできた四人は、くたくたに疲れて甲板にうつぶせになって寝ています。こうして寝ていても、寝返りをうつときはフックの鉤がとどくところへ行かないように、上手によけています。フックがそばを通るとき、うっかり鉤でひっかかれてはたまらないからです。

フックは考えごとをしながら甲板を行ったり来たりしていました。いったい何を考えているのでしょう。今こそ勝利のときです。ピーターは永久にフックの邪魔をできなくなりました。ほかの子どもたちはみんなフックの船に連れてきました。もうじき板の上を歩いて海に落ちることになっています。まさに海賊バーベキューを倒したとき以来の、最大の出来事です。知ってのとおり人間はうぬぼれの強いものですから、フックが自分の成功にすっかり満足して甲板をふらふら歩いていたとしても驚くことはないでしょう。

それなのに、暗い心の動きに合わせるように、フックの足どりには得意そうなところが少しもありません。フックはとてもがっかりしていたのです。

静かな夜に船でひとりになって自分と話すとき、フックはよくこうなります。それはフックが恐ろしく孤独だったからでした。何を考えているのかわからないこの

『ピーター・パン』のフックは片手がない。

男[3]は手下たちに囲まれているときほど孤独を感じることはありませんでした。手下たちはフックよりずっと身分が低かったのです。

　フックというのは本名ではありません。[4]本名をあかしてしまえば、今でも国中が大騒ぎになるでしょう。はっきり言わなくても勘のいい人にはもうわかっていると思いますが、フックはむかし、ある有名なパブリック・スクールの生徒でした。[5]その学校の伝統が今も洋服のようにフックにまとわりついているのですが、伝統というのはじつは服装ととてもつながりが深いのです。そのためフックは今も、船を襲ってこの稼業に入ったときと同じ服装でいるのは不愉快なのです。それに今も、その学校の生徒に独特の前かがみになって歩く癖がぬけません。しかし、なによりもフックが大切に守り続けている伝統は、正しい作法どおりにすることでした。[6]

　そう、正しい作法です！　いくら人の道にはずれた悪いことをしても、正しい作法は何より大切だということをフックは忘れていませんでした。

　フックの心のずっと奥のほうから、さびた門がきし

3【何を考えているのかわからないこの男】奇妙に聞こえるかもしれないが、フック船長の性格はハーマン・メルヴィルの『白鯨』に出てくるエイハブ船長からヒントを得ていたのかもしれない。ディヴィド・パーク・ウィリアムズはどちらの作者も作中の船長の性格を「暗い[dark]」「何を考えているのかわからない[inscrutable]」「邪悪な[sinister]」と形容し、外見を「(帽子の)へりをたらし[slouch his (hat)]」、浅黒い額に燃えるような目をもつと書いていると指摘した。バリーはメルヴィルの初期の作品（バリーは『タイピー[Typee]』と『オムー[Omoo]』に言及している）を称賛しており、『白鯨』を読んでいないはずはないだろう。

4【フックというのは本名ではありません】一九二七年、バリーは「イートン校でのフック船長」と題する講演を行い「フックは偉大ではなかったが、よきイートン校生だった」として「ジャコブス・フック」という名前でイギリスいちばんの名門校に通っていたと明かした。好評を博したこの講演ではそのほかにも、フックはオックスフォード大学のベイリオル・カレッジから詩の本（「おもに湖畔派の作品」）を借りていたとも語っている。バリーは小説『センチメンタル・トミー』に「ストローク船長」という人物を登場させ、敵を船からのばした板の上を歩かせて落とす処刑法を紹介した。バリーは『ピーター・パン』の映画化のさい、フックの船室の中をイートン校生の部屋のように描写した。「枝編み細工の椅子がひとつと机、そして本の列があるイートン校の寮室。壁には武器類のほかにフックが獲得した賞のリボンやバッジがイートン風の奇抜な配置で飾られ、学校でわたされた古い書類、帽子と写真が二枚、クローズアップするとイートン校の建物、イートン校サッカーチームのイレブン、中央にフックがいる。少年の姿だがフックとわかる。両手でサッ

るような音が聞こえます。そしてその門のむこうからわたしたちが眠れない夜に聞こえる何かをたたくようなコツ、コツ、コツという音が聞こえてくるのです。そしてその音はいつも変わらず「おまえは今日、正しい作法を守って過ごしたか？」と聞いてきました。

「名声を、キラキラ光る安物の宝石のような名声を、わたしは手に入れました」フックは叫びました。

「なんにしても、人より目立つというのは正しい作法かな？」学校から聞こえるコツコツいう音が言います。

「わたしはバーベキューが恐れた、ただひとりの人間です。あのフリントでさえ恐れたバーベキューが、です」フックは力をこめて言います。

「バーベキュー、フリント――どこの学寮だ？」[7]と皮肉な答が返ってきます。

何よりもフックの心を乱すのは、正しい作法について考えることは作法に反することではないのかという疑問でした。

フックはからだのすみずみまでこの問題に苦しんでいました。これは手につけた鉄の鉤より鋭い、からだ

カーボールをもち、ひざのあいだに賞のカップをはさんでいる」

5【ある有名なパブリック・スクールの生徒でした】初演の夜の直前までバリーは最後にフックを教師にする構想をもっていた。彼は「教師らしい服装をして枝のムチをもつ」はずだった。そして彼は「わたしは教師になった――わたしの恨みを生徒たちではらすために。やつらをこうしてつかんで、それからこうやってムチでたたいてやる」と言うのだ。そしてピーターを学校にやらなかったことは法律違反だとウエンディを責め、少年たちをつかまえようと提案して言う。「それからわたしは子どもたちを叩く、叩いてやるのだ」（グリーン）。当然ながら学校は子どもにとって最大の敵となりうる。遊びには決して求められない真面目さと勤勉さを、学校は要求するからだ。

6【正しい作法どおりにすること】フックは最後の最後まで、規則としきたりと上流階級の子弟が通う学校の価値観をかたくなに守ろうとする。

7【バーベキュー、フリント――どこの学寮だ？】スティーヴンソンの『宝島』にその名が出てくる海賊フリントがイートン校の生徒だったと想像することは、フックがそこにいたと想像するよりもっと愉快だ。

の中を引き裂く鉤でした。その鉤にひっかかれて、フックのロウソクのように青白い顔から汗が流れ、上着にすじを作りました。そでで何度も汗をぬぐうのですが、汗がしたたるのをとめることはできませんでした。

ああ、かわいそうなフック。

フックは自分に破滅がせまっているような予感がしました。[8]まるで先ほどのピーターの恐ろしい「決心」がこの船までとどいたようでした。フックは死を前にした演説をしておきたいという暗い気持ちを抱きました。今にそんな時間もなくなるのではないかと心配になったのです。

「大きなのぞみをもたないほうが、フックのためにはよかったのだ」とフックは叫びました。自分のことをフックとよぶのは、フックの気持ちがいちばん暗くなっているときの癖でした。

「子どもは誰もわたしを愛してくれない」[9]

今までまったく気にしなかったことを、今日にかぎって考えるとはおかしなことです。たぶんスミーがたてるミシンの音が、そんな気持ちにさせたのでしょう。フックは長いあいだ、スミーをじっと見ながらひとりでぶつぶつ言っていました。子どもたちはみんな自分をこわがっていると信じこんでいるスミーは、落ちついてミシンをかけていました。

スミーをこわがる！　このスミーを！　今夜この船に連れてこられた子どもたちはひとり残らず、もうスミーを好きになっていました。スミーは子どもたちをおどかし、手のひらでたたきもしました。げんこつでたたくことはできなかったからで

8【自分に破滅がせまっているような予感がしました】この文章は、バリーが子どもの読者に迎合せず、あえて芝居がかった文体を用いたことがはっきりわかる例のひとつだ。

9【子どもがわたしを愛することはない】一九〇六年から一九一三年までのニューヨーク公演でピーター・パンの役を演じたアメリカの女優ポーリン・チェイスは、このせりふを聞いた子どもたちの反応について「このせりふに対して前列のほうから『いい気味だ！』と叫ぶきびしい声も聞こえたが、全部が全部そんなに冷たい反応をしたわけではなかった。小さな子どもがふたり、フック船長に言いたいことがあるからと大人に連れられて舞台裏を訪ねてきたことがあった。でもフックがふたりと握手すると（彼は鉤で握手した）ふたりは急におじけづいてしまい、フックを見つめるだけで何も言えなかった。ところがフックが行ってしまうと、ふたりは悲しそうな顔で『ぼくたちフックに言い

す。でも子どもたちはスミーにくっついて離れません。マイケルときたら、スミーのめがねをかけてみたりもしました。

　あわれなスミーに、子どもたちはおまえを好きなんだと話してやったらどうだ！　フックはそうしたくてうずうずしました。でもそれを言うのは残酷すぎるでしょう。そのかわりにフックはこの不思議について繰り返し考えました。どうして子どもたちはスミーを好きだと思うのだろう？　フックはその謎を警察犬のようにしつこく追いかけました。スミーが子どもに好かれるというなら、何がそうさせているのだろう？　突然、恐ろしい考えが浮かびました――「正しい作法か？」

　この水夫長が自分でも知らないうちに正しい作法を身につけているのだとしたら、それこそいちばん正しい作法なのではないだろうか？

　フックは今、学校で優秀な生徒だけが入れるポップというグループ[10]に入るためには、正しい作法のことなんか忘れるほどでなければならなかったことを思い出していました。

　怒りの叫びをあげて、フックはスミーの頭に上に鉄の鉤をふりあげました。でもその鉤でスミーをひっかくことはしませんでした。こう考えたからです。

「正しい作法をもっているからといって、その男を鉤でひっかくのはどうなんだ？」

「作法に反する！」

　みじめな気持ちになったフックは、からだから力がぬけて、茎を切られた花のようにうつぶせに倒れました。

　手下たちはしばらくフックの目がとどかないから何をしてもだいじょうぶだと

たかったんだ。フックに言いたかったんだ』と何度も言った。そしてフックに大好きだよと言いたかったんだ、とわたしに告げたのだ」と語っている（ハンマートン）。

10【優秀な生徒だけが入れるポップというグループ】「ポップ［Pop］」はイートン校のエリートが所属する討論と社交のグループ。名称の起源については様々な面白い説があるが、居酒屋を意味するラテン語popinaからとったとする説が事実に近いようだ。有名な批評家シリル・コノリーは評論集『嘱望の敵［Enemies of Promise］』で「ポップは二〇数名というひと握りの生徒たちが所属するグループで……教師や他の無力な高学年の生徒（六学年生［sixth form］）たちからちやほやされるイートン校の支配階級だった」と説明している。

11【どんちゃん騒ぎのバカナリアン踊り】この踊りはローマ神話の酒と酩酊の神バッカスに関係がある。

思って、急に好き勝手なことをはじめました。でもどんちゃん騒ぎのバカナリアン踊り[11]が始まると、フックはすぐに立ちあがりました。まるでバケツいっぱいの水をかぶったように、フックの弱さはあとかたもなく消えています。

「うるさいぞ、まぬけども。[12]静かにしないと錨をぶちこむぞ」とフックは叫びました。手下たちはあっという間に静かになりました。「子どもたちは飛べないように鎖でつないであるだろうな？」

「アイ、アイ」

「じゃあ、やつらをひったててくるんだ」

ウェンディ以外のあわれな捕虜たちが船倉からひきずられてきて、フックの前に一列に並ばされました。フックはしばらくのあいだ、子どもたちが連れてこられたことに気がつかないようでした。ゆったりくつろいで、下品な歌をあんがい上手に口ずさみながらトランプのカードをいじっています。くわえた葉巻の火が、おりおりフックの顔をちらりと赤く照らします。

「さて、ぼうずども」フックはきびきびと言いました。「今夜はおまえたち六人を板歩きの刑[13]にするが、ふたりは船の下働きにして生かしておいてもいいぞ。誰が下働きになりたいかな？」

「わざわざあの人を怒らせるようなことはしないでね」と船倉でウェンディに言われていましたから、トゥートルズは礼儀正しく前へでました。トゥートルズだってこんな男にやとわれるのはいやでしたが、なんとなく、この場にいない人の言うとおりにして責任をおしつけるほうが、賢いやりかたのような気がしたのです。

バッカスの祭は本来、女性だけで秘密に行われていたが、しだいに男性も参加するようになった。バリーの時代にはどんちゃん騒ぎの意味で一般に使われていた。ギリシア神話の神パンも音楽と踊りに関連づけられているが、バッカスほどみだらなイメージはない。

12【うるさいぞ、まぬけども】「まぬけ」と訳したscug（今は使われていない）という言葉は、イートン校でスポーツにかんして何の賞も獲得していない生徒を「だめなやつ」と軽蔑して呼ぶのに使われていた。

13【板歩きの刑】これは海賊などの海を荒らしまわったならず者の集団で行われていた処刑や拷問の方法。両手を縛ったり重りをつけたりした捕虜を、船の端から海の上までのばした板の上を歩かせて落とすもの。この言葉は一七八五年に最初の記録があり、一九世紀には多くの記録に残っている。ほとんトゥートルズはあまりりこうな子どもではありませんが、どんなときでもお母さんだけは子どもをかばってくれることを知っていました。子どもはみんなそれを知っています。そのことでお母さんを見下すのですが、ちゃっかりと利用するのです。

　だからトゥートルズは用心深く言いました。「あのう、ぼくのお母さんはぼくが海賊になることを喜ばないと思うんです。スライトリー、きみのお母さんはきみを海賊にしたがると思うかい？」

　トゥートルズが目で合図しましたから、スライトリーは「したがらないだろうね」と、まるでそうでなければいいのにと思っているみたいに残念そうに言いました。

「きみたちのお母さんは海賊にしたがると思うかい、ふたごくん？」

「したがらないね」ふたごのひとりがほかの子と同じようにうまく答えます。「ニブス、きみの——」

「おしゃべりはやめろ」とフックがどなったので、今言葉を発した者たちはすごすごとひっこみました。「おい、そこのぼうず」とフックはジョンに声をかけました。「おまえ、少しは度胸がありそうだな。おまえさん、海賊になりたいと思ったことはないのかい？」

　このときジョンは学校の算数[14]の時間にときどき経験する、自分に聞いてほしいという気持ちになっていました。だからフックが聞いてくれたことで嬉しくなりました。

「前にぼくは自分の名前は『血まみれジャック』[15]がいいと思ったことがあります」ジャックはおずおずと言いました。

どの海賊やならず者はもっと手っ取り早い方法で捕虜を始末するのを好んだに違いないが、この方法は犠牲者をじかに押したり火をつけたり刺したりするわけではないので、誰も直接殺害に関与しないという意味で良心のとがめを軽くしたかもしれない。

14【算数】算数、数学のmathematicsは北米ではmathと略すが、この原文に使われているmathsはそれ以外の英語圏で使われている。

15【血まみれジャック】アメリカの雑誌に掲載された小説『血まみれジャック——ガルチの恐怖』にこの名前の海賊が出てくる（バーンズ）。これが発表された年はわからないが、この小説とそれが子どもに与えた悪影響については、一八九〇年にレイモンド・P・バーンズが書いたものが『ロアノークの歴史［*A History of Roanoke*］』にある。

「いい名前じゃないか。おまえが仲間になったらこの船でもそう呼ぶことにするぞ、ぼうず」

「マイケル、きみはどう思う？」とジョンが聞きました。

「ぼくがなかまになったら名前はどうなるの？」マイケルがたずねます。

「黒ひげのジョーだ」

もちろんマイケルは心を引かれました。「ねえジョン、どう思う？」マイケルはジョンに決めてほしいのですが、ジョンはマイケルに決めてほしいのです。

「ぼくたちは海賊になっても王様を尊敬する臣下でいられますか？」とジョンが聞きました。

フックのかみしめた歯のすきまから出てきた答えは「海賊になったら、おまえたちは『王をやっつけろ』と言わなければならん」でした。

それまでのジョンはあまり立派な態度だったとは言えませんが、このときばかりは立派でした。

「それなら、ぼくはことわります」と大声で言ってフックの前にあった樽をバンとけとばしたのです。

「ぼくもことわります」マイケルも叫びました。

「英国ばんざい！」[16]とカーリーがキーキー声で叫びました。

カッとなった海賊たちは子どもたちの口に一発お見舞いしました。[17]フックは「これでおまえたちの運命は決まったな。こいつらの母親を連れてこい。板の用意をしろ」とどなりました。


16【英国ばんざい】原文のRule Britannia（統べよ、ブリタニア）はイギリスの愛国歌のタイトル。この歌の起源は一七四〇年のジョージ一世即位を記念して初めて上演された『アルフレッド』と呼ばれる仮面劇にまでさかのぼる。第三連の歌詞「ブリトン人は決して決して決して隷従しない［Britons never, never, never shall be slaves］」はネバーランドにつながる。ブリタニアはローマ人がグレートブリテン島（北部のスコットランドはカレドニアと呼ばれていた）につけた呼称で、女神の名にもなった。現在では女神ブリタニアの像はイギリス人の愛国心の象徴である。

17【口に一発お見舞いしました】原文の動詞buffetは手のひらやこぶしでたたくこと。

この子たちはまだほんの子どもです。ジュークとチェッコが恐ろしい板を用意するのを見て、みんな真っ青になりました。それでもウェンディが連れてこられたときは、勇敢に見えるようにがんばりました。

ウェンディがこの海賊たちをどれほど軽蔑していたか、わたしがいくら説明しても足りないでしょう。男の子たちにとっては、海賊という職業には少なくともいくらかは魅力があるように思えます。でもウェンディの目には、この船がもう何年もきれいに掃除されていないということしか見えませんでした。よごれたガラスに指で「きたないブタ」と書くことができない窓はひとつもありません。げんにウェンディはもう、いくつかの窓にそう書いたのです。でも子どもたちがまわりに集まってきたとき、ウェンディはもちろんその子たちのことしか考えられませんでした。

「さて、おじょうさん」フックは砂糖水のようにあまい声で言いました。「今からあなたの子どもたちが板の上を歩くのをお見せしよう」

フックは立派な紳士でしたが、いつも考えこんであごをひだのついた襟にうずめていたので、襟がよごれていました。[18] そして突然、フックはウェンディがその襟をじっと見つめていることに気づきました。あわててそれを隠そうとしたのですが、間にあいません。

「この子たちは死ぬのですか?」と聞いたウェンディの表情がぞっとするほど軽蔑しきったものだったので、フックは気が遠くなりました。

「そうだ」とわめいてから、フックは「みんな静かにしろ」と満足そうに呼びかけました。「母親が子どもたちに話す最後の言葉を聞くんだ」

18【ひだのついた襟がよごれていました】ひだのついた襟とは、エリザベス一世およびジェイムズ一世の時代に着用されていた木綿のモスリンまたはリンネルでつくった装飾的な襟のこと。

このときのウェンディは大したものでした。しっかりした声で「子どもたち、これがわたしの最後の言葉です。わたしはみなさんの本当のお母さんたちがおっしゃりたいだろうことを、みなさんにお伝えしたいと思います。それは『むすこたちがイギリスの紳士らしく死ぬことをのぞんでいます』ということです」

海賊たちでさえ、心をうたれました。トゥートルズは興奮して叫びました。「ぼくはお母さんがのぞむようにするよ。きみはどうする、ニブス?」

「お母さんがのぞむようにするよ。きみたちはどうする、ふたごくん?」

「お母さんがのぞむようにする。ジョン、きみは――」

ここでフックがやっと声を出します。

「この娘を縛りあげろ!」

ウェンディをマストに縛りつけたのはスミーでした。「なあ、あんた」とスミーがささやきました。「あんたがおれのお母ちゃんになってくれると約束したら助けてやるぜ」

たとえ相手がスミーでも、ウェンディはそんな約束をするつもりはありませんでした。「そんなことをするぐらいなら、子どもがなんかいないほうがましよ」とウェンディは軽蔑をこめて言いました。

悲しいことですが、スミーがウェンディをマストに縛りあげているとき、男の子たちは誰もウェンディを見ていませんでした。みんな板だけを、死ぬ前にその上を歩くわずかな距離だけを見ていたのです。今はもう、そこを男らしく歩く自信はありません。そんなことを考える元気もなくなってしまいました。ただじっと板を見て震えることしかできません。

フックは男の子たちを見て、歯をくいしばったままにやりと笑い、ウェンディに一歩近づきました。ウェンディの顔を子どもたちのほうに向けて、ひとりずつ板の上を歩いていくのを見せようというこんたんでした。でもフックはウェンディのところまで行けませんでした。聞きたくてたまらなかった悲痛な叫びが、ウェンディの口から出るのを聞くことはありませんでした。そのかわりにフックは何かほかの音を聞いたのです。

それは、ワニから聞こえるあの恐ろしいチクタクという音でした。

そこにいたみんなが——海賊も、男の子たちも、ウェンディも——その音を聞きました。そしてその瞬間、みんなの頭がひとつの方向に向きました。音が近づいてくる海のほうではありません。フックのほうにです。誰もが、これから起こることはフックだけに関係があること、自分たちはもう劇に出ているのではなく、突然劇を見るお客になったのだということに気づきました。

フックの変わりようを見るのは恐ろしいほどでした。まるでからだじゅうの力がぬけたように腰がぬけてしまいました。

音はだんだん近づいてきます。その音より先に、恐ろしい考えがやってきました。

「ワニが船に乗ってくる！」

鉄の鉤でさえ、だらりと力なくたれています。まるでせまってくる敵がねらっているのは自分ではないと知っているかのようです。たったひとりでこれほどの恐怖のもとにおかれたら、ふつうの男なら倒れたまま目を閉じて、じっとしていたことでしょう。でも超人的なフックの頭脳はまだ働いていました。その頭脳の命令にしたがい、フックはひざをついたまま甲板の上をずるずるとはって音からできるだけ遠いところまで行きました。海賊たちは礼儀正しく道をあけます。船のはしまでたどりつくと、フックは初めて口をひらきました。

「わしを隠せ」フックはしわがれ声で叫びました。

海賊たちはフックのまわりを囲みました。みんな、これから船に乗りこもうとしているものが見えないように、目をそむけています。それと戦う気はまったくありませんでした。それはさけられない運命でした。

フックの姿が隠れて見えなくなると、好奇心のおかげで子どもたちはからだをやっと動かせるようになり、ワニがのぼってくるのを見るために船のはしまで走りました。そして「あの特別な夜」の中でもいちばんの驚きを目にしたのです。みんなを助けにやってきたのはワニではありませんでした。ピーターだったのです。

ピーターはびっくりしているみんなに声を出すなと合図しました。海賊たちに知られてはまずいからです。そしてまたチクタクと時計のまねを続けました。

第15章
「今度こそ、フックかぼくかだ」

わたしたちは誰でも生きているうちには、それが起こったことにも気がつかずに不思議なことに出会っているものです。例えば片方の耳が聞こえなくなって、しばらく、そう、三〇分なら三〇分たってからやっとそのことに気づくこともあります。ピーターにもその夜、そういうことが起こっていました。わたしたちが最後に見たとき、ピーターは一本の指を唇にあて、短剣をかまえてこっそり島を横切って走っていました。ピーターはワニが後ろから来て追いこしていったときには何もおかしいと思いませんでした。でもだんだんと、ワニがチクタクいう音をさせていなかったことを思い出したのです。はじめはなんだか気味が悪いなと思っただけでしたが、すぐに時計が止まったのだとわかりました。

長いあいだいつもいちばん身近にいた道連れであるチクタクが突然消えて、同じ島で暮らす仲間であるワニがどんな気持ちになったか、などということは少しも考えないで、ピーターはこの一大事をどうしたらうまく利用できるかと考えました。そして、自分がチクタク言いながら進めば、森のけものたちがピーターをワニだと思って邪魔をせずに通すだろうと思いついたのです。ピーターはとても上手に時計のチクタクのまねをしました。すると思いがけないことが起こりました。その音を聞いた動物の中にはワニもいて、ピーターのあとをついてきたのです。なくした時計をとり戻そうとしたのか、それとも自分の時計が動きだしたと信じて、仲間だと思ってあとについてきたのかは、永久に謎です。なにしろ、ほかの頭のかたい動物たちと同じでこのワニも馬鹿でしたから。

ピーターは無事に岸につき、そのまま前に進みました。ピーターの足はまるで水というべつの物質に出会ったことに気づいていないようでした。たくさんの動物はこのように陸から水の中へ知らないうちに入ります。でもピーター以外でこんなことをする人間を、わたしは知りません。泳ぎながらピーターが考えていたのはただひとつのことでした。「今度こそ、フックかぼくかだ」もうずいぶん長いあいだチクタク言っていたので、今では何も考えなくても自然にその音を出していました。気づいていたらやめていたでしょう。チクタク言いながら海賊船に乗りこむのはすばらしいアイディアですが、ピーターは考えてそうしたわけではありませんでした。

じつはピーターは、ネズミのように音をたてずに船によじのぼったと思いこんでいました。そして海賊たちがこわがって自分から離れていき、その真ん中でフックがワニの音を聞いたときのように情けないようすでいるのを見てびっくりしました。

ワニだ！　とピーターが思いついたとたん、チクタクの音が聞こえてきました。はじめピーターはワニが出している音だと思って、急いで後ろを見ました。それから自分が音を出していたことに気づき、一瞬のうちに何もかもわかりました。そして「ぼくはなんて賢いんだろう！」と思い、すぐに自分を見ている男の子たちに声を出さないよう合図したのです。

海賊船の舵をとる係のエド・テイントが操舵室から甲板に出てきたのはちょうどそのときでした。さあ読者のみなさん、これから起こることにかかった時間をあなたの時計で計ってください。ピーターがエドの急所を鋭く突きます。ジョンがこの運の悪い海賊の口に手をあててうめき声がもれないようにします。エドはうつぶせに倒れます。倒れるときのどさりという音をさせないために、四人の子どもがエドのからだをささえます。ピーターが合図するとエドのからだは船から投げ捨てられます。ポチャンと音がして静かになりました。さあ、どれくらい時間がかかりましたか？

「ひとり！」（スライトリーが数えはじめました）。

ピーターは海賊たちのようすを見ながらそろそろと進んで船室に消えました。何人かの海賊が思いきってこちらのほうを向きはじめたからです。おたがいの苦しい息の音が聞こえるようになっていました。つまり恐ろしいチクタクの音がしなくなったということです。

「行っちまいましたよ、かしら」めがねを拭きながらスミーが言いました。「もとどおり静かなもんです」

フックはゆっくりと襟に隠れていた頭を出して、チクタクのこだまでさえ聞き逃がさないように真剣に耳をすましました。音は聞こえません。フックはしっかり立ちあがりました。

「よし、それじゃ板歩きの歌を歌うぞ」とずうずうしく叫んだフックは、弱いところを見られてしまったせいでよけいに子どもたちが憎らしくなっていました。そして悪党らしい歌をがなりはじめました。

「ヨーホー、ヨーホー、陽気な板よ
おまえはその上、歩いていけよ
板も落ちればおまえも落ちる
デイヴィー・ジョーンズのいる海の底まで！」

子どもたちをもっとこわがらせようと、少し品が悪くなるのもかまわずに、フックはそこに板があるふりをして歌ったり踊ったりしながら、こわい顔で子どもたちをにらみつけました。それが終わると「おまえたち、板を歩く前にネコのムチ[1]もためしたいか？」と叫びました。

それを聞いた子どもたちはひざをつきました。「いやです、いやです！」子どもたちがとてもあわれな声で叫んだので、海賊たちはみんなにやりとしました。

「ネコのムチをもってこい、ジュークス」フックが言いました。「船室にあるからな」

船室ですって！　船室にはピーターがいます！　子どもたちは顔を見合わせました。

「アイ、アイ」ジュークスは明るく言って船室に入りました。子どもたちはジュークスを目で追いました。フックがまた歌いはじめ、手下たちも一緒に歌いだしたこ

1【ネコのムチ】「九本のしっぽのあるネコ」というのは、こぶのついた九本の縄のついたムチで、船乗りたちを罰するために使われたもの。一八八一年まではイギリス陸軍および海軍で公式に認められた懲罰用具として使われていた。

とにもほとんど気がついていません。

「ヨーホー、ヨーホー、ひっかくネコよ
しっぽは九本、知ってのとおり
それが背中に文字を書きゃ――」

歌の最後のところはわからないままになりそうです。突然船室から恐ろしい叫び声が聞こえてきて、歌がとまってしまったからです。その声は船いっぱいにひびきわたったあと、ピタリとやみました。そのあとに聞こえてきたニワトリのようなクックッという嬉しそうな声は、子どもたちにはおなじみの声でしたが、海賊たちには叫び声より不気味に聞こえました。

「あれはなんだ？」とフックが叫びました。

「ふたり」とスライトリーがおごそかに言いました。

イタリア人のチェッコが少しためらってから船室に飛びこみ、やつれた顔でよろよろと出てきました。

「やい、ビル・ジュークスはどうした？」チェッコを見おろすように立ったフックが、くいしばった歯のあいだから恐ろしい声で聞きました。

「どうしたかって、死んでましたよ、刺されて」とチェッコがうつろな声で言いました。

「ビル・ジュークスが死んでるって！」海賊たちが仰天(ぎょうてん)して叫びました。

「船室は真っ暗なんだが、何か恐ろしいものがいやがる。さっきニワトリみたいな声を出したやつだ」チェッコはおびえたように早口にしゃべりました。

　大喜びする子どもたちの顔とうなだれた海賊たちの顔がフックの目に入りました。

「チェッコ」フックが情け容赦のない声で言いました。もういちど行って、そのコケコッコ[2]とやらを連れてこい」

　ほかの誰よりも勇敢はずのチェッコが、かしらの前でしりごみして「いやです、いやです」と叫びました。でもフックは鉄の鉤の先っぽまで上機嫌です。

「行きたいと言ったな、チェッコ?」フックは何か考えているようすで言いました。

　チェッコは絶望したように両手をふってから船室に入りました。もう誰も歌っていません。そしてまた死の悲鳴とニワトリの時を作る声が聞こえてきました。

　誰もしゃべらない中で、スライトリーだけが「三人」と言いました。

　フックが手下たちを冷やかすような身ぶりをしました。「あきれたもんだな。[3][4]いったい誰があのコケコッコ野郎をここへ連れてくるんだ?」

「チェッコが出てくるまで待ってくださいよ」とスターキーがどなり、ほかの手下たちも声をあわせて叫びました。

「おまえが行くと言ったように聞こえたがな、スターキー」とフックがまた上機嫌で言いました。

「とんでもない!」スターキーが叫びました。

「わしの鉤は、おまえが行くと言ったと思ってるぞ」フックがスターキーに近づき

2【コケコッコ】原文は「ドゥードルドゥー[doodle-doo]」でニワトリの鳴き声。『ピーター・パンのアルファベット』の中では、Dの項目は「ドゥードルドゥーのD」となっている。D stands for"Doodledoo";"D is the Dire and Dread DoodleDoo/With which Peter Daunted the Pirate crew,/ And demolished a foolish old Proverb for good/ By crowing before he was out of the wood."

3【あきれたもんだな】原文は"Sdeath an odds fish"で"Sdeath"は"God's death"の短縮形。

4【あきれたもんだな】この訳語の原文はSdeath an odds fishで、『ピーター・パンのアルファベット』の0の項目は次の通り。"O's for Odds fish——the Pirate's Oath./To print such a word, Gentle Reader, I'm loth./ And should You be guilty of

ながら言いました。「この鉤に冗談を言わないほうがいいんじゃないかな?」「あそこに入っていくぐらいなら首をくくられたほうがましだ[5]」スターキーはがんこにそう言って、仲間たちもまた声をあわせました。

「これは反乱か?」と言ったフックは前よりもっと上機嫌に見えます。「スターキーがリーダーってわけだな!」

「かしら、お願いしますよ」スターキーは震えながら涙を流して頼みました。

「わしと握手しろ、スターキー」鉤をさしだしながらフックが言いました。

スターキーはまわりを見まわして助けを求めましたが、仲間たちにも見捨てられてしまいました。スターキーがあとずさりするとフックが前にでます。今やフックの目には赤い火花が出ていました。絶望の叫びとともに、スターキーは自分から大砲のロング・トムを飛びこえてまっさかさまに海に落ちていきました。

「四人」とスライトリーが言いました。

「さて、ほかに反乱の話をしようという紳士はおられるか?」フックはていねいに言いました。そしてあかりを手にして、おどかすように鉤をふりあげ「わしがそのコケコッコ野郎を引ったててくる」と言うと、急ぎ足で船室に入っていきました。

「五人」とスタイトリーはどれほど言いたかったことでしょう。唇をなめて、言う準備までしていたのですが、フックはあかりを持たずにふらふらと出てきました。

「何かがあかりを吹き消した」とフックは少し不安そうに言います。

「何かが!」とマリンズが繰り返しました。

「チェッコはどうなったんで?」とヌードラーが聞きます。

language so low,/I should have to stop calling you 'Gentle',you know."

5【首をくくられたほうがましだ】原文I'll swing.のswingには「絞首刑になる」という意味がある。

「ジュークスみたいにやられていた」フックはぶっきらぼうに言いました。

フックが船室に戻るのをためらっているようすが手下たちに悪い印象をあたえ、フックにさからう声がまた出てきました。海賊はみんな迷信を信じています。クックソンが叫びました。「船に乗っている人数がひとり多いときは、その船が悪霊にとりつかれている証拠だって話だぜ」

「おれが聞いた話だと」マリンズがつぶやきました。「悪霊は海賊船にいちばんあとから乗るそうだ。そいつにしっぽはありましたか、かしら？」

「おれが聞いた話だと」、べつの海賊がフックをいやな目つきで見ながら言いました。「悪霊はその船に乗ってるいちばん悪いやつの姿になって乗りこんでくるそうだが」

「そいつは鉤をつけていたかね、かしら？」クックソンが無礼なことを言い、みんなは次々に「この船はたたられている」と叫びはじめました。これを聞いた子どもたちは、歓声をあげずにはいられませんでした。フックは子どもたちのことをほとんど忘れていたのですが、ふりむいて子どもたちを見るとまた明るい顔に戻りました。

「おまえたち」フックは手下たちに大声で言いました。「いいことを思いついたぞ。船室のドアをあけて、こいつらをほうりこむんだ。命がけでコケコッコ野郎と戦わせてやろう。こいつらがやつを倒せばそんないいことはない。こいつらがコケコッコにやられたとしても、わしらにとっては痛くもかゆくもないわい」

手下たちはフックの知恵に「感心」して――海賊たちがフックに感心するのはこ

れが最後になるのですが——せっせと言われたとおりにしました。子どもたちは抵抗するふりをしてから船室におしこまれ、ドアをしめられました。

「さあみんな、よく聞け！」とフックが叫び、みんな聞きました。思いきってドアのほうを見るものはひとりもいません。いや、ひとりだけいました。さっきからずっとマストに縛りつけられたままのウェンディです。ドアを見てウェンディが待っているのは悲鳴でもニワトリのような声でもありません。そこからピーターがまた出てくることでした。

　ウェンディは長く待つ必要はありませんでした。ピーターは船室で探していたものを見つけていました。子どもたちの手錠をはずすかぎです。子どもたちのほうは、船室で見つけた武器をもってこっそり出てきていました。ピーターは子どもたちに隠れるように合図してからウェンディの縄を切りました。こうなればみんな一緒に飛んでいくのは簡単です。でもひとつだけ、それができない理由がありました。「今度こそ、フックかぼくかだ」というピーターの決心です。だからウェンディの縄を切ったピーターは、ほかの子たちと一緒に隠れていてとウェンディにささやきました。それからウェンディのコートを着て変装し、マストのそばに立ちました。[6] そしてひとつ大きく息を吸うとニワトリのような声をあげました。[7]

　海賊たちはその声を聞き、子どもたちが船室で全部殺されたのだと思いこんで、震えあがりました。フックは手下にはっぱをかけようとしましたが、フックは今まで手下たちを犬のようにしこんできたので、いまは犬のように牙をむき、うっかり目をはなせばフックに飛びかかってきそうなありさまでした。

6【ウェンディのコートを着て変装し、マストのそばに立ちました】ピーターは劇中で人まねや変装をしてよく他人になりすますのだが、これもそのひとつ。気まぐれな上に人まねの上手なピーターは、らくらくと自分らしさを消して人魚や少女や悪漢のまねをすることができる。

7【そしてひとつ大きく息を吸うとニワトリのような声をあげました】ピーターがニワトリのような声を出すことは、笛を吹くことと並んで神話の牧神パンおよび酒神ディオニュソスとの関連をほのめかしている。モーリス・センダックの絵本『まよなかのだいどころ』でミッキーが真夜中に「コケコッコー［Cock-a-doodle-doo］」と叫ぶシーンはピーター・パンのニワトリの声からヒントを得ているかもしれない。

「おい、おまえたち」フックは声をかけます。うまくごまかすか、うってかかるか、どちらもできるように身がまえて少しのゆだんもしていません。「よくよく考えてみたんだが、この船にはヨナが乗っているようだ[8]」

「そうとも、鉤をもってる男だ」海賊たちは歯をむきだしてどなりました。

「いや、違う。女だ。船に女を乗せるとろくなことがないんだ[9]。あの娘がいなくなれば、この船はきっともとどおりになるぞ」

手下たちのいく人かが、それはフリント船長が言っていたことだと思い出して、

「まあ、ためしてみる値打ちはあるな」と半分疑いながら言いました。

「あの娘を船からほうり出せ」とフックが叫び、海賊たちはコートを着た姿のほうへ駆けだしました。

「おい、娘っ子、おまえを助けてくれるやつはひとりもいないぜ」とマリンズが歯のすきまからあざけるように言いました。

「ひとりいるぞ」とその人物が言いました。

「誰だ?」

「復讐者ピーター・パンだ!」恐ろしい返事がきました。この言葉と同時にピーターはコートをぱっとぬぎ捨てました。それでみんなは船室の中で海賊たちをやっつけたのは誰か、わかりました。フックは二回、何かものを言おうとしましたが、二回とも何も言えませんでした。このおそるべき瞬間に、フックの荒々しい心がくだけてしまったのだと私は思います。

やっとのことでフックは「やつの胸を骨まで切りさいてしまえ[10]」と叫びましたが、

8【この船にはヨナが乗っているようだ】旧約聖書の「ヨナ書」は、次のような内容である。預言者ヨナは神から「大きな悪」を行っているニネヴェの町の人々を悔い改めさせるようにと命令されたものの、その任務の重さに耐えきれず、逃げだしてタルシシへ向かう船に乗った。船が嵐におそわれたとき、船乗りたちは罪深いヨナが乗っているからだとして、なんとか無事に岸へつきたい一心で彼を海へほうりこむことにした。ヨナは奇跡的に大きな魚に飲みこまれて助かった。神に三日三晩祈った結果、ヨナは許されて魚から出ることができた。

9【船に女を乗せるとろくなことがない】船乗りのあいだでは船に女性が乗ると縁起が悪いという迷信は生きているが、船乗り(海賊でさえ)の妻が夫(船長の場合が多い)とともに乗船する例はいくらでもあった。女性が船に乗ることは縁起が悪いとしても、船首に飾る像としてなら女性は船の安

まったく力がこもっていませんでした。

「みんな、海賊にかかれ」ピーターの声がひびきました。次の瞬間、船じゅうに武器を打ちあう音がひびきました。海賊たちがかたまって戦っていたら、きっと勝っていたに違いありません。しかし戦いが始まったとき、海賊たちはバラバラになっていました。生き残っているのは自分だけだと思いこんであっちこっち走りまわり、めちゃくちゃに攻撃しました。一対一の戦いなら、海賊のほうが強かったでしょう。しかし海賊たちは自分の身を守るだけでせいいっぱいだったので、子どもたちはふたり一組になって獲物を選ぶことができました。海賊の何人かは海に飛びこみました。暗いところに隠れた海賊もいました。あかりをもったスライトリーは自分では戦いませんでしたが、かわりにあちこち走りまわって暗いところに隠れている海賊を見つけるとあかりで顔を照らし、まぶしく目がくらんだところをほかの子の血なまぐさい剣のえじきにしました。武器があたる音と、ときどき聞こえる鋭い叫び声や水に落ちる音、そしてスライトリーが五人――六人――七人――八人――九人――一〇人――一一人と淡々と数える声のほかはほとんど何も聞こえませんでした。

たけりくるった男の子たちが不死身のように見えるフックをとり囲んだときには、ほかの海賊たちはもうやられてしまっていたと思います。フックはその輪の中心にいましたが、誰も近づくことができませんでした。子どもたちはほかの海賊はやっつけましたが、子どもがみんな集まってもフックひとりを倒すことがなかなかできないのです。子どもたちは何度も何度もフックにせまりましたが、そのたびに

全を守るとされてきた。そのような船首像を飾る風習は遠くローマ時代にもあり、学者でもあった将軍大プリニウスは胸をむき出しにした女性の像は荒れくるう海を沈めると主張していた。ブリテンおよびヨーロッパ大陸諸国では、女性をかたどった船首像が使われるのは、一九世紀になってからである。

10 **【やつの胸を骨まで切りさいてしまえ】** 劇中でもフックはこのセリフを叫ぶ。ト書きには「しかしフックはこの少年の胸には胸骨がないことに気づく」とある。「胸を骨まで切りさく」という表現はサー・ウォルター・スコットの小説『ロブ・ロイ［Rob Roy］』（一八一七年）にある。「わが父の手によって！　最初にかかってくる男は、わたしが胸を骨まで切りさいてやる」

フックにけちらされました。フックはひとりの子を鉤にひっかけてもち上げ、楯[11]にしています。そのとき、マリンズに剣を刺してしとめてきたばかりの男の子がこの輪に飛びこんできました。

「みんな、剣を引け」来たばかりのその子が言いました。「こいつはぼくのだ」

こうして、フックは突然自分がピーターと向き合っていることに気づきました。ほかの子たちは後ろに下がって、ふたりのまわりに輪をつくりました。

ふたりの敵は長いあいだおたがいをにらみあっていました。フックはかすかに身ぶるいし、ピーターは顔に奇妙な笑いを浮かべています。

「パン、これはみんなおまえのしわざだな」とうとうフックが口をひらきました。

「ジェイムズ・フック、そのとおりだ」返ってきたのはきっぱりした答です。

「思いあがった小しゃくな少年よ[12]」とフックが言いました。「これがおまえの最期だ、かくごしろ」

「腹黒い不吉な男よ」ピーターがこたえます。「いくぞ」

それ以上は何も言わず、ふたりは戦いを始めました。しばらくは互角の勝負が続きました。ピーターはすぐれた剣士でした。目がくらむほどの速さでフックの剣をかわします。何回もフェイントをかけてはフックの近くまでせまって攻撃しますが、手が短いことが弱点となって剣がなかなか敵にとどきません。フックもピーターにおとらずすばらしい剣の使い手でしたが、手首をすばやく動かすことにかけてはピーターのほうが上でした。しかし力まかせの攻撃をたよりに、はるかむかしにリオで海賊バーベキューから学んだ得意の突きで一気に勝負をつけようとしてい

11【楯】原文はbucklerで、小型の楯のこと。

12【思いあがった小しゃくな少年よ】「思いあがった小しゃくな少年」と「腹黒い不吉な男」というふたつの表現で子どもと大人を並置することは、世代間の対立が『ピーター・パン』という作品の重要な要素であることを示している。バリーは一九二〇年に、第一次大戦後の世代間の断絶について「年長者と若者との対立が激しい……大人（知恵）は失敗した……今は若さ（大胆さ）に何ができるか見てみよう……。要するに、古い道徳からの激しい抵抗（あるいは絶望）にさからって独自の道を歩もうとする新しい道徳が生まれているのだ。この事実を認めないかぎり、両者のあいだに議論は成立しない。現在行われている論争ではこの事実が認識されていない。大人は旧来とちがうやり方をするからという理由で若者をののしり……若者は大人を古くさく誤った考え方をし

ました。ところが驚いたことに、その得意の突きが何度もかわされてしまうのです。
そこでフックは、それまでずっと空中でふりまわすだけだった鉄の鉤でとどめの一撃[13]をくわえようとしました。しかしピーターはからだをかがめてその下をくぐりぬけ、フックの肋骨のあいだに剣を鋭く刺しました。流れでる自分の血――前にも言いましたがフックはその独特の色がいやでたまらないのです――を見たフックの手から剣が落ちました。こうなればもう手も足も出ません。

「今だ！」子どもたちが声をそろえて叫びました。でもピーターは堂々としたしぐさで、剣をひろうように敵にすすめました。フックはすぐに剣をひろいましたが、ピーターに正しい作法を見せつけられたことで、みじめな気持ちになっていました。

これまでフックは自分が戦っているのは悪魔のようなやつだと思っていました。でも今は、もやもやとした疑いの気持ちがわいています。

「パンよ、おまえは誰だ、おまえは何なのだ？」フックはかすれた声で叫びました。

「ぼくは若さだ。ぼくは喜びだ」ピーターは高らかに答えました。「ぼくは卵のからを破って出てきたばかりの小さな鳥だ[14]」

これはもちろん、でたらめです。でもあわれなフックには、これこそピーターは自分が誰か、なにものかを少しも知らない証拠に思えました。これこそ最高に正しい作法です。

「さあ、かかってこい」フックはやけになって叫びました。

今やフックの全身が武器になったようないきおいで、剣をひとふりするたびにそれにあたった大人も子どももまっぷたつになりそうでした。それでもピーターはそ

ていると軽蔑している。両者が互いに相手にも言い分があると認めたときに初めて、……議論が可能になる。それまでは無理だ」と述べている（ヨーマン）。

13【とどめの一撃】原文はquietusというあまり使われない単語が使われている。

14【ぼくは卵のからを破って出てきたばかりの小さな鳥だ】このピーターの名乗りからは、生まれたばかりのかよわさと、「からを破る」強さとの両方が受けとれる。ピーターは他人から自身の存在を定義されることを嫌い、拒否している。『ケンジントン公園のピーター・パン』によれば、ピーターは他のすべての赤んぼうと同様に、赤ん坊になる前は鳥だった。一九〇八年の『ピーター・パン』パリ公演にさいし、バリーはプログラムで観客に向けて「ピーターについてはみなさんの好きなようにイメージしてください。ピーターは幼いうちに死ん

の剣が起こす風に乗っているかのように安全なところへヒラリと逃げては、またつっこんでいきます。そしてそのたびにフックをチクリと刺しました。

今ではフックが勝つのぞみはなさそうでした。その熱くもえる心も、こうなったら命はどうでもいいと思っていました。今の願いはただひとつ、永久に冷たくなってしまう前に、ピーターが作法を破るところを見ることでした。

戦うのをやめたフックは、船の火薬庫に駆けこんで火をつけました。

そして「あと二分たてば、この船はバラバラになってふっ飛ぶぞ」と叫びました。

さてさて、これでピーターの作法がどうでるかはっきりするぞ、とフックは考えました。

でもピーターは両手に砲弾をかかえて火薬庫から出てくると、落ちついてそれを海へほうり投げました。

フック自身の作法はどうだったのでしょう？　悪い道に迷いこんだ男ではありましたが、生まれた家柄の伝統にふさわしい最期だったと同情からではなく心から言えるのは、わたしたちとしても嬉しいことです。今では男の子たちがフックのまわりで馬鹿にしたようにはやしたてています。その子たちに向かって力なく剣をふりまわしながら甲板を歩くフックの目に、もう子どもたちは入っていません。今フックの心が見ているのはずっとむかしに前かがみになって歩いた校庭のこと、よいことをして校長先生に呼ばれてほめられたときのこと、[15]有名な高い壁からウォールゲームの試合を見た[16]ときのことでした。靴もチョッキもネクタイも靴下も、みんなきちんとしていました。

だ少年で、この物語は作者がその後の彼の冒険を想像したものかもしれません。あるいはピーターは、生まれることのなかった少年かもしれません」と書いている（ホワイトおよびタール）。バリーは小説『小さな白い鳥』で、母親をもったことのない子ども（彼は夢の子どもとも呼んでいる）のことを小さな白い鳥と呼んだ。

15【よいことをして校長先生に呼ばれてほめられたときのこと】イートン校で「よいことをして呼ばれる」とは何かよいことをして校長から賞をもらうことを意味した。この習慣は今も続いており、生徒は自分のすぐれた成果を校長に見せ、校長はそれにサインして賞を与える。

16【有名な高い壁からウォールゲームの試合を見た】イートン校のウォールゲームはラグビーに似た独特のゲームで、「キングズ・スカラー」と呼ばれる成績上位者とジェイムズ・フックよ、汝（なんじ）も決して英雄でなかったわけではない。だが、これでさらばだ。

そう、わたしたちはこれからフックの最期のときに立ちあうのです。

短剣をかまえたピーターが空中からゆっくり近づいてくるのを見て、フックは海へ飛びこむために船の端の囲いに飛び乗りました。フックは海の中でワニが待ちかまえていることを知りません。それを知らせてはフックがかわいそうだと思って、わたしたちが時計をとめておいたのです。最期をむかえるフックへのせめてもの思いやりです。

いよいよというとき、フックは小さな満足を味わいました。これぐらいの満足はあたえてやってもいいと思います。囲いの上に立って肩ごしにピーターをふりかえったフックは、ピーターに自分をけとばせという身ぶりをしました。それに引っかかったピーターは剣でつくのではなく、足でフックをけりました。

あれほどのぞんでいたフックの願いがついにかなったのです。

「無作法だぞ」フックはあざけるように叫び、満足してワニの待つ海に落ちていきました。

こうしてジェイムズ・フックは死にました。

「一七人」とスライトリーが大声をあげました。この数字は正しくありません。この夜は一五人の海賊が罰を受けましたが、岸まで泳ぎついて助かった海賊もふたりいました。そのうちのひとりのスターキーはインディアンにつかまって、インディアンの子ども全部の子守りにされました。海賊にしては落ちぶれたものです。もう

「オピダン」と呼ばれるそれ以外の学生との対抗戦である。観戦に最適な場所は高さ約三・五メートルの壁の上とされる。

ひとりはスミーで、それからというものめがねをかけて世界中をわたり歩き、われこそは海賊ジェイムズ・フックが恐れたただひとりの男だ[17]と言いふらしながら、なんとか暮らしていきました。

ウェンディはもちろん戦いにはくわわらずに、目を輝かせてピーターのかつやくを見ていました。でもすべてが片付いた今は、またみんなの中心になっていました。子どもたちみんなを公平にほめてやり、マイケルに敵をひとりやっつけた場所を見せられたときは喜びながらも思わず身ぶるいしました。それからみんなをフックの船室に連れていき、くぎにかかっている時計を指さしました。それはなんと「一時半」をさしていました！

寝る時間がこんなに遅くなったというのは、他のなにより大変なことです。もちろん、ウェンディは大急ぎで子どもたちを海賊のベッドに寝かせました。ピーターは別です。ピーターは甲板の上を行ったり来たりしていましたが、けっきょく大砲のロング・トムの横で眠りました。その夜ピーターはまたあの夢を見て、眠りながら長いあいだ泣いていました[18]から、ウェンディがしっかり抱いてやりました。

17【われこそは海賊ジェイムズ・フックが恐れたただひとりの男だ】スティーヴンソンの『宝島』で、ロング・ジョン・シルヴァーは「フリントが恐れたただひとりの男」とされている。この表現はバリーの『ピーター・パン』に繰り返し出てくる。

18【眠りながら泣いていました】ピーターがなぜ夜に泣くのかは謎のままだ。母親が恋しくて家に帰りたいのか？　決して大人にならないはずなのに、死の影におびえているのか（たくさんの海賊を殺したあとなので）？　フックの死に心が乱れていたのか？　ピーターは物事を記憶しないが、何かが欠けていると感じてそれを悲しんでいるのだ。

第16章 家に帰る

その朝、五時の鐘が鳴るころにはみんな起きて仕事を始めていました。海が荒れていたからです。水夫長のトゥートルズもそのひとりで、ロープのはしを握り[1]、かみタバコをかみながら働いていました。みんなひざのところで切った海賊の服を着てきれいにひげをそり、本物の水夫のようによろけたりズボンをひきあげたりしながら甲板に出ました。

誰が船長かは言う必要はありませんね。そしてニブスが一等航海士、ジョンが二等航海士でした。女もひとり乗っていました。ほかの下っぱの水夫たち[2]は前の甲板にある水夫部屋で暮らしていました。ピーターは早くも舵にしがみついていました[3]が、全員を集めて簡単な演説をしました。その内容は、みんなが立派な船乗りとして仕事にはげむことを望んでいる、しかしおまえたちはリオやゴールドコーストの海を荒らした乱暴者だから言っておくが、もしおれにかかってくるようなことがあったら、この手で八つ裂きにするぞ、というものでした。この簡潔できびしい演説が気に入った水夫たちはピーターに喝采（かっさい）をあびせました。それからいくつか鋭い命令がだされ、水夫たちは本土のほうへ船の向きをかえました。

1【ロープのはしを握り】水夫長の役目は船上で従順でなかったり、反抗的だったりする水夫をロープの先端でなぐって罰し、船の規律を守ることだった。トゥートルズはその役目にふさわしいタイプではないし、ロープをふりまわしたりかみタバコをかんだりする姿を想像するのは難しい。

2【下っぱの水夫たち】原文はtars before the mastで、ジャック・ター［Jack Tar］という船乗り全般をさすのに使われる名前がある。マストの前［before the mast］というのは船の真ん中のこと。

パン船長は海図をよく調べて、天候がかわらなければ六月二一日ごろにアゾレス諸島につき、そこからは飛んだほうが時間を節約できると考えました。

　船の乗組員にはこの船をまっとうな船にしたいと思う者もいれば、海賊船のままがいいと思う者もいました。でも船長は水夫たちの意見なんかに耳をかしませんし、水夫たちも誰が言いだしたかわからないように書いた嘆願書[4]でさえ出す勇気はありませんでした。命令されたことをすぐ実行する、これだけがこの船で安全に暮らす方法でした。スライトリーが十二たたき[5]をくらったのは、水深測量[6]をしろと命令されたとき、意味がわからなくてまごついていたためでした。今のところピーターはウェンディにこんたんがばれないようにおとなしくしているけれど、ウェンディが今、いやいやながらフックが残していったいやらしい服をもとにしてピーターのために作りなおしている服ができあがったら、きっとピーターは変わる、というのがみんなの意見でした。あとになってみんながささやいていたことによると、初めてその服を着た夜[7]、ピーターは船室でフックの葉巻パイプを口にくわえ、片手は人さし指だけ残して握り、その人さし指を鉤の形にまげておどかすように高くあげたまま、長いあいだ座っていたそうです。

　でも船を見守るのはここまでにして、ずっと前にこのお話の三人の登場人物が自分勝手に飛びだしてきたあのさびしい家に帰らなければなりません。これほど長いあいだあの一四番地の家をほうっておいて悪いことをしたと思いますが、ダーリング夫人は私たちを責めたりしないでしょう。わたしたちがダーリング夫人を心配してもっと早くそこへ行っていたら、きっと「馬鹿なことを言わないでください。わ

3【舵にしがみついていました】ピーターは船長と操舵手をかねている。大げさなことが好きな性格なので、まるで嵐がきて波にさらわれては大変だといわんばかりに、舵にしがみついているのだ。

4【嘆願書】船員たちが書面で抗議するとき、署名した順番がわからないように円形に並べて署名したもの。

5【十二たたき】ムチで十二回たたく刑罰。

6【水深測量】紐の先に重りをつけて船からたらし、水深を測ること。

7【初めてその服を着た夜】ピーターはフックの服を着るだけでなく手に鉤がついているふりもして、フックの霊と交信しようとしている。ピーターがフックの「役をためしてみる」このシーンは、ふたりの深いつながりをわたしたちに思い出させる。

たしはどうでもいいんです。早く戻って子どもたちを見てやってください」と叫んだことでしょう。お母さんたちがこんなふうだから、子どもはいつまでたってもそれを利用するのです。これはまちがいありません。[8]

今だって、この部屋の本当の住人がもうすぐ帰ってくるからというだけで、わたしたちはこのなつかしい子ども部屋に入っていくのです。[9]子どもたちのベッドにちゃんと風があててあるか、今夜ダーリング夫妻は出かけていないかとたしかめるために、子どもたちより先に部屋につこうと急いでいるのです。わたしたちはただの召使いです。あんなにあっさりと出ていってしまった子どもたちのために、どうしてベッドに風をあてておかなければならないのでしょう？　帰ってきたら、お父さんとお母さんは「田舎」で週末を過ごすために出かけて留守だったというほうが、いい気味ではないでしょうか？　そもそもあの子どもたちには、道徳というものを教えてやる必要があったのです。でももしこの話をそんなふうに進めたら、ダーリング夫人は絶対にわたしたちを許してくれないでしょう。

わたしが今したくてたまらないことがひとつあります。それはお話の作者たちがよくやるように、[10]子どもたちが帰ってきます、まちがいなく来週の木曜日にはここにいますよ、とダーリング夫人に教えることです。そんなことをすれば、ウェンディとジョンとマイケルが楽しみにしているお父さんたちをびっくりさせるという計画は台無しになるでしょう。三人は船の上でずっと計画をたてていたのです。本当なら引っぱたかれる覚悟をしなければならないときに、お母さんの大喜びの顔、お父さんの嬉しそうな叫び声、ナナがとにかく抱きつこうとして空中に飛びあがる

8【これはまちがいありません】原文のlay toはbet onの意味。

9【今だって、この部屋の本当の住人がもうすぐ帰ってくるからという理由で、わたしたちはこのなつかしい子ども部屋に入っていくのです】語り手が自在にさまざまな立場に身をおくことはこれまでにも何度もあった。ここでは家の中へ――まるで「召使い」のように――入っていって寝具に風が当ててあるかどうかチェックしようとしている。大人の視線をとることで、語り手は子どもたちが「感謝の念に欠けている」ことをしかり、「やんちゃ」と呼ぶのだ。この章からは子どもと両親の両方に対する憤りが感じられる。

10【お話の作者たちがよくやるように】バリーはここで語り手が物語の作者である彼自身だと明かし、これまで自分がもりあげてきた、子どもたちが無事に帰還するかどうかという心配を解消している。

ようすを空想していたのです。ひと足先に知らせてそんな計画を台無しにしてやったら、どんなに気持ちがいいことでしょう。そうすれば三人が得意そうに家に入ってきても、お母さんはウェンディにキスをすることもなく、お父さんは不機嫌そうな声で「なんてことだ。ぼうずたちが帰ってきたぞ」とどなるかもしれません。でも、そんなことをしても誰からも感謝されることはないでしょう。これまでのことでダーリング夫人がどんな人かわかってきました。あの人は子どもたちの小さな楽しみをうばったと言って、わたしたちに文句をつけるにきまっています。

「でもダーリングのおくさん、来週の木曜日までにはまだ一〇日あります。こうなりますよと先にお話ししておけば、あなたの不幸は一〇日だけ早く終わるんですよ」

「そうですね。でもそれと引きかえに失うものといったら！　子どもたちの一〇分間の喜びがなくなってしまうんですのよ」

「なるほど、あなたがそうお考えなら」

「ほかにどんな考えがあるとおっしゃるの？」

ほらね、この人にはまともな話は通じないのです。わたしはダーリング夫人についてはいろいろすばらしいところをほめたいと思っていました。でも、もうこの人にはあきれてしまいました。[11] すばらしいところなんか、もうひとつも言いません。じつはダーリング夫人にあらかじめ準備しておけと言う必要はありませんでした。準備はできているからです。ベッドはどれもしっかり風があててあります。家を留守にすることは絶対にありません。そして、ほら、窓はいつもあけてあります。ここにいても何もすることがないなら、船に戻ったほうがいいかもしれませんね。で

このあとに続く語り手とダーリング夫人との架空の会話は、子どもたちの母親から作者など二の次だと見られていると、作者自身が感じていることを示している。

11【この人にはあきれてしまいました】ダーリング夫人をきびしく非難する言葉がここに出てくるのは意外ではない（これ以前にも母親たちを軽蔑する表現が二度ある）。しかしこの小説がこれまで家庭生活や母親全般について感傷的な見かたをしてきたことを考えれば、この悪意のこもった言葉には驚かされる。登場人物の中でダーリング夫人がいちばん好きだと言う語り手の発言ともひどく矛盾している。

もせっかくここまで来たのですから、もう少しここで見物していましょうか。どちらにしてもわたしたちは見物することしかできないのですから。[12] わたしたちがいなくて本当に困る人はひとりもいません。だったらわたしたちはよく見ていて、トゲのあることでも言っておきましょう。[13] 少しは誰かにささるかもしれません。

子ども部屋でひとつだけ前と変わったことは、朝の九時から夕方六時まではそこに犬小屋がないことです。子どもたちが飛んでいってしまったとき、お父さんはナナを鎖でつないだことについては完全に自分が悪かった、初めから終わりまで自分よりナナのほうが賢かったと骨身にしみてわかったのです。もちろん、今まで見てきてわかったように、この人は単純な人です。頭がはげていなければ、まだ子どもといってもいいほどです。それでも正義を愛する気持ちと、正しいと思ったことをやりとげるライオンのような勇気をもった人でもありました。子どもたちがいなくなって心配していたとき、その出来事についてよく考えたすえに、四つんばいになって犬小屋に入ったのです。お母さんが出てきてくださいといくら声をかけても、悲しそうな声でこう答えるばかりでした。

「いや、わたしが悪かったのだから、ここしかわたしのいる場所はない」

後悔のにがい気持ちから、お父さんは子どもたちが帰るまで犬小屋から出ないと誓いました。もちろん、お気の毒なことです。でもこの人は何をするときもやりすぎてしまうか、すぐやめてしまうかなのです。今では毎晩犬小屋に座って、かわいかった子どもたちのようすなどをおくさんと語りあっているジョージ・ダーリングほど謙虚な人はいません。前はあれほど誇り高い人だったのに。

12【わたしたちは見物することしかできないのです】語り手はここでは部外者の立場をとって、外から見ているだけで物語には入りこめないと言っている（だがこれまで語り手は何度も大人、子ども、召使いなどさまざまな立場をとってきた）。家庭的な生活と親になることは、ネバーランドと同じように、語り手には永遠に手がとどかないものなのだ。バリーはここに、ルウェリン・デイヴィズ家にとってあくまでも部外者である自分の立場を反映させているのかもしれない。

13【トゲのあること】原文のjaggy thingsは、矢じりや鉄条網のトゲのようなもののこと。

お父さんのナナにたいする態度の変わりようにも胸をうたれます。ナナを犬小屋に入れることは絶対にありませんでしたが、そのほかのことはなんでも黙って好きなようにさせてやりました。

毎朝、ダーリング氏の入った犬小屋は馬車にのせられて事務所まで運ばれ、六時には同じやりかたで家に戻ってきました。この人が近所の人の評判をどれほど気にしていたかを思い出せば、これはダーリング氏が少し強くなったことを示しています。今ではこの人のすることなすことすべてが、驚きとともに注目されているのですから。心の中では、まるで拷問されているような気持ちだったでしょう。でも子どもがこの小さなすみかを馬鹿にしたときも外面は落ちついたままに見え、犬小屋の中をのぞきこむご婦人がいれば帽子をとってていねいにあいさつしました。ドン・キホーテのようだ[14]と言えるかもしれませんが、それでも立派なことです。

そのうち、どうしてこうなったのかという話が人々の耳にとどきはじめると、みんなはとても感動しました。おおぜいの人々が熱心に声援をおくりながら馬車について歩き、かわいい娘さんたちがダーリング氏のサインを求めて馬車によじのぼってきました。上品な記事をのせる新聞がインタビューの記事をのせ、社交界の人々はダーリング氏を夕食会に招待しましたが、招待状には「ぜひ犬小屋におこしください」と書きそえてありました。

こうして運命の木曜日も、ダーリング夫人は子ども部屋でダーリング氏の帰りを待っていました。その目には悲しみがあふれています。この人の近くによってしげしげと顔を見ると、子どもたちを失ったというだけで、前はあれほど明るかったは

14【ドン・キホーテのようだ】作者はここでダーリング氏を、セルバンテスの叙事詩的作品の主人公、空想にふけりすぎて現実を見失ってしまったドン・キホーテになぞらえている。そうすることで、ダーリング氏の奇行も現実を見失った夢想家ドン・キホーテのそれとくらべれば大したことはないという印象をあたえている。

ずの顔がすっかりかわってしまっています。こんな顔を見たら、この人の悪口なんてとても言えません。この人があのつまらない子どもたちをかわいがりすぎたとしても、それはしかたがなかったのです。椅子に座って眠ってしまったこの人を見てごらんなさい。まず最初に目がいく唇のはしが、すっかりしぼんでいます。まるでそこが痛いかのように、片手が胸の上で休みなく動いています。ピーターがいちばん好きな人もあり、ウェンディがいちばん好きな人もありますが、わたしはこの人がいちばん好きです。[15]この人を喜ばせるために眠っている耳もとで、もうすぐあのいたずらっ子たちが帰ってきますよとささやいたらどうでしょう。本当に子どもたちは今ではこの部屋の窓まであと三キロぐらいというところまで来ていて、今も元気に飛んでいるのです。でも、もうすぐ帰ってくるということだけ言えばじゅうぶんです。さあ、やってみましょう。[16]

ああ、こんなことをしなければよかった。ダーリング夫人は子どもたちの名前を呼びながらびっくりして目をさましてしまいました。でも部屋にはナナしかいません。

「ああ、ナナ。わたし、あの子たちが帰ってきた夢を見たわ」

ナナは目をうるませました。でも、やさしく前足をおくさまのひざにおくことしかできません。こうして、お父さんと犬小屋がはこばれてきたときも、ダーリング夫人とナナは一緒に座っていました。犬小屋から頭をだしておくさんにキスをしたときのお父さんの顔を見ると、前より疲れた感じですが、表情はやさしくなっているることがわかります。

お父さんがライザに帽子をわたすと、ライザは馬鹿にしたような顔で受けとりま

15【この人がいちばん好きです】語り手はピーター・パンと同じくらい気まぐれで衝動的に見える。「この人にはあきれました」「軽蔑します」などと言っておきながら、突然「いちばん好きです」と言っている。

16【さあ、やってみましょう】このように誘うことで、語り手は「わたしたち」という読者全般と一体化し、ほかに誰もいない子ども部屋で姿のない存在となって、ダーリング夫人に謎めいたささやきを聞かせようとしている。

した。ライザには想像力というものがないので、お父さんのような人の考えることが理解できないのです。外では馬車についてきた人々がお父さんにまだ声援をおくっています。もちろん、お父さんが感動しないわけはありません。

「お聞きよ。ありがたいことだ」とお父さんは言いました。

「小さな男の子ばかりですこと」ライザは鼻で笑いました。

「今日は大人も何人かいたよ」少し顔を赤くして、お父さんが言いかえしました。

ライザが頭をツンとそらしても、お父さんはひとことも文句を言いませんでした。世間でもてはやされるようになってもお父さんはいばったりしないで、前よりやさしくなっていました。お父さんは犬小屋からからだを半分のりだして、しばらくのあいだ自分の人気についてお母さんと話しました。お母さんがこの人気のせいでお父さんが調子にのらなければいいがと言ったときには、だいじょうぶだよと言うようにお母さんの手を握りました。

「だが、わしが心の弱い人間だったら」お父さんが言いました。「そうだな、もしわたしが心の弱い人間だったら！」

「あのね、ジョージ」お母さんがおそるおそる言いました。「あなたはこれまでと同じように後悔していますよね？」

「もちろん後悔しているさ！　わたしが受けている罰をごらん。こうして犬小屋で暮らしているじゃないか」

「それは罰ですよね、ジョージ？　まさか、これを楽しんではいませんよね？」

「とんでもない！」

もちろんお母さんはご主人に、失礼なことを言ってごめんなさいとあやまりました。そのうちに眠くなってきたダーリング氏は、犬小屋の中で丸くなりました。

「眠るまでのあいだ、何かひいてくれないか、遊び部屋のピアノで？」とお父さんが頼みました。お母さんが子どもの遊び部屋のほうへ行きかかると、お父さんはうっかり「それからその窓をしめておくれ、風が入ってくるから」と言いました。

「まあ、ジョージったら。そんなことを言わないでくださいね。この窓はあの子たちが入るためにいつもあけておくんです。いつも、絶対に」

今度はお父さんがお母さんにあやまる番でした。お母さんは遊び部屋へ行ってピアノをひき、そのうちお父さんは眠りました。そしてお父さんが眠っているあいだに、ウェンディとジョンとマイケルが部屋に飛びこんできたのです。

あっ、そうではありませんでした。まだわたしたちが船にいたときにこの三人が考えていた計画ではそのはずだったので、うっかりそのまま書いてしまいました。でもそのあと何かがあったに違いありません。じっさいに入ってきたのは子どもたちではなくて、ピーターとティンカーベルでした。

ピーターが真っ先に口にした言葉がすべてを物語っています。

「いそげ、ティンク」ピーターがささやきました。「窓をしめて、かぎをかけるんだ。よし。それじゃ、ぼくたちはドアから出ていこう。これで、帰ってきたウェンディはお母さんにしめ出されたと思うぞ。そうなればウェンディもぼくたちと一緒に帰るしかなくなる」

なるほど、これで謎がとけました。[17] ピーターが海賊たちをやっつけたあとも島に

17【これで謎がとけました】この小説も終わりに近づいて、語り手のその場しのぎの性格がますますはっきりしてきた。登場人物はそれぞれが自分の考えで勝手に行動するため、語り手にも先のことがわからないこともあるのだ。

戻らず、ティンカーベルに本土までの道案内をまかせておかなかったのはどうしてだろうと不思議に思っていたのです。ピーターはずっとこうするつもりだったのでしょう。

　ピーターは自分が悪いことをたくらんでいるとは少しも思っていないので、うかれて踊りました。それから誰がピアノをひいているのか見るために遊び部屋をのぞきました。そして「ウェンディのお母さんだ。きれいな人だけど、ぼくのお母さんほどじゃないや。あの人の口には指ぬきがいっぱいあるけど、ぼくのお母さんほどいっぱいじゃない」とティンクにささやきました。

　もちろんピーターは自分のお母さんのことは何も知りませんが、ときどきこうやって自慢するのです。

　ピーターは知りませんでしたが、お母さんがひいていた曲は「ホーム・スイート・ホーム」[18]でした。でもその曲が「ウェンディ、帰ってきて、ウェンディ、ウェンディ」と言っていることはピーターにもわかりました。そこでピーターは得意そうに「おくさん、あなたはもう二度とウェンディには会えませんよ。窓にかぎがかけてあるからね」と叫びました。

　ピアノの音がやんだので、ピーターはどうしてだろうと思ってまた部屋をのぞきました。ダーリング夫人はピアノに頭をもたせかけていました。目にはふたつぶの涙が浮かんでいます。

「あの人は、ぼくにかぎをあけてほしがっている」とピーターは思いました。「でもぼくはあけないぞ。あけるもんか」

18【「ホーム・スイート・ホーム」】日本では「埴生の宿」として知られるこの歌は、一八二三年に初演されたジョン・ハワード・ペイン作のオペラ『ミラノの乙女クラリ』で歌われたもの。作詞はペイン、作曲はサー・ヘンリー・ビショップである。歌詞は「多くの楽しみや宮殿を経験したが、いかに粗末でも我が家にまさるものはない」と始まる。この歌は「統べよ、ブリタニア」とともにサー・ヘンリー・ウッドの組曲「イギリスの海の歌によるファンタジア」に使われている。また「わが家にまさる場所はなし」というせりふは『ピーター・パンとウェンディ』より一〇年以上前に出版された『オズの魔法使い』の中でドロシーが言っている。バリーは「スコットランドの文学（彼はこの言葉を使っている）はしばしば『暖かい家庭生活から生まれ、熱い思いをこめて家庭をえがいてきた』（『マーガレット・オグルヴィ』）と書いている。

ピーターはもういちど部屋の中をのぞきました。ふたつぶの涙はまだ浮かんでいました。それとも、今見えている涙は新しいふたつぶかもしれません。

「あの人はウェンディがすごく好きなんだ」ピーターはひとりごとを言いました。ウェンディをとり戻せない理由をわかってくれないので、ピーターは今、このお母さんに腹をたてていました。

とり戻せない理由は簡単です。「ぼくもウェンディがとても好きなんですよ。ぼくたちの両方がウェンディをそばにおくのは無理ですからね、おくさん」

でも、このおくさんはわかってくれません。ピーターは困りました。お母さんのほうを見ないようにしました。それでもピーターはお母さんが気になってしかたがありません。あたりを飛び歩いてみたり、変な顔をしてみたりしても、それをやめるとまたお母さんがピーターの中にいてトントンとノックしているような気がします。

「わかったよ」とうとうピーターは言いました。そしてぐっと涙をこらえると、窓のかぎをはずしました。[19]「行くぞ、ティンク」と叫んだピーターは、さからうことのできない自然の法則に向かって、ぞっとするほど冷たい笑いを浮かべました。「ぼくたちにはお母さんなんて馬鹿なものはいらないんだ」こう言ってピーターは飛んでいきました。

こうして、けっきょくウェンディとジョンとマイケルが来たときには窓はあいていました。もちろんこの三人にはそうしてもらう値打ちなどなかったのです。でも三人は自分たちのしたことをはずかしいとも思わずに、床におりました。いちばん小さいマイケルはもう、自分の家を忘れてしまっていました。

19【窓のかぎをはずしました】この行為によって、ピーターは自分の本性と「非情さ」を克服している。ダーリング夫人の涙に心を動かされた彼は、同情するだけでなく、それを行動にうつしたのだ。

「ねえ、ジョン」不思議そうにあたりを見まわしながらマイケルが言いました。「ぼく、前にここへ来たことがあるような気がするよ」

「馬鹿だな、あるにきまってるだろう。ここにはきみのベッドがあるんだぞ」

「そうだよね」とマイケルは言いましたが、まだよくわかっていません。

「あっ、犬小屋だ！」と叫んで、ジョンが走って中をのぞきました。

「きっとナナがいるわ」とウェンディが言います。

でもジョンはヒューッと口笛を吹いて「あれ、中に男の人がいるよ」と言いました。

「お父さんだわ！」ウェンディが叫びました。

「ぼくにもお父さんを見せて」とせがんで、マイケルもじっくりと見ました。そして「ぼくが殺した海賊より小さいねえ」とあからさまにがっかりしたようすで言いました。ダーリング氏が眠っていてよかったと思います。お父さんが最初に聞く小さなマイケルの言葉がこれでは悲しいでしょうからね。

ウェンディとジョンはお父さんが犬小屋にいるのを見て、少しびっくりしていました。

「でも、たしか……」ジョンは記憶力に自信がもてなくなった人のように言いました。「お父さんって、前は犬小屋で寝てなかったよね？」

「ねえ、ジョン」ウェンディが口ごもりながら言いました。「もしかするとわたしたち、思ったほど前のことを覚えていないのかもしれないわね」

三人はぞくっと寒気がしました。いい気味です。

「ぼくたちが帰ってきたのにここにいないなんて、お母さんもうっかりしてるね」

とジョンが言いました。とんでもない罰当たりの子どもです。

そのとき、ダーリング夫人はまたピアノをひきはじめました。

「お母さんだわ！」ウェンディがのぞいて叫びました。

「ほんとだ！」ジョンが言いました。

「じゃあ、ウェンディ、きみはぼくのほんとのお母さんじゃないの？」と、すっかり眠くなっていたマイケルが聞きました。

「なんてことを言うの！」と叫んだウェンディは、このとき初めて心から後悔していました。「今のうちに帰ってきておいて、ほんとによかったわ」

「そっと入っていって、後ろからお母さんの目をふさいじゃおう」とジョンが提案しました。

でもウェンディはみんなが帰ったという嬉しいニュースはもっと静かに伝えたほうがいいと思って、もっといいアイディアを出しました。

「そっとベッドに入って、お母さんがここへ来たら、どこにも行ってなかったようなふりをしましょうよ」

というわけで、お父さんが寝ているかどうか見るためにダーリング夫人が子どもの寝室に来たとき、子どものベッドはみんなふさがっていました。子どもたちはお母さんが喜んで叫ぶ声を待っていたのですが、それは聞こえませんでした。お母さんはたしかに子どもたちを見ましたが、本当にそこにいるとは信じなかったのです。なにしろ今までに何度もそういう夢を見てきましたから、このときもまた夢を見ているだけだと思ったのです。[20]

20【また夢を見ているだけだと思ったのです】ダーリング夫人も夢と現実の区別がつけられなくなっている。そしてそのふたつの境界は、一四番地の家とネバーランドとの境界と同じくらい流動的なのだ。

21【数えきれないほどの喜び】この表現は、あふれるほどの幸福感にみちた子ども時代の体験をお母さんは暖炉のそばの椅子に腰かけました。そこはむかし、お母さんが子どもたちにお乳を飲ませた場所でした。

子どもたちはわけがわかりません。三人の心に冷たい不安がひろがりました。

「お母さん！」ウェンディは叫びました。

「あれはウェンディだわ」とお母さんは言いましたが、まだ夢だと思っています。

「お母さん！」

「あれはジョンだわ」

「お母さん！」マイケルが叫びました。今はもうお母さんを思い出していました。

「あれはマイケルだわ」と言って、お母さんはもう二度とその子たちを抱くことはないのだと思いながら、自分勝手な三人の子どもたちのほうへ手をのばしました。でも、その手は本当に抱きました。その手はベッドから出てお母さんのところへ駆けてきたウェンディとジョンとマイケルを抱いたのです。

「ジョージ、ジョージ」やっと口をきけるようになったお母さんが叫びました。目をさましたお父さんも一緒になって喜び、ナナも走ってきました。これほどすばらしい光景はほかにないだろうと思われました。でもそれを見ていたのは、窓からじっと中をのぞいている不思議な少年だけでした。その子は、ほかの子どもたちが決して味わうことのできない数えきれないほどの喜び[21]を知っています。でも、いま窓の外から見ている喜びの光景だけは、この子が永久に知ることのできないものでした。

意味し、ピーター・パンの本質を表現するものとされている。子どもたちと両親との再会の喜びは、ピーターがネバーランドで感じる「愉悦（エクスタシーズ）」とはまったく対照的なものだ。奇妙なことに、この場面では語り手が姿を消し、ピーターだけがこの光景を見ていると言う。つまり、ここでは彼はピーターと一体化している。イギリスの随筆家、批評家のウォルター・ペイターはバリーの美意識に深い影響を与えた文人であり、一瞬の生命力を賛美した彼の著作の影響で、バリーは「愉悦（エクスタシーズ）」という語を用いたのかもしれない。その著作とはペイターの『ルネサンス』の一節である――「こうした硬い宝石のような焔で絶えず燃えていること、この恍惚状態を維持すること、これこそが人生における成功ということにほかならない……すべてがわたしたちの足の下で溶けるあいだに、わたしたちはたぶん、すばらしい情熱をつかみとるのだ」

第17章 ウェンディが大人になって[1]

ほかの男の子たちはどうなったか、きっとみなさんは知りたいことでしょうね。ウェンディがその子たちのことをお父さんたちに説明する時間が必要でしたから、みんなは下で待っていました。そして五〇〇まで数えてから家に上がっていきました。上に行くときは階段を使いました。そのほうが飛んでいくよりいい印象をあたえると思ったからです。帽子をとってダーリング夫人の前に一列に並んで立ち、海賊の服を着てこなければよかったなあと思っていました。みんなひとこともしゃべりませんでしたが、その目はどうぞあなたの家においてくださいと頼んでいました。ダーリング氏のほうも見るべきでしたが、みんなこのお父さんのことは忘れていました。

もちろんダーリング夫人はすぐに、この子たちをみんなうちの子にすると言いました。でもダーリング氏はなぜか困ったような顔をしました。六人はかなり大人数だとお父さんが思っていることは、みんなにもわかりました。

「まったくおまえは物事を中途半端にはやらない子だね」お父さんはウェンディに言いました。ケチくさい言葉です。ふたごは自分たちのことを言われていると思い

1【ウェンディが大人になって】この章はバリーが劇を上演するさいにつけくわえたエピローグのひとつをまとめたものだ。「追加［an Afterthought］」と呼ばれたこのシーンは、一九〇八年二月二二日のヨーク公劇場における上演だけにつけくわえられていた。まず赤んぼうの人魚が登場し「今日のこの一回だけ、ウェンディが大人になったとき、ピーターに起こったことをお知らせする場面をお見せします……今回かぎりの上演です」と告げた。ピーターはダーリング家の子ども部屋を再訪し、ウェンディが大人になり、娘をもつ母親になっていることを知って驚く。最初の混乱からすばやく立ち直ると、

ました。

　ふたごの兄さんのほうは気の強い子で、顔を赤らめながら言いました。「ぼくたちが手にあまるとおっしゃるなら、ぼくたちはよそへ行きますが」

「お父さん！」ウェンディがショックを受けて言いました。でもお父さんの顔はくもったままでした。自分でも情けないことを言っているとわかっていましたが、どうしようもありませんでした。

「ぼくたち、ひとり分の場所でふたり寝られます」とニブスが言いました。

「この子たちの髪はいつもわたしが切っていたわ」とウェンディが言いました。

「ジョージ！」お母さんは自分の愛する人がわからずやのように思われているのを見るのがつらくて、思わず叫びました。

　そのとき、お父さんがわっと泣きだして、やっと本当の気持ちがわかりました。お父さんだってお母さんと同じように喜んでみんなを引きとりたいのです。でも、みんながお母さんにしか言わず、お父さんには何も聞いてくれないのはおかしいと思ったのです。ここは自分の家なのに、いないみたいに扱われていると感じていたのでした。[2]

「ぼくはお父さんがいないみたいだなんて思ってなかったよ」すぐにトゥートルズが叫びました。「カーリー、きみはお父さんがいないみたいだと思っていたかい？」

「思わないよ。スライトリー、きみはお父さんがいないみたいだと思っていたかい？」

「そうは思ってないよ。ふたごくんたち、きみたちはどう？」


ピーターはウェンディの娘ジェインをネバーランドへ連れて行こうとする。その日、この場面が終わるとバリーは舞台にあがり（後にも先にもバリーが舞台にあがったのはこのときだけだ）、拍手は一五分間鳴りやまなかった。

2【自分の家なのに、みんなはお父さんがここにいないみたいに話している】原文では「ゼロ」を意味するcypherという単語が使われている。ここでもダーリング氏は、自分が妻や子どもたちから無視されているような気がしてすねているのだ。

けっきょく、誰もお父さんがいないみたいだと思ってはいないことがわかりました。お父さんは信じられないほど喜んで、応接間に全員がおさまる場所を見つけようと言いました。

「ぼくたち、おさまると思います」みんなは自信まんまんで言いました。

「よし、じゃあ大将についてこい」とお父さんは陽気に叫びました。「いいか、この家に応接間があるかどうか、わたしは知らないぞ。でも、あるふりをしているんだ。そうすればあるのと同じことさ。それ行け！」

お父さんは応接間を探して家の中を踊りながら歩きまわりました。みんなは「それ行け！」と叫んで、踊りながらお父さんのあとについて応接間を探しました。応接間が見つかったかどうかわたしは忘れてしまいましたが、とにかくいくつかあいた場所が見つかって、みんな無事におさまりました。

ピーターはどうしたかというと、じつは飛んでいく前にもういちどウェンディに会いました。窓のところまでわざわざ来たというわけではなく、もしウェンディがその気になれば窓をあけてピーターに声をかけられるように、通りすがりにちょっと窓をこすったのです。するとウェンディはやっぱりピーターに気がついて、窓をあけて、声をかけました。

「やあ、ウェンディ。さよなら」とピーターは言いました。

「ねえピーター、ほんとに行ってしまうの？」

「行くよ」

「あのね、ピーター」ウェンディはためらいながら言いました。「あなた、わたしのお父さんとお母さんに何か言っておきたいことはないの？」

「ないね」

「ピーター、わたしのことは？」

「べつに」

そのときお母さんが窓のところへ来ました。今はウェンディからなるべく目をはなさないようにしていたのです。お母さんはピーターに、男の子たちを全部引きうけたこと、よかったらピーターも引きとりたいと思っていることを話しました。

「ぼくを学校へ行かせたいんでしょう？」とピーターはぬけめなく聞きました。

「そうよ」

「それから会社へ？」

「そうなるでしょうね」

「ぼくはじきに大人になる？」

「そう、すぐに」

「ぼくは学校へ行って難しいことなんか習いたくない」とピーターは強い調子で言いました。「ぼくは大人になりたくない。ああ、ウェンディのお母さん、ぼくがある日、目をさましたらひげが生えているなんていやだ！」

「ピーター、ひげの生えたあなたはきっとすてきだと思うわ」と言って、ウェンディは機嫌をとろうとしました。お母さんはピーターのほうへ手をのばしましたが、ピーターはその手をはねつけました。

「ぼくに触らないでください。誰もぼくをつかまえて大人にすることはできませんよ」

「でも、これからどこに住むつもりなの？」

「ぼくたちがウェンディのために作った家で、ティンクと暮らします。妖精たちは、自分たちの寝床のある木のあいだの高いところに、あの家をつるしてくれるはずだから」

「まあ、すてき」とウェンディがうらやましそうに叫んだので、お母さんはウェンディをしっかり抱きかかえました。

「妖精はみんな死んでしまったと思っていたわ」とお母さんが言いました。

「いつだって子どもの妖精がたくさんいるのよ」と、今ではすっかり妖精にくわしくなったウェンディが説明します。「だって人間の赤ちゃんが初めて笑うたびに、妖精がひとり生まれるの。赤ちゃんはどんどん生まれてくるから、妖精もどんどん生まれるのよ。妖精は木のてっぺんにある巣に住んでいてね。薄いむらさき色は男の子で白いのは女の子、青い子は自分がどっちなのかよくわからないお馬鹿さんなの[3]」

「ぼくは楽しく暮らすことになるな」とウェンディをちらりと見ながらピーターが言いました。

「夜はひとりで暖炉のそばに座るのね。きっとさびしいわよ」とウェンディが言いました。

「ティンクがいるよ」

「ティンクはわたしの二〇分の一も役に立たないわ」とウェンディは少しきつく言

3【自分がどっちなのかよくわからないお馬鹿さん】性別の混乱はこの作品の各所に暗示されているが、ここでは妖精の世界のこととして明確に語られている。

いました。「ずるい告げ口屋！」どこかでティンクが大声を出しました。

「なんでもないよ、そんなこと」ピーターが言いました。

「ピーターったら、なんでもないことないってわかっているくせに」

「それなら、ぼくと一緒に小さな家に来ればいい」

「行ってもいい、お母さん？」

「だめよ、絶対に。やっとあなたが帰ってきたのよ。もう二度とはなさないわ」

「でもピーターにはどうしてもお母さんが必要なの」

「あなたにも必要よ、かわいいウェンディ」

「ああ、べつにいいんだよ」ピーターはまるで礼儀として一応ウェンディを誘っただけのような口ぶりで言いました。でもお母さんはピーターの口がピクピク震えているのに気がついたので、せめてものなぐさめにひとつの提案をしました。毎年の春の大掃除をするために、ウェンディを一週間だけピーターのところへ行かせるという提案です。[4] ウェンディはもっと確実な約束がよかったかもしれません。ウェンディにしてみれば、春はずいぶん先のように思われました。でもこの約束のおかげでピーターは元気をとり戻して飛んでいきました。ピーターには時間というものがわかりません。それにピーターの生活は冒険でいっぱいなので、わたしが今まで話してきたすべての出来事もピーターにとっては大したことではないのです。ウェンディにもそれがわかっていたからこそ、ピーターにかけた最後の言葉が悲しそうに聞こえたのだと、わたしは思います。それは——

「ピーター、春の大掃除のときまで、わたしを忘れないわよね？」という言葉でし

4【毎年の春の大掃除をするために、ウェンディを一週間だけピーターのところへ行かせるという提案です】前にも指摘したように、ウェンディはギリシア神話で冥界の神によって母のもとから連れ去られたペルセポネ的な人物とみることができる。ただ神話とは正反対に、ウェンディは春の大掃除のときだけネバーランドへ行き、それ以外のときは母のもとにいる（神話のペルセポネは、春のあいだだけ母のもとに「帰り」、あとは冥界ですごす）。ペルセポネとは異なり、ウェンディはピーターの妻にはならず、母親になる。ある意味では、ダーリング夫人になりかわることで連綿と続く娘から母への変化の一部になっていくのだ。

た。

　もちろんピーターは忘れないと約束して飛んでいきました。そのときダーリング夫人のキスをひとつもらいました。ほかの誰ももらえなかったキスを、ピーターは簡単にもらっていったのです。おかしいですね。でもお母さんはキスをあげたことに満足しているようでした。

　それからもちろん男の子たちは学校へ行きました。たいていの子は三級に入りましたが、スライトリーだけはまず四級に入れられて、次に五級に入れられました。一級がいちばん上のクラスです。みんなは学校へ行きはじめて一週間もたたないうちに、どうして島から出てくるなんてとんまなことをしちゃったんだろうと思いましたが、もう遅すぎました。でもそのうちにそんな生活にもなれて、あなたやわたしやジェンキンズさんの息子[5]のように、ふつうの子どもになりました。残念なことに、この子たちはだんだん空を飛ぶ力もなくなっていきました。はじめのうちは、夜のあいだに飛んでいかないようにナナがみんなの足をベッドの柱に縛りつけていましたし、昼間はバスから落ちるまねをして遊ぶのが子どもたちの楽しみのひとつでしたが、みんなはだんだんと寝ながら縛られている足を引っぱることもなくなり、バスから飛びおりれば怪我をすることもわかってきたのです。そのうちに風に飛ばされた帽子をおいかけて飛ぶこともできなくなりました。練習不足だ、とみんなは言いました。でも飛べなくなった本当の理由は、みんなが飛べると信じなくなったからでした。

　マイケルはそのせいでみんなにからかわれましたが、ほかの子より少しあとまで

5【ジェンキンズさんの息子】原文はJenkins minorで、イートン校などイギリスのパブリック・スクールでは、父親と息子、兄と弟などを区別するために姓につけるのにyoungerでなくminorを使う。

信じていました。だから最初の年の終わりにピーターがウェンディをむかえに来たとき、ウェンディと一緒にいました。ウェンディはネバーランドにいたときに自分で葉っぱと木イチゴの実を織ってつくった服を着て飛んでいきました。ウェンディはその服がずいぶん短くなっていることにピーターが気づくのではないかと心配していました。でもピーターは自分のことを話すのに夢中で、全然気がつきませんでした。

ウェンディはわくわくしながら一緒に過ごしたときのことをピーターと話すのを楽しみにしていたのですが、ピーターの頭の中は新しい冒険のことでいっぱいで、古い冒険はどこかへ追いやられていました。

「フック船長って誰？」ウェンディがあの恐ろしい敵の話をしたとき、ピーターは興味しんしんでたずねました。

「覚えてないの？　あなたがあいつを殺してみんなの命を助けたことを？」ウェンディはびっくりして聞きました。

「殺したやつのことは忘れちゃうんだ」とピーターはなんでもないことのように答えました。[6]

ティンカーベルがわたしに会って喜んでくれるといいんだけど、とウェンディが言ったときの答は「ティンカーベルって誰？」でした。

「まあ、ピーターったら」ウェンディはショックでした。でもウェンディが説明してやっても、ピーターは思い出せませんでした。

「妖精はたくさんいるんだよ。そいつはきっと、もう生きてないんじゃないかな」

6【「殺したやつのことは忘れちゃうんだ」とピーターはなんでもないことのように答えました。】これはピーターの健忘症を強く印象づけるせりふだ。ここではピーターのナルシシズム（「自分のことを話すのに夢中」）、移り気（「頭の中は新しい冒険でいっぱいで、古い冒険はどこかへ追いやられていました」）、薄情さ（「ティンカーベルって誰？」）も強調されている。

ピーターの言うとおりなのでしょう。たしかに妖精は長生きではありません。けれど妖精はとても小さいので、短い時間でもじゅうぶん長く感じるのです。

ピーターが去年のことをまるで昨日みたいに思っていることがわかったときも、ウェンディは悲しくなりました。この日をずっと待っていたウェンディにとっては、一年はとても長かったからです。それでもピーターは前と同じように魅力的で、木のてっぺんに置かれた小さい家でとても楽しく春の大掃除をしました。

次の年、ピーターはウェンディをむかえに来ませんでした。ウェンディは新しい服を着て待っていました。前の服はもう小さくなって着られなかったのです。でもピーターは来ませんでした。

「きっと病気なんだ」とマイケルは言いました。

「だって、ピーターは病気になんかならないわ」

マイケルはウェンディの近くまでよってきて、震えながらささやきました。「きっと、ピーターなんていなかったんだよ、ウェンディ！」そのときもしマイケルが泣いていなければ、ウェンディが泣いていたことでしょう。

ピーターは、その次の春の大掃除のときには来ました。不思議なのは、前の年に来なかったことにピーターが気づいていなかったことです。

女の子のウェンディがピーターと会ったのはそのときが最後でした。そのあと何年かのあいだ、ウェンディはピーターのためを思ってからだが大きくなるときの成長痛にならないよう気をつけていました。学校で成績優秀の賞をもらったときはピーターを裏切ったような気がしました。でも、無頓着なあの男の子[7]は来ないまま、

7【無頓着なあの男の子】原文はcareless boyで、この「不注意［careless］」の一言でピーターの何事にも無頓着であると同時にうっかりしている性格をよく表現している。バリーはここで読者に、大人にならない結果はこうなると指摘しているのだ。

年月がすぎていきました。次にふたりが会ったとき、ウェンディは結婚していました。ウェンディにとってピーターはもう、おもちゃ箱のすみっこにたまった小さなほこりのようなものになっていました。ウェンディは大人になったのです。だからといってウェンディをかわいそうだと思う必要はありません。ウェンディは大人になるのが好きなタイプの人でした。けっきょくは自分から進んで、ほかの女の子より一日早く大人になってしまったのです。

一緒に来た男の子たちもそのころにはみんな大きくなって、どこにでもいるような大人になっていました。だからその子たちについてはもう、たいして話すことはありません。ふたごとカーリーとニブスが小さなかばんと傘をもって会社へ行くところは、いつでも見ることができます。マイケルは汽車の機関手です。スライトリーは貴族の女の人と結婚したので、今は貴族になっています。[8]鉄の扉をあけて出てくる、かつらをつけた裁判官が見えるでしょう？　あの人はむかしトゥートルズでした。自分の子どもたちにお話のひとつもしてやれないあのひげの男の人が、ジョンの今の姿です。

ウェンディはピンクの飾りベルトのついた白いドレスを着て結婚しました。教会でその結婚の予告をしたときに、ピーターが飛んできて[9]異議ありと言わなかったのは不思議なことです。

さらに年月がすぎて、ウェンディに女の子ができました。これはふつうのインクではなく、金色の[10]文字で書かなければならない大きな出来事です。

ジェインという名前のその子は、この場所に生まれてきた瞬間から、聞きたいこ

8【今は貴族になっています】バリーはここでイギリスの貴族制度のしきたりを皮肉っている。女性がロードの称号をもつ男性と結婚するとその人はレディーの称号を得る。しかし一般の男性がレディの称号をもつ女性と結婚しても、ロードの称号を得ることはない。バリーは一九一三年にバロネット（準男爵[baronet]）の称号を得てサー・ジェイムズ・バリーとなった。バロネットはしばしばThe Bartと省略されたり、the little Baronetとされたりしていた。ルウェリン・デイヴィズ家のマイケルとニコは親愛の情をこめてバリーを「サー・ジャズバンド・バリー」とか「サー・ジャズ」と呼んだ。バリーは一九〇九年にナイトの称号（一代限り）を辞退しているが、一段階上で世襲制の準男爵の称号を受けることには抵抗できなかった。

9【異議あり】婚約したキリスト教徒のカップルは教区教会で結婚の予告をして、異議のないことを

とがたくさんあると言いたそうな、ちょっとかわった不思議そうな顔[11]をいつもしていました。言葉を覚えて、聞きたいことを口で言えるようになると、聞きたいことというのはほとんどがピーター・パンのことでした。ジェインがピーターの話を聞きたがるので、ウェンディは自分たちが飛びだしたあの子ども部屋で、思い出せるかぎりの話をして聞かせました。じつはウェンディのお父さんが年をとって階段がいやになったので、ジェインのお父さんが利子三パーセントの分割払い[12]でウェンディが育った家を買っていたのです。だから今ではあの子ども部屋がジェインの部屋になっていました。ウェンディのお母さんはもう死んで、忘れられてしまいました[13]。

今は子ども部屋のベッドはふたつだけ、ジェインのベッドと乳母のものだけです。犬小屋も、もうありません。ナナも亡くなりました。ナナは年をとって死んだのですが、おばあさんになってからのナナはずいぶん気難しくて、つきあいにくくなっていました。自分以外は誰も、まともに子どもの世話をすることはできないとかたく信じこんでいたからです。

ジェインの乳母は一週間にひと晩の休みがありました。その日はウェンディがジェインを寝かしつけます。お話をするのはそんなときでした。シーツを自分とお母さんの頭にかぶせてテントのようにすることを発明したのはジェインでした。その真っ暗な中でジェインがささやきます。

「今、何が見える?」[14]

「今夜は何も見えないと思うわ」とウェンディは言います。もしナナがいたら、そ

確認する。

10【金色の文字】「百万本の金色の矢」がネバーランドへの道を示していた。金色はバリーにとって美しさと謎を象徴する色になる。

11【ちょっとかわった不思議そうな顔】ルイス・キャロルのアリスのように、ジェインも言葉のふたつの意味でcuriousである。つまり「ちょっとかわっていて(奇妙で)」「好奇心が強い」のだ。子どもの奇妙さと好奇心は、従来の児童文学のように抑制するのではなく、むしろ励まし育てるべきものだと認識していた点で、ルイス・キャロルは優れた児童文学者だった。

12【利子三パーセントの分割払い】ここでも父親たちは数字、計算、金銭的なことと結びつけられている。

れ以上話してはいけません、とこのあたりで言ったでしょうねと思っています。

「いいえ見えるはずよ。小さいころのお母さんが見えるわ」とジェインは言います。

「それはずいぶんむかしのことなのよ、ジェイン。ほんとにまあ、年月ってあっという間に飛んでいくわね」とウェンディが言います。

「年月が飛んでいくって、お母さんが小さいときにここから飛んでいったみたいに？」と、ジェインはうまく頭を働かせて言います。

「わたしが飛んだみたいに？　あのね、ジェイン、お母さんはときどき、自分が本当に飛んだのかどうかわからなくなってしまうことがあるの」

「でも、飛んだのよ」

「空を飛ぶことができたあのころがなつかしいわ！」

「どうして今は飛べないの？」

「大人になってしまったからよ。大人になると飛びかたを忘れてしまうの」

「どうして大人は飛びかたを忘れてしまうの？」

「大人はもう、陽気で無邪気で薄情じゃないからよ。陽気で無邪気で薄情でなければ、飛ぶことはできないの」

「陽気で無邪気で薄情ってどういうこと？　わたしが陽気で無邪気で薄情になれたらいいのに」

　別のときには、ウェンディが暗がりの中で何かが見えると言うこともあります。そして「見えているのは、この子ども部屋だと思うわ」と言います。

「わたしもそう思うわ。お話を続けて、お母さん」


13【ウェンディのお母さんはもう死んで、忘れられてしまいました】思い出が長く残らないのはネバーランドだけではなかった。一四番地の家でも、死者の思い出はふつうより早く消えている。語り手は「死んで」「忘れられてしまいました」と続けることで、人の喪失感がいかに早くいやされるかを強調することを忘れていない。注目すべきは、次のパラグラフでナナについては「死んだ［dead］」でなく「亡くなりました［passed away］」を使っていることだ。

14【今、何が見える？】「うまく頭を働かせる」ジェインは考え深い子どもだ。「真っ暗な中」なら母親ウェンディと自分にとって、ジョナサン・スウィフトが『様々な主題についての考え［Thoughts on various Subjects］』(一七一一年)で「洞察とは見えないものを見るわざだ」と描写したような洞察が可能になると考えているのだ。夜と闇は想像力と物語をつくる力を呼びおこすそれからピーターが影を探しに飛んできた夜の大冒険の話が始まります。

「その馬鹿な子ったら」ウェンディが言います。「影をせっけんでくっつけようとしたのよ。そしてできないとわかって泣きだしたの。その声でわたしが目をさまして、影を縫いつけてあげたのよ」

「お母さん、少しぬかしたわ」と、今ではお母さんよりその話をよく知っているジェインが口をはさみます。「その子が床に座って泣いているのを見たとき、お母さんはなんて言ったの？」

「ベッドの上で起きあがって『あのう、どうして泣いていらっしゃるの？[15]』と言ったんだったわ」

「ええ、そうだったわよね」とジェインは言って、息を大きく吸います。

「それからその子はわたしたちを連れてネバーランドまで飛んでいって、妖精や海賊やインディアンがいて、人魚の『入り江』や地下の家や小さな家があったわ」

「そうよ！　それでお母さんがいちばん好きだったのは何？」

「地下の家がいちばん好きだったわ」

「そうね。わたしもそうよ。それでピーターがいちばん最後にお母さんに言ったのはどんなこと？」

「ピーターは最後に『いつでもぼくを待っていて。そうしたらいつか、夜にぼくのときの声が聞こえるよ』と言ったわ」

「そうね」

「でもね、ピーターはわたしのことなんかすっかり忘れてしまったわ」とウェン

と考えられる。なぜならその状況では、現実は神聖で壮観な内的世界——少し先で「夜の大冒険」と書かれているもの——を前にして力を失うからだ。

15【あのう、どうして泣いていらっしゃるの？】『ピーター・パンとウェンディ』は終盤にきてピーターとの出会いの場面のウェンディの問いかけをそのまま繰り返すことで、読者を物語の始まりへ連れ戻す。まるで一四番地の家が、直線的に進む時間ではなく、ネバーランドをおおっているのと同じ循環する時間に支配されていると言わんばかりだ。そしてこのウェンディの問いかけと同じことを、ピーターに起こされたジェインも言うことになる。

ディはにっこりしながら言いました。ウェンディはそれくらい大人になっていたのです。

「ピーターのときの声ってどんなの？」とジェインがある晩聞きました。

「こんな感じよ」と言ってウェンディはピーターのときの声をまねしようとしました。

「いいえ、そうじゃなかったわ」ジェインはまじめな顔で言います。そして「こんな感じだったわよ」と言ってお母さんよりずっと上手にまねをしました。

ウェンディは少し驚きました。「ジェインったら、どうして知ってるの？」

「寝ているときによく聞こえるの」

「ああ、そうだわ。寝ているときにピーターの声を聞く女の子はたくさんいるの。でも起きているときに聞いたのはわたしだけよ」

「お母さんがうらやましいな」とジェインが言いました。

そしてある晩、悲劇がおとずれました。春のことです。寝る前のお話もすんでジェインはベッドで眠っていました。ウェンディは暖炉の近くの床に座っていました。子ども部屋で繕いものをするのには、暖炉の火のほかにあかりがなかったからです。そのときウェンディはニワトリが鳴くようなときの声を聞きました。そしてむかしと同じように窓がさっとあいて、ピーターが床にストンとおりたちました。

ピーターは少しも変わっていませんでした。ウェンディはすぐに、ピーターの歯がまだ全部乳歯なのに気づきました。

ピーターはまだ小さな男の子で、ウェンディは大人になっていました。ウェンディは大人になったことが悪いことのような気がして、火のそばでからだを小さくまるめて動かないようにしていました。

「やあ、ウェンディ」ピーターが言いました。ウェンディが変わったことにまったく気づいていません。ピーターはだいたい自分のことしか考えていないからです。そのときウェンディが来ていた白い服も、薄暗いあかりの中ではピーターが初めて来たときにウェンディが着ていた寝間着のように見えたかもしれません。

「あら、ピーター」ウェンディは小さな声でこたえて、できるだけからだを縮めました。ウェンディの中で何かが「大人のわたし、お願いよ、わたしから手をはなして」と叫んでいました。

「やあ、ジョンはどこ？」突然三つめのベッドがないことに気づいたピーターが聞きました。

「ジョンは今ここにいないの」とウェンディはあえぎながら言いました。

「マイケルは寝てるの？」無造作にジェインを見てピーターが聞きました。

「そうよ」と答えたウェンディは、自分がピーターとジェインの両方を裏切っていると感じていました。

「あれはマイケルじゃないのよ」ウェンディは罰がくだるのがこわくなって、急いで言いなおしました。

「じゃあ、あれは新しい子なの？」ピーターはジェインを見て言いました。

「そうよ」

「男の子？　女の子？」

「女の子なの」

これでピーターにもわかるかと思いましたが、少しもわかっていないようです。

「あのね、ピーター」ウェンディはためらいがちに言いました。「わたしと一緒に飛んでいこうと思っているの？」

「もちろんさ。そのために来たんだよ」そう言って、ピーターはちょっときつい調子でつけくわえました。「春の大掃除をするときじゃないか。きみ、忘れたの？」

ピーターがこれまでに何回も春の大掃除をとばしたことを言っても無駄だと、ウェンディにはわかっていました。

「わたしは行けないわ」とウェンディはすまなそうに言いました。「飛びかたを忘れてしまったんですもの」

「ぼくがまた教えてあげるよ」

「ああ、ピーター。わたしに妖精の粉をかけても無駄になるわ」

ウェンディは立ちあがりました。ある不安がやっとピーターを襲いました。「どうしたんだよ！」と叫んで、ピーターはあとずさりします。

「もっと明るくするから、自分の目でよく見て」とウェンディが言います。

わたしが知るかぎりでは人生で初めて、ピーターはおびえました。そして「明るくしないで！」と叫びました。

ウェンディは悲しんでいる男の子の髪の毛の中に両手をさしいれてなでまわしました。ウェンディはもう、ピーターのことを悲しんで泣く小さな女の子ではありません。そういうことをほほえんで受けとめられる大人でした。でもその微笑みには涙がまじっていました。

ウェンディが部屋を明るくしたので、ピーターにはすっかりわかりました。そして苦しそうな叫び声をあげました。背の高いきれいな女の人がピーターを抱きあげようとすると、荒々しく飛びのきました。

「どうしたんだよ？」ピーターがまた叫びました。

ウェンディはわけを話すしかありませんでした。

「ピーター、わたしは大人になったの。ずいぶん前に二十歳をすぎたわ」

「大人にはならないって約束したのに！」

「わたしにもどうしようもなかったの。今はもう結婚しているのよ、ピーター」

「そうじゃない」

「そうなのよ。そのベッドにいる女の子はわたしの子どもなの」

「違う」

でも、そうなんだろうとピーターは思いました。そして短剣をもちあげて、眠っている子どものほうへ一歩近づきました。もちろん、その子をさしたりはしませんでした。そのかわり床に座って泣きじゃくりました。どうやってなぐさめればいいのか、ウェンディにはわかりませんでした。前ならすぐに、あんなに簡単になぐさめてやれたのに。今ではウェンディはただの女の人でした。どうするか考えようと、ウェンディは部屋から走り出ました。

ピーターはまだ泣いていました。そのうちに泣き声でジェインが目をさましました。ジェインはベッドに起きあがり、たちまちピーターに興味をもちました。

「あのう、どうして泣いていらっしゃるの?」とジェインが言いました。

ピーターは立ちあがってジェインにおじぎをしました。ジェインはベッドからおじぎをしました。

「こんばんは」ピーターが言いました。

「こんばんは」ジェインも言いました。

「ぼくの名前はピーター・パンです」とピーターが言いました。

「ええ、知ってるわ」

「ぼく、お母さんをむかえにきたんです。ネバーランドへ行くために」

「ええ、知ってるわ」とジェインが言いました。「わたし、あなたを待っていたのよ」

ウェンディがそっと部屋に戻ってみると、ピーターはベッドの手すりに腰かけて、上機嫌でいつものときの声をあげていました。ジェインは寝間着を着たまま、うっとりと部屋中を飛びまわっていました。

「この子はぼくのお母さんなんだ」とピーターが説明しました。ジェインはおりてきて、ピーターのとなりに立ちました。ジェインは、ピーターが女の人にこんな顔をして見つめてほしいといつも思っているような顔で、ピーターを見つめています。

「ピーターにはどうしてもお母さんが必要なの」とジェインが言いました。

「わかってるわ」とウェンディは少しさびしそうに言いました。「わたしほどそれがわかっている人間はいないでしょうね」

「さよなら」ピーターはウェンディに言って、空中にまいあがりました。ジェインもすましてまいあがりました。今ではジェインにとって、飛ぶことがいちばん簡単

16【マーガレットという女の子】この物語の最後に出てくる女の子の名前は、バリーの母、マーガレット・オグルヴィからとられた。バリーは母の伝記を哀切きわまりないその死の描写で閉じると同時に、彼自身が死ぬときに母の幻が現れるさまを想像して次のように書いている。「わたしも年老いて意識がもうろうとし、現在というむきだしの道に夜の影がさすように過去が押しよせてくるときまで生きていたとしたら、きっとそこに見えるのは、幼いころの、母のスカートにしがみついて『ぼくが大人になるまで待っていて。そうしたら楽をさせてあげるから』と叫ぶ少年のわたしではなく、深紅色のワンピースに白いエプロンをつけた少女に違いない。その子は何かの歌を口ずさみながら広い公園の中をわたしのほうへ走ってくる。手には父親の夕食を入れた容器をさげて」

に動きまわる方法になっていました。

　ウェンディは窓に駆けよりました。

「だめよ、だめよ」と叫びました。

「春の大掃除のあいだだけよ」とジェインが言いました。「ピーターがいつもわたしに春の大掃除をしてほしいって言うの」

「わたしも一緒に行けたらいいのに」ウェンディがためいきをつきました。

「お母さんは飛べないでしょ」とジェインが言いました。

　けっきょくのところ、ウェンディはもちろんふたりを行かせました。わたしたちが最後に見たウェンディは、窓のところに立って、空を遠ざかっていくふたりが星のように小さくなるまでじっと見ていました。

　あなたは髪の毛が白くなりはじめ、またからだが小さくなったウェンディを見るかもしれません。今お話ししたことはすべて、ずっとむかしのことだからです。今ではジェインもふつうの大人になってマーガレットという女の子[16]がいます。そして毎年の春の大掃除には、忘れていないかぎり、ピーターがマーガレットをむかえに来て、一緒にネバーランドへ行きます。マーガレットはネバーランドでピーターが出てくるお話をしてやって、ピーターはそれを一生懸命聞きます。マーガレットが大人になったら、きっと女の子ができるでしょう。そして今度はその子がピーターのお母さんになります。こうして、子どもが陽気で無邪気で薄情[17]であるかぎり、これが繰り返されていくのです。


17【陽気で無邪気で薄情】「気まま」の一語をつけくわえることで、バリーは幼少年期に対する考え方の変化を表現している。子どもを無邪気で罪のない存在と決めつけていたヴィクトリア時代の子ども観は、少年少女を理想化し、彼らの明るいエネルギーや遊びたいという本能やあふれるほどの好奇心を抑えつけることで多くの害をおよぼしていた。世紀の変わり目に現れたフロイトは、幼少期のトラウマの中に大人の病的逸脱の根源があるとして、幼少期を重視した。それに対してバリーはどこであろうと子どものエネルギーを解放することで、幼少期に明るさ、軽さという概念をもたらした。彼の物語の子どもたちは飛ぶことができる。いくぶん軽はずみで、何かを気にかけたり何かに深くかかわったりすることはできないかもしれないが、そこに座ってじっとしていなさいと言われていた台座から、最後には解放されている。

THE END

J・M・バリーの『ブラック・レイク島漂流記』

『ブラック・レイク島少年漂流記』はバリーの戯曲『ピーター・パン』の萌芽ともいえる作品である。迷い子の少年たち、残忍な海賊の船長、眠る子どもたちを見守る犬、そして「いたずら好きの少年、主人公、彼に近づこうとするわたしたちを森の奥へ奥へと引きこむ」と描写される不思議な少年……ここには大人にならない少年をこの世に送りだした戯曲『ピーター・パン』の原型といえるものがある。バリーは『ピーター・パン』の序文に、この劇に出てくる「小さい人たち」はわたしの「最高にしてもっとも少部数」の作品に記録された冒険から生まれたようだ、と書いている。

コネティカット州ニューヘイヴンのイェール大学バイネッキ稀覯本図書館には、現在では一冊しか存在しない『ブラック・レイク島少年漂流記』が収蔵されている。同館の学芸員はじめ職員の方々のご好意により、同書のすべての写真とキャプションをここに初めて収録することができた。これらのページからは、『ピーター・パン』がごっこ遊び、パントマイム、身体表現からいかにして生まれたかがわかるだろう。主役を演じたのはジェイムズ・バリーと彼の愛犬ポーソス、そしてルウェリン・デイヴィズ家の三人の子どもたちだった。解説を見ればわかるようにここにあるのは本当に珍しいものであり、ピーター・パンとダーリング家の子どもたちがネバーランドで経験した冒険は、いつまでも若さをたもちたいという大人の欲求と、大人にしかできない探検や危険との遭遇を経験したいという子どもの願望をひとつにした創造物であり、一種の共同作品だったことがわかる。

一九〇一年の夏、アーサーとシルヴィアのルウェリン・デイヴィズ夫妻は、ジェイムズ・バリーと妻のメアリーが夏休みをすごしていたブラック・レイク山荘から数分の距離にあるティルフォードのコテージを借りた。バリーは六月と七月のほとんどを山荘で戯曲『屋敷町通［*Quality Street*］』を書いてすごし、書きあげた原稿をニューヨークのチャールズ・フローマンに送ったところだった。ちょどそのとき、ルウェリン・デイヴィズ一家は借りたコテージに落ちついたのだ。ルウェリン・デイヴィズ家の少年たちとともにブラック・レイク島の「大海原（おおうなばら）」で難破シーンを演じ、R・M・バランタインの『珊瑚島』に出てきたような無人島の冒険を再現することが、物語の執筆にかかわるバリーの心のなぐさめになった。このころバリーは小説『小さな白い鳥』を執筆するためのメモ——そこにはピーター・パンが初めて登場するアイディアも含まれている——を書きはじめており、乗っていた船が難破して無人島で暮らすうちに身分をこえた恋がめばえるという戯曲『あっぱれクライトン』にも着手していた。しかしバリーはフック船長に似た悪漢、陰気で邪悪なスウォージー船長の役を演じることにも夢中になっていた。ジョージ、ジャック、ピーターのルウェリン・デイヴィズ三兄弟が主役だった。四男マイケルは赤ん坊で、五男ニコはまだ生まれていなかった。

バリーと少年たちは「アンナ・ピンク号」で航海し、木をけずって槍をつくり、小屋を建て、原始林を探検し、トラを殺して八月の大半をすごし、最後にはふるさとイングランドに帰還した。夏の終わりにバリーはこの冒険を記録した本を作り、作者をピーター・ルウェリン・デイヴィズとした。そしてこれを二部印刷し、一冊は自分の手元におき、もう一冊は少年たちの父親アーサーに贈ったが、アーサーはすぐにそれを電車に置き忘れてなくしてしまった。前にも書いたが、のちにピーターは、父親のしたことは「この馬鹿げた行為全般に対する彼なりの意見」の表明であり、妻と子どもたちの愛情を横どりしようとする強敵からこんなものをもらういわれはないという彼の意志のあらわれだったと解釈している。バリーは残りの一冊をジャックに与えた。その後、顎の癌の手術を受けて寝たきりになった父アーサーがこれをほしがったので、ジャックはすぐに父の手元にとどけている。

今は一冊しかないこの本をイェール大学バイネッキ稀覯本図書館が所蔵している。見返しの白紙の部分にはバリーが「S・Ll・D&A・Ll・Dへ。J・M・Bより」と記した献辞がある。何年かたってから、バリーはそこへ「この本はもう一冊だけ存在したが、一九〇一年に電車内で紛失された。一九三三年、J・M・B」とつけくわえた。

この本の完全なタイトルは『ブラック・レイク島少年漂流記――ピーター・ルウェリン・デイヴィズがありのままに伝える、一九〇一年の夏にデイヴィズ家の兄弟が経験した恐ろしい冒険の記録』だった。出版地はロンドン、出版人は「グロスター通り、J・M・バリー」とあるが、じっさいにはエディンバラの出版業者コンスタブルが印刷した。献辞、前書き、電報文のように簡潔な各章のタイトルとそれに続くキャプションのついた写真で構成されたこの本の全ページを以下に転載する。

THE BOY CASTAWAYS
PETER LLEWELYN DAVIES.
Published by J.M. BARRIE.

献辞

ぼくたちのお母さんへ
ぼくたちを
獣から人間に育ててあげてくれた
あなたの努力に心からの感謝をささげます

まえがき

ぼくは、この小さな本の前書きに何か書けと兄さんたちに言われました。兄さんたちのほうがうまくできることはわかっていますが、言われたとおりにしようと思います。

ここにペンが走るままに記した不思議な出来事は、島にいたときにぼくが書いたメモをもとにしたものです。でも編集長としてのぼくの特権により、島の植物相や動物相など、ようするにぼくのような科学を愛する者にとっては非常に貴重だけれども、それ以外のしろうとのみなさんはあまり興味がもてないだろうと思う記録は省いたほうがいいと判断しました。また地層にかんして記録した章も、高尚すぎて一般の読者には不向きだと判断して、ここには掲載しませんでした。

ぼくたちの船が難破したのは一九〇一年八月一日、つまり今年のことでした。だからこの夏の奇妙で恐ろしい出来事をまだはっきり覚えています。ぼくたち三人はこの夏、ほかのどんな三兄弟も今まで経験したことがないだろう大変な経験をしました。いちばん大きいジョージは八歳と一か月、ジャックは七回目の「記念日」をまぢかにしていました。そしてぼくは、四歳をかなりすぎていました。ここで島の冒険を一緒にした仲間たちを紹介しておくのも悪くないと思います。

ジョージは立派で勇敢な子どもで、ウィルキンソン小学校の生徒でした。でも彼は自分の優秀さを鼻にかけてはいません。そんな彼の大きな欠点は、やたらに矢を射ようとすることでした。その利己的な目的のために、彼はいつもシャツの下に矢をはさんでもち歩いていました。ジャックもライオンのように勇敢でした。でも彼にもたくさん欠点がありました。そしてジャックはかわいい顔の女の子（彼女たちに祝福を！）に弱いという欠点（まあ、しかたないでしょうが）がありました。ピーターについては、ぼくは何も言わないでおきましょう。物語が進んでいけば、彼が言葉より行動を重んじる少年だとわかっていただけると思います。口先ばかりというのはジャックのもうひとつの欠点でした。ようするにこの作品は、初めは単なる記録として書かれたものでしたが、ぼくたちはこれを読んでいろいろなことを思いだすことができました。このたびこれを出版するのは弟のマイケルのためです。マイケルがこれを読んで、不屈の精神と男らしい忍耐力とはどんなものかを学んでくれれば、ぼくたちが難破したことも無駄ではなかったと言えるでしょう。

ピーター・ルウェリン・デイヴィズ

目次

第八章
死人(しびと)岬——屍(しかばね)の峡谷——転がる石の谷
第九章
探検は続く——スウォージー船長の犬、発見——意識不明——オオカミの襲撃
——ジャック、ジョージの命を救う
第一〇章
小屋のようす——海賊、ピーターを襲撃する——「閉じこめておけ」
——ピーター、板歩きの刑を宣告される——ジョージとジャック、土壇場で間にあう
第一一章
夜明けに海賊船に乗りこむ——高速船——「皆殺しのジョージ」と「血まみれ手斧のジャック」
——海賊、全滅——ピーターの救助
第一二章
スウォージー船長の裁判——スウォージー船長の命ごい——船長を縛り首にする
第一三章
雨の季節——マラリア熱——沖に船が——雄々しくこらえた失望
第一四章
ボートをつくる——間一髪でトラから逃げる——トラの皮をはぐ
第一五章
タバコの楽しみ——ピーター、家の夢を見る——島での最後の夜
——イギリスへ、わが家へ、ウィルキンソン小学校へ向けて出発——
第一六章
終わりに——子を育てる親への忠告

さあ、難破に出発だ。(以下バイネッキ稀覯本図書館)

マイケルは「行ってらっしゃい」と言うかわりに足をふった。

ぼくたちだけが不運な帆船アンナ・ピンク号の生き残りだ。

それは太陽の光を受けて輝くサンゴ島だった。

上陸した最初の夜は、自分たちで粗末な寝床をつくった。

島での最初の夜、日が沈んだあとは真っ暗でこわかった。

短剣に片手をそえて、夜明けを待つジョージ。

槍の穂先のような形の葉とキュウリのような形の実を見て、ジョージにはすぐにそれがマンゴーの木だとわかった。

それは島をパトロールする海賊スウォージー船長の犬だった。

ぼくたちは槍や、そのほかの役に立ちそうな武器をつくって海賊に備えた。

ジャックが小川からワニを追いだしているあいだに、ジョージは昼ごはんに食べるオウムを何羽か弓矢で射た。

ぼくたちは小屋をつくりはじめた。

週間休みなく働いて、やっと小屋は完成に近づいた。

床に入る前にタバコを一服。

こわれそうな船に乗って島の探検に出発。

「これは間違いなくココヤシの木だ。細い幹の上に冠のようにかぶさっている葉が、人間にはとてもまねのできない優雅さでたれ下がっているからね」とジョージが言った。

ぼくたちは力をあわせて「転がる石の谷」をのぼった。

ジャックは天と地のあいだで宙づりになった。

原始林の奥へと進む。

海賊の犬がぼくたちを見た。

「降参しろ、さもないと殺すぞ!」

寝ているあいだぼくたちを見守っているように犬を訓練した。

「実のところずいぶん危険な目にもあったが、こんなにもすばらしい自然の不思議に出会えるなら、もっと不自由な生活にも喜んで耐えてみせる」とジョージは言った。

ぼくたちは小屋にもどる。

ジョージとジャックはしかたなく小屋の外に座っていた。中で弟のピーターが原始的な楽器を鳴らしながら歌っていたからだ。「この音楽は素朴で、文明人には耳障りかもしれない。でも歌詞にはアラビアの歌と同じように詩的な想像力があふれているんだ」とピーターは言った。

ジョージはトラから四歩も離れていなかった。

ジョージはトラを攻撃したが、よけられてしまった。

ぼくたちはトラの急所に槍をさした。

トラを倒した記念に頭と皮を持ちかえった。

完全武装した海賊スウォージーがぼくたちを襲ってきた。

ぼくたちはスウォージーを縛り首にした。

「兄さん、見て。ハゲワシが獲物に飛びかかってるよ」とジャックが興奮して言った。

ハゲワシがスウォージーの死体をきれいに食べつくした。

島での最後の夜。

イギリスへ、わが家へ、ウィルキンソン小学校へ向けて出発だ。

「五人に捧げる」
——J・M・バリーによる戯曲『ピーター・パン』の序文

ついにこの戯曲『ピーター・パン』を出版するにあたり、私はいくつか穏やかならぬ告白をしなければならない。そのうちのひとつ、私にはこれを書いた記憶がないということについては、いつかそのうちにお話ししたい。そこで何よりもまず、「ピーター」誕生に欠くべからざる存在だった五人に「ピーター」を捧げたいと思う。親愛なる五人の諸君、私たちがお互いにどんな存在だったかを思い出せば、友人であるわたしが愛情をこめてこの作品をきみたちに捧げることを許してくれると思う。他の人にはわからないだろうが、きみたちはこの劇のあちらこちらに姿を見せている。やむなく省いたたくさんの場面にも、きみたちは登場していた。そもそもの始まりは、ケンジントン公園で先のとがっていない矢でピーターを射止めたことだったね？　わたしがなんとなく覚えているところでは、ピーターはちょっと息を止めていただけだったけれど、私たちは彼をしとめたと思った。そこでひとしきり歓声をあげて武勇をほこったわけだが、私たちの中でも気の優しいほうの子が泣きだして、みんなで警察を呼ぼうかと考えた。これはわたしたちみんなが目撃した本当のことだと、誰も疑わなかった。たしかに始まりは私がそそのかしたことだった。でもきみたちはいつも、私がまるで思いつかなかったようなことをつけくわえて話したのだ。私としては、原始人が二本の木をこすりあわせて火をおこしたように、私はきみたち五人をこすりあわせてピーターを呼びだしたと考えている。そう、ピーターはきみたちが生みだした火花なのだ。

ピーターについてわたしたちはたくさんの物語を作って楽しんだが、劇にするためにかなりの部分を省くことになった。君たちの中にはピーターの物語を始めたときにはまだ生まれていなかった子もいたが、終わるまでには立派な仲間になっていた。バーファムの公園で、生まれて六週間の四番「マイケル」が仲間に入ったとき、上の三人はまだ小さすぎるといって仲間にするのを嫌がったのを覚えているだろうか？　三番のきみ「ピーター」はシトー会修道院の白いスミレを忘れてしまったろうか？　あそこで私たちは初めて妖精（聖ベネディクトの小さな友だち）を見つけ、修道士が着るようなカソックを着せた。それともきみは「ぼくが殺す海賊はいつも一人だけですか？」と神に向かって叫んだことを忘れてしまったろうか？　無人島の呪われたウェイバリーの森につくった「漂流者の小屋」や、何度も攻撃してきたトラのお面をつけたセントバーナード犬や、その夏の出来事を記録した『少年漂流記』——それはこの私の最高にしてもっとも少部数の作品だ——のことを、きみたちは覚えているだろうか？　いったいどうして、私たちだけのために作ってきた物語をこうして薄っぺらな劇の形にして発表することになったのだろう？　ああ、私にはわかっている。もうきみたちは私の手を離れていくのだ。きみたちはごっこ遊びの森の中のサルのように枝から枝へとわたっているうちに、知恵の木に到達したのだ。ときにはきみたちが遊びの森にもどることもあった。それは分かれ道についたときによく考えもしないで、見なれた道、けれど決して家に帰りつくことのできない道を選んでしまうようなものだ。あるいは私を喜ばせるためにわざと、まだその森にいるふりをして枝に止まって見せることもあった。だがきみたちはすぐに、その森はもうないことを知った。探さなければならないということはもうないということなのだ。きみたちの中でもっとも勇敢な一番「ジョージ」はすでに、彼が森を血に染めて進んでいるとは信じていない。そして私に申し訳なさそうな目をしながらも、二番「ジャック」がいつまでも信じていることをからかった。三番でさえ、ぼくは本当に夜のあいだにベッドから抜けだしていたのだろうかと暗い表情できくようになった。下のふたりはまだよくわかっていないが、いずれ知ることになる。私が『ピーター・パン』の劇を書きはじめた背景にはこうした事情があったと思う。それは四半世紀も前のことだ。今となっては、あれはもう少し長くきみたちを引きとめておこうとする最後のあがきだったのか、それともきみたちを金銭のために利用しようという非情な決意だったのか、いくら考えてもわからない。

こうして、私には『ピーター・パン』を書いた記憶がないという情けない告白にもどることになる。ピーターが初めて舞台に登場してから長いときが過ぎた今、この物語は初めて出版されることになった。きみたちはこれをさんざん楽しんで飽きてしまい、空中にほうり投げて串ざしにし、泥のなかに落としたま、それぞれの人生を歩みはじめた。そして私はそれをこっそり拾いあつめ、かつては輝いていた断片のあれこれをペンでつなぎ合わせた。きっとそうだったに違いない。しかし私にはそれをした記憶がない。私は『ピーター・パン』の劇が上演されるようになって何年もすぎてから、小説『ピーター・パンとウェンディ』を書いたことは覚えている。だが私はその物語を、すでにタイプで打たれた原稿からとってきたのかもしれない。自分が書いたものについて、たとえ世間の人たちは忘れたとしても、私はすべて覚えている。ただひとつ、ピーターの劇だけが記憶にない。アマチュアの劇作家として初めて書いたあのちょっとした劇『山賊バンデレロ』のことは記憶しているのに。私はダンフリーズ・アカデミーでの学生時代に書いたその作品の細部までよく覚えているのだ。私が初めて書いてトゥール氏のプロデュースで上演された劇『イプセンの幽霊』についても克明に思いだすことができる。これは私たち物書きをこころざす者の先頭に立っていた名匠の作品のパロディだった。このとき劇の「場」という言葉を初めて教えられた私は、制作側がタイプをうちなおすコストを節約するために、手書きで「場」と入れたものだ。私が書き、今は有名になった女優が悲しげに語った最初のセリフは「ひとり目の夫のもとを去ったのと同じようにふたり目の夫のもとから去るなんて、まったくむかしのことのような気がするわ」というものだった。私は今も覚えている。初演の夜、一階席にいたある男性客は『イプセンの幽霊』をとても面白がって笑いこけ、とうとう退席させられるはめになった。だがそれもその場かぎりのことで、あとになって誰かが口にすることはなかった。だが私は覚えている！　長い時間をかけて『ピーター・パン』を書いたことを覚えていられない私の頭が、そんなささいな出来事を覚えているとはなんと奇妙なことだろう。私は『ピーター・パン』を書いたことを裏づけるはずの手稿を（断片的ないくつかのページをのぞけば）もっていないので、疑いはますます高まってくる。たしかに私がその後に書いた手稿は手元にある。だがそれは「何の証明にもならない」。オリジナルの手稿をなくしたのか捨てたのか、誰かに贈ったのか、私にはまったくわからない。私はこの劇をきみたちに捧げようとしている。でもこれが私のものだとどうやって証明すればいいのだろう？　同じように書いたものをもっている誰かが、もう冷たくなった権利を私と争う気になったらどうすればいいのだろう？　そう、私にとってもうそんな権利は、この物語が書かれるずっと前にピーターを生みだしたきみたちの笑いと同じように冷たくなっている。ピーターは今もいるが、私たちが楽しんだブラック・レイクの湖底に横たわっているのだ。

きみたち五人兄弟の誰もがたいていの人間よりこの劇に対する権利を主張する資格がある。私はきみたちとそれを争うつもりはない。しかしそれならもっとずっと前に、きみたちが私をいちばん崇拝していたころにそう主張すべきだった。あれは『ピーター・パン』公演の最初の年で、私は一晩で一シリング六ペンスかせぐという噂が君たちの耳にも届いたようだった。それは本当ではなかったが、そのおかげで私はきみたちの尊敬を得ることができた。きみたちは次の公演のときはずいぶん注意して見ていたね。劇を楽しむためではなく、たまたまきみたちの言った言葉が使われていて、共同制作者としての権利を主張できるのではないかと思ってのことだった。じっさいに「前述の」とか「以後は共同執筆者と呼ぶ」とかの表現を満載した法的文書が今もあるはずで、それによれば私は作品にきみたちの言葉をひとつ借用すると上演のたびに二番［ジャック］に半ペニー支払う義務を負っていた。『ピーター・パン』のリハーサルを見ているとき（そこに立ち会うことを許されたのは、私に対する好意のあらわれだったが)、紅茶のカップかビールのグラスを手にした作業着姿の男が、薄暗い劇場の一階席にいる私のとなりに来て、暗い表情で「これじゃ、桟敷席の子どもたちは満足しないだろうね」と言うことがしばしばあった。その男はそれだけ言うと、まるで劇場の幽霊か何かのようにふっと消えてしまうのだ。この男がかもしだしていた無力感はリハーサルなどのさいにすべての劇作家が感じると言われているもので、つまり彼は作者自身なのだろう。さらに言えば、私は大勢の子どもたちが自分の家で自由奔放にピーター・パンごっこをして、私が書いたものよりよほどいいせりふを何の苦もなく発するのを見てきた。それはもう、初演のあとたくさんの親から、妖精の粉が吹きかけられないかぎり誰も飛べないことを劇の中ではっきり言ってくれと言われた(つまり彼らは私がこの劇の責任者だと思っていたわけだ)ほどだった。それほどたくさんの子どもが、家に帰ってベッドから飛ぼうとしたせいで怪我をしたのだ。

そうでない可能性があるとしても、私は、やはり私が『ピーター・パン』を書いたと思う。そうだとしたらいつものようにインクで書いたはずだ。作品の一部は、私がこよなく愛するふるさとで書いたと思いたい。私が息をひきとるのは、ずいぶん苦労してたどりついたロンドンの、いとしいひとり暮らしの家になるだろうが。私はテーブルに向かって書いていたはずだ。すぐそばであの大きな犬が、私の仕事が終わるのを待っていただろう。書くことで彼と私の生活がなりたっていることを知っていたから、待たされても苦情は言わなかった。ただ彼がメス犬にされて作品に登場していることを知ると、私をちらりと見るのだ。何年かたって、ナナを演じていた俳優が召集されて戦地に行くことになったとき、彼はまず自分の妻に、彼がもどるまでかわりにナナを演じられるようにコツを教えた。私にとってこれは奇妙でもなんでもなく、むしろ嬉しいことだった。私にはこれも劇の一部のように感じられたのだ。私はこの愉快な苦肉の策を、私が原作者であることの最初の証明として採用した。

人は人生の段階をひとつ進むたびに別の人間になると言われることがある。意志の力でそうするのではなく——それができれば立派なことだが——一〇年もたてば人は何もしなくても自然に別人のようになる。この理屈は今の私がかかえる問題を説明できるかもしれないが、私の意見は違う。人は一生その人のまま変わらず、ただ時間の経過につれて、言わばひとつの部屋から別の部屋へ移るように、同じ家の中で移るのだと思う。もしもずっとむかしの部屋のドアをあけたら、私たちは今の自分になるための準備を忙しくしている自分自身をのぞき見ることができるのだろう。だから もし私がピーターの作者かどうか疑われているのなら、私の最初の部屋をのぞいてその住人を見ればいいのではないか。そこにいるのは七歳かそこらの少年で、遊び仲間のロブと一緒にいる。どちらもスコットランド人らしくグレンガリー帽をかぶっている。ふたりは今もある小さな洗濯小屋で劇のまねごとをして見せている。入場料は飾りピン、ビー玉、コマ（私はきみたちにたくさんスコットランド独特の物の名前を教えたから、どんなものかわかるはずだ）で、劇のクライマックスは、たしか洗濯用の熱湯をわかす大釜にお互いが相手を投げ入れようとするシーン——魔法をかけた見物人に釜にほうりこんでやると言ったこともあったらしいが——だった。この洗濯小屋は私の最初の芝居を上演した劇場だっただけでなく、ピーターとも密接なつながりがある。これはネバーランドで迷い子たちがウェンディのためにつくった小さな家の原型なのだ。大きな違いといえば、洗濯小屋にはジョンのよそ行きの帽子でつくった煙突がなかったことぐらいだ。もしロブが煙突みたいな形の帽子をかぶっていたら、それが洗濯小屋の屋根にのっていたことだろう。

次の部屋には、四年後の同じ少年がいる。彼は夢中になってむさぼるように無人島の物語を読んでいる。彼はそれらの島を難破島と呼び、そうした血なまぐさい本を少しずつこっそり買っている。やがて彼に変化がおとずれる。彼は高級な子ども向け雑誌「チャタ一ボックス」でそのような物語に対する批判を読み、無人島への熱がさめないままだったら、ずっとそこにとどまっているところだったと彼は気づく。彼は夕暮れどきを待ち、チョッキの下にありったけの無人島の本をかくしてドキドキしながらこっそり家を出る。私は影のように彼について行く。私は本当に彼の影なのだから当たり前だ。そして少年の私がパスヘッド農場の牧草地に穴をほり、彼のたくさんの無人島をそこへ埋めるのを見ている。それは何十年も前のことだが、私は今でもその牧草地の穴のところまでまっすぐ行って、埋めたものを掘り出すことができるだろう。さて次の部屋はどうだろう。そこにはさらに一〇年後の大学生の彼がいる。彼は口先だけでなく実行をともなう本物の探検家になることを切望しているが、それ以外は何もかわっていない。二〇歳の彼は船のマストのてっぺんから望遠鏡で水平線をくまなく見わたし、どこにあるかもわからない海岸をけんめいに探している可能性もあったのだ。私は次々に部屋をのぞく。大人の彼は本当の探検はあきらめている（どの探検隊も彼を入れてくれなかったという理由でしかたなくではあるが）。やがて彼はいくつか物語を――それらの中にいくつ無人島があるか数える人がいるのではないかと心配しながら――書くようになる。時とともに島がだんだん不吉さを増していることに私は気づく。でもそれは、右手が疲れてしまった彼が左手で書いているからにすぎない。左手で書くと陰鬱なものになるのは当然だ。いよいよ、わたしと彼が一体になる部屋に行こう。そこでは私たちふたりが、島の物語をもうひとつ書いてもいいものだろうかと考えている。こうして部屋から部屋へと家中をめぐってみても、私が確かにピーターを書いたと納得する人はいないかもしれない。でもそうである可能性は出てきたのではないだろうか。ここで私はいったん立ちどまり、また「チャターボックス」を読んで子どものころの苦悩を思いだし、『ピーター・パン』の手稿を牧草地の穴に埋めてしまったのかどうか考えるとしよう。

ずいぶん大げさに書いてしまった。たしかに私たちは変わるのだろう。しかし私たちの中の何か、目の中のゴミ粒のようにほんの小さな何かは変わらないのではないだろうか。それは目の中のゴミ粒と同じように私たちの前でチラチラ動き、生涯を通して私たちをなぐさめてくれる。私はそれを私の目の前にとどめている細い糸を切ることはできない。

私が『ピーター・パン』の作者であることを証明するいちばん強力な証拠は、今では悲しみをさそう一冊となってしまった前述の『ブラック・レイク島少年漂流記』の中に見出せるように思う。だからここで、その作品をご覧に入れることをお許し願いたい。裁判所の職員の方、『少年漂流記』をここへ呼んでください。証人が前に出て、それはきみたちがここ何年も開くことはなかったにしても、内容はよく知っているはずの本だと証言する。今になってこの本を書棚から抜き出すのは一苦労だった。このごろでは、この本の役目はもっぱら上の棚を支えることだったのだから。そんなふうにしてしまったのはきみたちではなく、たぶん私だったのだろう。確信はないがね。さあこれが、重いものを支えてきたせいでたわんで形がくずれ、(自分の薄情さに恥じいるばかりだが) 一時間かそこらの証言が必要になったときだけ私たちに思いだされてこの場に引き出されてきた本だ。私は前に、これは印刷された私の作品の中でいちばん希少なものだと言ったが、それも当然のこと。そもそも二冊しか印刷されず、そのうちの一冊は完成後すぐに電車内で紛失された(ピーターに関係するものにはいつも不可思議なことが起こる) から、今はこれ一冊しか残っていない。法廷にいる人の中にはこれは手書きだろうと思いこみ、それにしては大きい本だと感心するかもしれない。だがこれは印刷業者のコンスタブルが仕上げたものなのだ(すばらしい仕上がりだ。ありがとう、ブレイキー)。三五枚の写真が掲載され、布装で表紙にはきみたちのうちの年上の三人が「難破に出発する」姿が描かれている。三人のうちのいちばん年下の子が編集したことになっているが、私が彼にその栄誉を与えたのは、昼寝の時間だからというつまらない理由で、冒険のさいちゅうにしじゅう乳母が現れ、この三男坊を連れだしてしまった埋め合わせとしてだった。まだ赤ん坊だった四番はほとんど寝ていたからこの冒険においては名ばかりのメンバーで、きみたち三人が彼の夕食にする獲物をとりに弓矢をもって出かけるときに足をふって幸運を祈るぐらいのことしかしなかった。ちなみに、この本をひっくり返して五番［ニコ］を探しても無駄である。次にタイトルページを載せておく。ただし、きみたちの名前のかわりに番号が記してある。

ブラック・レイク島
少年漂流記
一九〇一年夏に

三兄弟が経験した
恐ろしい冒険の記録
三番が誠実に記録したもの

ロンドン
出版者　J・M・バリー
グロスター通り
一九〇一年

これには三番による長い序文があり、その時点での三人の年齢が次のように書いてある。「一番は八歳と一か月、二番は七回目の『記念日』をまぢかにしていました。そしてぼくは、四歳をかなりすぎていました」。編集人はふたりの兄について勇敢な性質をほめながらも、やたらに矢を射ようとして、いつもシャツの下に矢をはさんでもち歩いていた、と不満をもらしている。また自分自身についてはずいぶん謙虚に「三番については、ぼくは何も言わないでおきましょう。物語が進んでいけば、彼が言葉より行動を重んじる少年だとわかっていただけると思います」と書いた。つまり彼はふたりの兄に対して控えめな態度をとっていたわけだ。そして三番は「この作品は、はじめは単なる記録として書かれたものでしたが、ぼくたちはこれを読んでいろいろなことを思いだすことができました。このたびこれを出版するのは弟の四番のためです。彼がこれを読んで、不屈の精神と男らしい忍耐力とはどんなものかを学んでくれれば、ぼくたちが難破したことも無駄ではなかったと言えるでしょう」と意気軒高に彼の序文を終えている。

きみたちがこれを読んでいろいろなことを思いだす？　本当に？　長く忘れていた窓の下から聞こえてくる口笛（ロブは夜明けに私を釣りに誘いにきてよく口笛を吹いたものだ！）を私が思いだすように、この本の各章の見出しを見たきみたちは、強烈なひびきとは言わないまでも遠いかすかなこだまをもう一度聞くのだろうか？――「第二章、一番、ウィルキンソン校長に手きびしい教訓をあたえる――ぼくたちは海へ逃げる。第三章、恐怖のハリケーン――アンナ・ピンク号の難破――腹ぺこで気が狂いそうになる――三番を食べる相談――陸が見えるぞ！」。ここにあげたのは一六の章のうちのふたつだ。これらの見出しは、きみたちに青々とした松林の中にひびいた槍を投げる音を思いださせるだろうか？　あの「転がる石の谷」を必死によじのぼったときの汗を、海賊の血でよごれた手を洗い、血に染まった水を無造作に大地に流したことを思いださせるだろうか？　きみたちはまだ木の棒をこすり合わせて火をおこすことができるだろうか（シートン＝トンプソン氏がリフォーム・クラブ［ロンドンの伝統ある会員制クラブ］という火をおこすには奇妙な場所で教えてくれたやり方で、むかしはきみたちもできたはずだが）？　あとになってピーターが「地下の家」を思いつくヒントになったのは、あの小屋づくりの作業だったのだろうか？「島での最後の夜」というキャプションがついた、瓶を置いてマグカップを手にした悪漢きどりのあの写真を見ると、迷い子だったきみたちがいきなり海賊になったみたいだが、ここにもピーターに通じるものが感じられる。私たちが盗んできた製材用のこぎりの音を思いだしてみたまえ。あれはまったく人間のすばらしい発明だ。あれができたおかげで、森じゅうの鳥たちの歌を負かしてしまったのだから。

『少年漂流記』のフルページ大の写真はすべて私が撮ったものだ。きみたちはいつもここぞと思って私がシャッターをおしたときには動いてしまっていたから、すばらしい写真の中にはあらためて撮りなおしたものもある。今あらためて見ても、私たちは生真面目さと冗談をうまく混ぜたキャプションをつけたものだ。私たちは王様気分で好き勝手なことを書いたのだ。そうでなければついさっき偽物の実を縛りつけたモミの木に登った一番が「これは間違いなくココヤシの木だ。細い幹の上に冠のようにかぶさっている葉が、人間にはとてもまねのできない優雅さでたれ下がっているからね」と言ったことの説明がつかない。別の森に行ったつもりのときにはその同じ木の下で、一番は愛用の鉄砲によりかかって「実のところずいぶん危険な目にもあったが、こんなにもすばらしい自然の不思議に出会えるなら、もっと不自由な生活にも喜んで耐えてみせる」と言っている。そうかと思えば現実的な人間にもどって「槍の穂先のような形の葉とキュウリのような形の実を見て、すぐにそれがマンゴーの木だとわかった」こともある。一番は一緒に難破する仲間としてはたよりになる人物だったことに間違いはない。しかし私の記憶が正しければ、この本のキャプションで一番からこうした気取った言葉をかけられてばかりだった二番のほうは、どうして自分のせりふがないのかと文句を言っていた。この本の筆者と位置づけられているわりに三番の写真が驚くほど少ないのは、前にも書いたように乳母の女性が、ちょうど写真を撮ろうとするタイミングの一二時になると、三番を昼寝に連れて行ってしまったせいだ。だから写真を撮った私は、知恵をしぼって——誰もほめてはくれなかったが——本当は退屈な家の中でソファをけっていた三番を、名前だけ屋外の写真に登場させたこともある。だから一番と二番が顔をしかめて小屋の外に座っている写真に、事実ではないが、彼らがしかたなく小屋の外に座っていたのは「中で弟の三番が原始的な楽器を鳴らしながら歌っていたからだ」と書きそえ、その場にいない三番が「この音楽は素朴で、文明人には耳障りかもしれない。でも歌詞にはアラビアの歌と同じように詩的な想像力があふれているんだ」と（明らかに一番が言いそうなセリフを、機先を制して）言ったことにしている。このセリフを言ったはずのとき、三番はたぶんソファですねていたのだろうが。

『少年漂流記』には一六章分のタイトルがあるが、本文はない。この本が売り物だったら買った人から苦情がでるかもしれない。でも、本文があってもこれよりひどい本があることもたしかだ。この本のタイトルは『ピーター・パン』のかなりの部分の前触れになっているが、私たちがケンジントン公園で遊んだ日々に経験した出来事には、劇にふくまれていないものがもっとたくさんあった。例えば私たちの友人のスコット隊長より先に南極探検に行って南極点に達し、スコットに見せるために自分たちのイニシャルを氷に彫ってきたというものもあったが、これなどは実際の出来事を予言するような奇妙な偶然だ。『少年漂流記』にはフック船長も登場するが、ここでの名前はスウォージー船長で、写真で見るかぎり黒人のようだった。この人物の生まれや育ちについては、きみたちには言うまでもないが、事情に通じている人にはよく知られている。きみたちはあの恐ろしい第一一章、つまり「夜明けに海賊船に乗りこむ——高速船——『皆殺しの一番』と『血まみれ手斧の二番』——海賊、全滅——ピーターの救助（やあ、ピーター、こんなところで会うとは。救助するのではなく救助されるのだね？　私にはそのあたりの事情はきみと同じくらいよくわかっているが、これはふたりの秘密にしておこう）」の章（劇からとられたのかもしれない）に入る前にも、すでに彼と何度も格闘していた（右腕は取っていなかっただが）。海賊全滅の場面はブラック・レイク島の出来事だ（のちに女性も登場するようになって、場所は人魚の入り江にうつるのだが）。海賊船長の最期はワニに食われたわけではないが、ブラック・レイク島にもワニはいた（「一番が小川からワニを追いだしているあいだに、一番は昼ごはんに食べるオウムを何羽か弓矢で射た」）。きみたちが自分がひとりで船長を倒したと言いはって見苦しい手柄争いをしたせいで、われらが船長はさまざまな最期をとげることになった。三番が例えば乳歯を自分で抜いたときのように特別なことがあれば、きみたちは彼に手柄をゆずったが、彼が昼寝をしているあいだに別の方法でやりなおしていた。この本の中でスウォージー船長の最期をしめす写真は二枚だけだ。一枚目は「ぼくたちは彼を縛り首にした」と書きそえられたもので、一番と二番が情け容赦なく彼をロープで引っぱりあげている。スウォージー船長の顔はまるでにたにた笑いをする仮面のように（本当にそういう仮面だったのだが）歯をむきだしている。どうやら彼は中にシダをつめこんだ私の服を着ているらしい。もう一枚の写真は翌日のもので「ハゲワシがスウォージーの死体をきれいに食べつくした」というキャプションを見れば、彼の運命はおのずと明らかだ。『少年漂流記』に出てくる犬はナナという名前ではなかったが、ナナの役目をするための訓練はされていた。もとはスウォージー船長の犬（その前はマリアット船長の犬だったかもしれない）で、最初の写真ではやせこけた背中を丸めてこそこそと（私はどうやってこの犬にそうさせることができたのだろう？）邪悪な海賊のために「島をパトロールしている」。これを見るかぎりでは、彼が模範的な乳母になるとは思えない。しかし私たちは彼をよりよい生活にみちびいたのだ。あとから出てくる「寝ているあいだぼくたちを見守っているように犬を訓練した」と題する心あたたまる写真を見れば、ダーリング家の乳母のモデルが彼であることは明らかだ。この写真では彼も寝ているが、子どもたちを見守るという役目にふさわしい位置にいる。じっさいのところ、彼はいったん物語の中の自分の役割を理解すると、それを果たすには何でもきみたちと同じことをするのがいちばんだと考えたらしい。彼が私たちを困らせることもあったが、原因はいつも彼のこの思いこみだった。彼は自分も物語の一員としての役割をはたそうと躍起になっていた。ただしきみたちよりは心がひろいので、でしゃばってスウォージー船長を殺そうとすることはなかった。決して彼に独創性がなかったわけではない。一二時の一、二分前になるとほえて警告するのは彼自身のアイディアだった。それは三番の乳母がもうすぐ三番を連れに来る（三番が退場する）という合図だ。彼はこのごっこ遊びの世界にすっかりなじんでしまい、朝になって私たちが例の手づくりの小屋へ行くと、彼が見張っていて、じっさいに、馬鹿げていると思われるかもしれないが、彼が発明した新しいほえ方で私たちを迎えることがよくあった。最初はどうしてそんなことをするのか不思議だったが、彼は合言葉を要求しているのだった。余分な仕事をたのんでも、彼はいつも喜んで引き受けた。例えばお面をつけてトラの役もしてくれた。激しい戦いに勝利したきみたちがトラの首（お面）をもって小屋まで行進したときには、一緒に行進しながらも、その戦利品を少し前まで自分が身につけていたことは一言ももらさなかった。ずいぶんあとのことだが、彼はボックス席で『ピーター・パン』を見た。目の前でなじみのある場面が演じられたときの彼といったら……私はあれほど困惑した犬を見たことがない。ある日の昼の部で、私たちは少しのあいだナナ役の俳優のかわりに彼を舞台にあげたこともある。その入れかわりに気づいた観客がいたかどうかは知らないが、彼は舞台上で、私たちにはおなじみだが芝居の観客にとっては初めて見る「ある行為」をして見せた。やれやれ、私はこの回想の中で彼と彼のあとにわが家に来た別の忠実なニューファンドランド犬とを混同しているかもしれない。たしかこの翌年に別の犬が来たはずだ。その犬は私たちの夕食にどうぞとばかりに口にハリネズミをくわえて小屋に来た。そして後から来たこの犬の顔とからだの模様が劇のナナのモデルになったのだった。

劇に出てくる子どもたちは、たしかブラック・レイク島の物語から生まれたのだったね？　主役のいたずらっ子は別だ。そのいたずらっ子は、跡をつける私たちを森の奥へ奥へと引きこんだのだったね？　その男の子は何か普通の人間とはちがっていて、跡をつけられることが大嫌いだったので、自分が死んだら起きあがって灰になった自分を吹き飛ばすつもりでいた。

このころはまだウェンディはいなかった。だが仕事熱心な乳母という女性の存在が物語にユーモラスな雰囲気をもたらしていたのだから、ウェンディもすぐそこまで来ていた。私たちは、物語に変化を与える要素を新しく加えたら面白いのではないかと思いはじめたのだ。まあ私たちがどう思おうと、結局彼女は自分の力で物語に入ってきただろう。ひょっとするとピーターは自分の意志でウェンディをネバーランドに連れていったのではなく、物語に入りたがっていた彼女がそこへ入りこむ口実としてそう見せかけただけという可能性さえある。ティンカーベルにしても、私たちがブラック・レイク島にいるときにすでに現れていた。ある晩、私たちは四番を乳母車にのせて、彼に夕暮れの山道がどんなものか見せるために森の中を歩いていた。私たちがもっていた手さげランプのあかりが木の葉のあいだでチラチラゆれている中で、四番は一瞬静止したように見えた輝きの粒に向かって乳母車の上から嬉しそうに足をふった。この瞬間にティンクは生まれたのだ。だがティンクと四番にそれ以上の心のつながりがあったわけではない。その後ティンクについていろいろわかってきた四番は、ティンクは私たちが夕食に何を食べているかのぞいて少し分けてもらうために小屋に来ているのではないかと疑うようになり、敵意をもって彼女を追いかけていた。

むかしのことを思いだそうとするとき、安全だが温かみに欠けることもある方法は、ごちゃごちゃと物がつめこまれた引き出しを力ずくであけることだ。何か特定のものを探しているときには、この方法では見つけられない。しかしそこにあることすら忘れているもののほうがより興味深いことは多い。そういうわけで、私は特に目的もなくいろいろな文書類を読む。前に何枚かは手元にあると言った『ピーター・パン』の手稿の断片的な一部もふくまれているが、それさえも、また引き出しにもどせばどこかへ消えてしまう。まるでその断片には、まだ不思議な魔法のなごりがしみついているかのようだ。そうした原稿を見ると、私が創作の初期段階でいろいろけずったり、つけくわえたりしたことがわかる。私は引き出しの中に、クルック氏の楽しい音楽の切れはしをはじめ、日の目を見なかったピーターについてのいろいろな構想を見つける。私が特別な好意のしるしとしてボックス席で芝居を見せた少年が、終わってから何がいちばんよかったかという愚かな質問をされたときの答も見つかる。「そうだな、いちばんやりたいことは、プログラムをビリビリにやぶって、それをみんなの頭の上にばらまくことだよ」。こんなふうに打ちのめされるのはよくあることだ。私が気に入っていた劇のプログラムが引き出しに一部入っている。『ピーター・パン』の公演が始まった一年目か二年目のことだが、四番が病気で舞台を見に来られないことがあった。そこで私たちは遠い田舎の彼が寝こんでいるところまで、旅まわりのサーカス団にも負けない華々しい車列を組んで劇を見せにいった。主役の子どもたちはロンドンの劇団の子役が演じ、そのとき五歳だった四番はベッドの中で微笑みのひとつも見せず、真面目くさって芝居を見ていた。このとき私は人生でいちどだけ役者として舞台にあがったのだが、引き出しにあったプログラムを見ると他のキャストより小さな文字で名前が印刷されていて、私が役者としてはとるに足りない存在だったらしいことがわかる。

この献辞の中で私は四番と五番についてはほとんど語らなかった。そろそろ話も終わりに近い。このふたりは長い夏の一日をすごしていた。私はふたりを思いだす。私は月曜日に五番を子どものためのパーティーに連れて行くところだ。私は控えの間で彼の髪をとかしている。木曜日、彼は地下鉄の駅で私を壁に向かって立たせ「ぼくは切符を買いにいくから、ぼくがもどるまでここでじっとしているんだよ。そうしないと迷い子になるからね」と言う。四番が彼を肩車して釣りをしている私の肩から川に飛びおりる。私はひざまで川の水につかっている。まだ小学生のその子は、私の作品の誰よりも厳しい批評家になる。彼が首を横にふった作品はすべてお蔵入りになった。彼のせいで世界はいくつかの傑作を失ったかもしれない。私が自分としては気に入っていたある短い悲劇のテーマをうっかり四番に話したら、彼は顔をしかめて、ちょっと目を通したほうがいいなと言ってそれを読んだ。そしてなぐさめるように私の背中をたたきながら――それができるのは一番と彼だけだった――「こんなものを発表してはだめだよ」と言ったのだ。こうして悲劇作家の夢は断たれた。だが四番が私の作品を気に入ることもあって、『おい、ブルータス［*Dear Brutus*］』の原稿を返しながら「悪くなかったよ」と彼が言ったとき、私は天にも昇る気持ちになった。それより前の彼が一〇歳だったころ、私は『マーガレット・オグルヴィ』の手稿を彼にやろうとした。彼は即座に「いいよ」と断って「ぼくの机の引き出しはもう一杯だから」とつけくわえた。私が「つまらない、いらない物をとり出せばいい」というと「でも、その話はもう本で読んだから」と答えた。彼がすでに読んでいたとは知らなかったので、私は内心では大喜びしたのだが、「こういうものを珍しがって大切にもっている人もいるんだよ」と教えた。それでも彼は「あ、そう」と言うだけだったので、私は、きみがほしくないなら無理強いはしないよと言ってやった。彼は「もちろんほしいよ、でも机が――」と言うと、彼はそわそわと部屋を出て数分後に五番を引きずってきた。そして意気揚々と「五番がもらうよ」と告げたのだった。

すげなく断られるしうちなら、私はきみたち五人の全員から受けてきた！ 特に君たちがひとりまたひとりと妖精を信じなくなり私を嘘つきと軽蔑するようになったあのころは、そうした拒絶が私をひどく打ちのめした。私の最大の勝利、『ピーター・パン』の芝居における最大の喜び（芝居そのものの最良の点ということではないが）は、ずいぶん前から妖精の存在を信じなくなっていた四番に少なくとも二分間だけは妖精を信じさせることができた、ということだ。私と四番と五番はアウター・ヘブリディーズ（私の戯曲『メアリー・ローズ』の舞台）へ釣りに行くために船に乗っていた。何日もかかる旅だったが、四番はいつでも釣りを始められるようにずっと魚籠を背負っていた。ひとつだけ彼が残念がっていたのは、ジョニー・マッカイがいないことだった。前の年の夏は彼が釣りの案内人をつとめてくれ、釣りに必要なすべてのこと（おもに毛針に関する知識）を教えてくれたので、四番は彼をとても慕っていた。しかしマッカイがこの夏を私たちのもとですごすにはスコットランドの端から端までを横断しなければならず、さすがにそれは無理だとあきらめたのだった。船がカイル・オブ・ロハッシュの桟橋に近づいたとき私は四番と五番に、この桟橋は願いごとがかなうことで有名だから、何か願いごとがあったらここで祈ればかなうよと言った。五番はすぐに信じて願いごとを唱えた（私は、彼が桟橋に立って自信たっぷりな様子で誰かを探しているのをあとで見つけた）。だか四番は私の言葉を間の悪い冗談だと受けとり、言いなりになって願いごとをするのを断固拒否していた。「ねえ、きみは誰にいちばん会いたいんだね？」と聞くと「もちろんジョニー・マッカイに会いたいよ」と言う。「じゃあ彼に会えますようにと願いなさい」「馬鹿げてる」「願ってみても害にはならないよ」。こんなやりとりをして彼はいやそうに願いごとを口にした。そしてロープが桟橋に投げられたとき、彼は釣り道具一式を装備したジョニー・マッカイがそこで待っているのに気づいたのだ。ジョニー・マッカイほど妖精とはほど遠い人間はいないと思うが、四番は二分間たっぷり私たちとは別の世界に行っていた。やがて正気にもどった四番は私に微笑んだが、それはお互いの気持ちが通じ合ったことを意味していた。その後の一か月間、彼は完全に私を無視してずっとジョニーと行動をともにしていた。前にも言ったように、このエピソードは劇には出てこない。だから私が『ピーター・パン』をきみたちに捧げても、あの微笑みと私が経験したいくつかの忘れられないできごとのかけらは、私の心の中にいつまでも残るのだ。

『ケンジントン公園のピーター・パン』とアーサー・ラッカムの生涯

アーサー・ラッカムが描いた『ケンジントン公園のピーター・パン』の挿絵は、バリーの作品を視覚的に説明するものとしてだけでなく、ロンドンの有名な公園を舞台にくりひろげられる妖精たちとの冒険を描く独立した絵物語として見ることもできる。ここにそれらの挿絵を、出版当初のキャプションおよびその挿絵と該当するバリーの本文との関連についての筆者のコメントをつけて、ギャラリー風に掲載しておく。『ケンジントン公園のピーター・パン』の本は簡単に入手できるので、ピーター・パンのさまざまな姿をもっと十分に理解したい方はそちらも見ていただきたい[1]。

アーサー・ラッカムはネバーランドに住むピーター・パンにはあまり関心を示さなかった。彼は一九一四年に書いたある手紙で「どこにもない場所などというものは、無限の想像力をよびさます力において、実在するたくさんの美しい場所にかなうわけもない、つまらない代用品だ。各地に伝わる神話がもつ力はかくも偉大なのだ。ライン川、アトラス山脈、オリンピア……」（ハミルトン）と書いている。ラッカムはすでにグリム兄弟、ジョナサン・スウィフト、ワシントン・アーヴィングらの作品世界を、それぞれの舞台となった土地に不思議なほど調和した壮大とも言える挿絵で表現しており、その後もシェイクスピア、リヒャルト・ワーグナー、ルイス・キャロル、ハンス・クリスチャン・

アンデルセンなど多くの作家の作品に同様の仕事をすることになる。『ケンジントン公園のピーター・パン』の挿絵に見られる彼の豊かな表現力は、バリーの神話世界に色彩を与え、ピーター・パンや妖精たちに力強い生命力を吹きこんでいた。

ピーター・パンはケンジントン公園を散歩するうちに生みだされ、公園のあちこちで子どもたちとかわした会話の中で命を吹きこまれた。アーサー・ラッカムはその最初の場所にあった視覚的な要素に立ちかえり、まずケンジントン公園の門が閉められたあとに起こった物語のきっかけを作った風景に私たちを誘う。彼はネバーランドの物語よりも前の、大人になりたくない少年がまだ少年にもなっていない赤ん坊だったときに私たちを連れていく。

一八六七年九月一九日にロンドンで生まれたラッカムはJ・M・バリーよりも七歳年下で、ラッカム家の一二人の子どもの生き残った男児のなかではいちばん年長だった。彼は生涯をとおして自分が労働者階級の出身であることに誇りをもっており（じっさいには彼の父親は役所に勤める事務員だった）、彼の画家としての才能は先祖から受けついだものだとして「ロンドンの下町の住人は観察力にすぐれ、細かいもの、新しいもの、奇妙なものを見逃さないのだ」（ハミルトン）と公言していた。彼は子どものころから人並外れて絵がうまく、紙と鉛筆をこっそり寝床にもちこんで夜遅くまで描いていたということだ。紙がなくなると枕カバーに描いたことさえあったらしい。子どものころの彼は空想的な題材を好んで描いていたようだが、おそらくそれは彼が好きだったアーサー・ボイド・ホートンによる『アラビアン・ナイト』の挿絵の影響だろう。

一八七九年九月、ラッカムはシティ・オブ・ロンドン・スクールに入学した。学業が特に優れていたわけではなさそうだが教師たちには愛され、デッサンで賞をとったこともあった。一八八四年の初めには病気のため長期の療養が必要になり、オーストラリアに行っている。彼はその地の雄大な風景に接し、たっぷりある時間を利用して水彩画の腕前をみがくことができた。健康をとりもどした彼は七月にロンドンにもどると、好きな道をとことん進む決意をかため、その年の後半にはランベス・スクール・オブ・アートに入学した。しかし経済的な問題がしだいに彼の希望と決意をぐらつかせ始める。後に彼が希望に燃える画家の卵に助言を求められたとき、彼は絵描きという職業は「息子に永久に経済的援助をする力がなければ、どんな親も息子にさせてはならない職業です」（ハドソン）と返事を書いた。現実的な勝算を何ひとつもたず、ほとんど金もないままジャーナリストをめざしてロンドンに出たバリーとは異なり、ラッカムはまず生計を立てることを考えてウェストミンスター火災保険会社に事務員として就職した。

会社勤めのかたわらラッカムはいくつかの雑誌にイラスト——政治漫画からスポーツの試合を描いたものまで——を提供していたが、一八九二年に保険会社を退職して大判の雑誌『ウェストミンスター・バジェット』誌にイラストレーターとして入社し、当時の多くの有名人のイラストを描いた。そうした作品のほとんどは伝統的な手法で描かれていたが、描線の巧みさは傑出していた。彼が一八九三年に描いた「インフルエンザの悪鬼」と題するイラストは、やせこけた悪鬼のような不気味な生き物がその疫病を蔓延させる姿を描いており、のちに彼独自の作風となるものを予感させる。リチャード・バーラムがインゴルズビーのペンネームで描いた『インゴルズビーの伝説［*Ingoldsby Legends*］』（一八九八年）と『シェイクスピア作品集』（一八九九年）に挿絵を描いたころのラッカムは、のちに彼自身が「人生最悪のとき」と述懐したように重大な岐路にさしかかっていた。彼の頭の中にはあふれるほどのイメージと、解放されないままの創造のエネルギーがうずまいていたが、ジャーナリストとして求められるさまざまな仕事を生活のためにこなさざるをえない状況だったのだ。

ちょうど二〇世紀にさしかかるころ、ラッカムは少年時代に愛してやまなかった道に立ちかえり、『グリム童話集』に九九枚の白黒のデッサンと一枚のカラー口絵を提供した。その本は出版と同時に大きな反響をよんで何度も版をかさね、ラッカムは一九〇九年にオリジナルの白黒のデッサンのうちの四〇枚をフルカラーの挿絵に差しかえた。彼はその後もこの商業的に成功をおさめた最初の作品に強い愛着をいだいていたが、その理由の一端には、この仕事で本文を補う説明的な挿絵というより、独立した創造的な芸術作品としての――昔話の世界を目の前に浮かび上がらせるような――挿絵を描くことができたという満足感があったのだろう。

ラッカムを慕うある少年は彼を評して「彼の顔は熟したクルミのようにしわだらけで、しなびていた。そして近眼らしい厚い眼鏡ごしにギョロリと見られると、私には彼がグリム童話から飛びだした小鬼のように見えた」と書いている。そのときのラッカムはまだ三三歳だったが、顔にはしわがきざまれ、髪の生え際も後退し始めていた。だがその少年は「彼がひとたびパレットと絵筆を手にすれば、杖のひとふりで私の前に小人や妖精を呼びだすことのできる魔法使いになった」とつけくわえている（ハドソン）。

その魔法使いのようなところが、すぐれた肖像画家だったイーディス・スターキーの心をとらえたらしく、ふたりは一九〇三年に結婚する。イーディスは活発なアイルランド女性で、勝ち気で茶目っ気があり、鋭い皮肉のセンスをそなえていた。ふたりは似合いのカップルだったようで、ラッカムの生活は公私ともに充実したものになり、多くの作品が王立美術院や水彩画家協会などのギャラリーに展示された。そして一九〇五年に出版された『リップ・ヴァン・ウィンクル』によって、彼は一流の装飾画家としての地位を確立する。この本のために描いた五一枚のカラー版挿絵で、ラッカムはくねくねと絡みあう下ばえやふしくれだった木々を背景にやせこけた手足とグロテスクな容貌をもつ異形の生き物という、独特の魔法じみた表現様式を存分にふるっていた。

『リップ・ヴァン・ウィンクル』によってラッカムはイギリスの一流出版業者ウィリアム・ハイネマンとの継続的な関係を築きあげ、彼がハイネマン社と結んだ限定（完全予約制）出版や外国での出版という形態は、先例となってその後も続くことになる。絵画そのものもよく売れるようになり、レスター画廊では毎年の個展が恒例になっていた。こうしてイギリスの挿絵の世界で二〇年も続くラッカムの黄金時代が始まったのだ。

ラッカムの名声をさらに利用しようと、レスター画廊は彼をJ・M・バリーに引きあわせた。バリーの劇

『ピーター・パン』の成功も両者の共同作業をあと押しして、ラッカムの挿絵入りで『ケンジントン公園のピーター・パン』(一九〇六年)を贈り物用の本として出版する契約が成立する。それは『ピーター・パンとウェンディ』(劇をもとにした小説)を書く計画がもちあがるより前のことだった。全ページ大のフルカラーの挿絵を五〇枚描くのに、ラッカムは一年近くを費やした。その間に彼は何度もケンジントン公園に通い、公園内を観察したりスケッチしたりする姿を見られている。ラッカムが描きあげた挿絵を見たバリーは、「私はすっかり魅了された」と簡潔かつ的確な感想を述べた。批評家たちもおおむね同意見でペルメル・ガゼット紙は「ラッカムはバリーの妖精の国の雲のひとつから、バリーの風変りな作風にふさわしい挿絵を描くために、神の意志によってつかわされたように思われる」(ハドソン)と激賞した。一九一二年には新たにカラーの口絵と全ページ大の七枚の白黒の挿絵を加えた大型本が出版され、同じ年に『ピーター・パン画集』も出版された。

絵そのものの魅力にくわえ、この作品では画期的な三色印刷法が用いられている。これはラッカムのやわらかい色調に非常に適した技法だったので、彼はいっそう色使いや陰影に工夫をこらすことができた。ラッカムはさらに、ケンジントン公園という実在する場所に非現実的な生き物を出現させ、本当にある場所と想像上の風変りなものとの組み合わせの妙を生みだすために全力をかたむけた。

この作品の成功で経済的にゆとりができたので、ラッカム夫妻は大きな切妻屋根に赤と茶色をあしらった家に引越した。この家にはアトリエもあった。生活にゆとりができてもラッカムの創作意欲は衰えなかった。『ケンジントン公園のピーター・パン』の次に彼がとりかかったのは『不思議の国のアリス』の新版の挿絵だったが、これは彼の画家人生でもっとも困難な仕事だった。ジョン・テニエルが決定版ともいえる挿絵を描いた一八六五年の初版がまだ流通しており、批評家たちはそれ以外の挿絵をつけること自体に初めから不快感をもっていたのだ。ラッカムはキャロルのこの作品に愛着があった——子どものころ父親と一緒に読んだ思い出があった——ので、さまざまな制約にもめげずにこの仕事をやりとげた。一九〇七年に『不思議の国のアリス』の著作権が切れたために七種類の新版が出版されたが、その中ではラッカムのものがいちばん好評だった。しかしタイムズ紙はラッカムのものよりテニエルの挿絵に好意的で、ラッカムの挿絵は「無理やりに描かれた独創性のないものだ」と決めつけ、気落ちしたラッカムは続編の『鏡の国のアリス』には挿絵を描かなかった。

しかしラッカムが挿絵を描いた『真夏の夜の夢』（一九〇八年）に文句をつける批評家はひとりもいなかった。遊び心をこめてイメージをふくらませ、想像の世界と現実とをたくみに溶けあわせるラッカムの能力は、シェイクスピアの作品の挿絵を書くには最適だった。例えば「レビヤタンが一リーグ（三マイル）も泳がないうちに」というちょっとしたせりふをとりあげて、大波をかきわけて泳ぐ恐ろしい伝説の海獣の想像図を描いたりしたところに、いかにも彼らしい非凡な才能が見てとれる。アーツ・アンド・クラフツ運動の創始者のひとりウィリアム・ド・モーガンはこの本を「二〇世紀始まって以来の最高の挿絵の描かれた本だ」と評している。一九〇九年には妖精ブームが頂点に達し、ラッカムも彼の名声を利用して、物語と挿絵を通して子どもたちの想像力を高める教育をするべきだと主張した。彼は生涯を通して子どもたちと心を通わせ、特に一九〇八年に娘のバーバラが生まれてからは、子ども向けの本に挿絵を書くことに大きな喜びを感じていた。

ラッカムの絵の魅力は世代を越えたばかりでなく文化的な境界も越えていた。ワーグナーの『ラインの黄金』、『ワルキューレ』（一九一〇年）や『ジークフリートと神々の黄昏』（一九一一年）には彼の画家としての多様性が遺憾なく発揮されている。北欧神話を題材にしたこれらの作品に彼が描いた風景はまだ若かったC・S・ルイスに強い印象をあたえたようで、ラッカムの描いた『ジークフリート』の挿絵について「私は純粋な北欧の風景に包みこまれた。大西洋に浮かび、北の夏の果てしなく続く黄昏の中にある広大で澄みきった風景、はるか遠くにあるその厳しい世界に引きこまれてしまった」と書いている。そしてラッカムの絵は音楽を視覚化したものだとして「彼の絵を見るとき、私はまさに音楽をこの目で見たように感じ、さらに深い歓喜に浸された」（ハミルトン）と書いた。

ラッカムには切りかえの早いところがあり、いかにも北欧的な重厚な美しさから、次作の『イソップ物語』（一九一二年）と『マザー・グース』（一九一三年）の世界にもやすやすと移ることができた。そして『イソップ物語』の挿絵には戯画的に描いた自分の姿をちゃっかり描きこみ、『マザー・グース』でジャックが建てた家はチャルコット・ガーデンズにある自分の家をモデルにしていた。

第一次世界大戦中の一九一四年、ラッカムは志願兵としてハムステッド部隊に所属してエセックスで塹壕を掘った。彼は戦時中も毎年恒例のクリスマスプレゼント用の本に挿絵を描き、『クリスマス・キャロル』（一九一五年）［ラッカムの挿絵付き邦訳。小池滋訳］、グリム童話の『兄と妹 [*Little Brother and Little Sister*]』（一九一七年）、『夜ふけに読みたい不思議なイギリスのおとぎ話 [*English Fairy Tales Retold*]』（一九一八年）［邦訳はフローラ・アニー・スティル再話、アーサー・ラッカム挿絵、吉澤康子、和爾桃子編訳］が出版されている。第一次大戦後も『シンデレラ』（一九一九年）、『眠れる森の美女』（一九二〇年）などの挿絵があるが、これらに描いた挿絵は従来のものとは異なり、切り絵風のシルエットになっている。

一九二〇年、ラッカムはかつてないほどの収入を得た――年収七〇〇〇ポンドはJ・M・バリーに迫る額である。出版部数がふえたこととアメリカで個展を開いたことが理由だった。彼はホートンに別荘を買い、ロンドンに新しいアトリエをもった。別荘は水道も電気もなくネズミが出るような不便なところにあったが、ラッカムはこのころ、近代的な生活にうんざりしていたのだ。人間の堕落は車輪の発明から始まったと嘆き、写真や映画を心から憎んだ。ある友人には「私はタイプで打った原稿より、読めないような字でも手書きの一枚のほうがいい」（ハミルトン）と語っている。

一九二〇年代をとおしてラッカムは多くの作品を生みだし続けた。多くのアメリカ文学の古典にも挿絵を描いた。ナサニエル・ホーソーンの『ワンダー・ブック』（一九二二年）［ラッカムの挿絵つき邦訳、野原とりこ訳］、ワシントン・アーヴィングの『スリーピー・ホロウの伝説』（一九二八年）、エドガー・アラン・ポーの『怪奇・幻想小説集 [*Tales of Mystery and Imagination*］』（一九三五年）などである。

一九二七年、アメリカ旅行から気分一新して帰国したラッカムは、自分の挿絵がアメリカの出版業者からも好意的な反応を得たことから商品宣伝用のイラストにも挑戦してみる気になり、コルゲート社などいくつかの会社の仕事を引きうけた。同じ一九二七年にはマロリーの『アーサー王物語』（一九一七年）にラッカムが描いた挿絵のうちの『聖杯』と題する一枚をメアリー王妃が購入した。戦中戦後の物資の乏しい時代からの復興期をむかえ、ラッカムの画家としての成功もいよいよ頂点に達しようとしていた。

しかし凝ったつくりの書籍の市場は縮小を始めていた。そんなとき、アンデルセンの童話集に挿絵を描く依頼を受けたのは彼にとってじつに幸運なことだった。彼はひとり娘を連れてデンマークへ旅行し、農場や美術館を訪ねてその地の雰囲気を吸収した。小説家ヒュー・ウォルポールはラッカムのアンデルセンを挿絵本としてはその年いちばんの収穫だと断じ、ラッカムは「新たな優美さと洗練を自分のものにした。彼の想像力はかつてないほどの高みに達した」（ハドソン）と書いた。このアンデルセンの本と一九三三年出版の『アーサー・ラッカムの妖精イラスト集［*The Arthur Rackham Fairy Book*］』では、ラッカムはそれ以前より明るい色を使っていた。

一九三六年夏、アメリカの出版業者ジョージ・メイシーは、ジェイムズ・スティーヴンスの『黄金の壺［*The Crock of Gold*］』の挿絵をラッカムに依頼した。この作品は哲学、民話、メロドラマ的な要素が奇妙に混じりあった内容で、牧神パンと妖精の世界も出てきた。ラッカムとの会話の中で、メイシーは何気なく次は『楽しい川べ』を出版するかもしれないと話した。「そのとたん、彼の顔に激しい感情の波が起こった。数分のあいだ彼はゴクリとつばを飲み、何か言いかけ、私に背を向けてドアのほうへ歩くのを繰り返した」（ハドソン）とメイシーはのちに回想している。子どものころ大好きだったグレアムの名作をぜひ描きたいと、ラッカムは長いあいだ望んでいたのだ。彼は『黄金の壺』を後まわしにして、以後二年間ケネス・グレアムの傑作に没頭する。

アーサー・ラッカムは死の直前まで画板の前に立

ち、誰もがはっと胸をつかれるような美しい挿絵を描いた。一九三八年に癌にかかって寝たきりになっても、彼は『楽しい川べ』の完成に全力を傾け、一九三九年九月六日に永眠する直前に最後の一枚を描きあげた。それは第二次世界大戦勃発のわずか数日後のことだった。それまでに描きあげた多くの作品と同様に、この最後の作品も物語の作者の偉大な想像力に対する美しい色彩による彼からの応答だった。彼のすべての作品に共通するいちばんの特長は、『ダブリン・インディペンデント』紙が「ラッカム氏の絵画のいくつかはまさに詩である――それはあなたに夢を見させてくれる」（ハミルトン）と書いたとおり、絵そのものに詩があることなのだ。

1　ラッカムについて書いた私のエッセイに協力し、ラッカムの生涯および仕事に関する多くの資料を集めてくれた、ハーヴァード大学一年生対象のJ・M・バリーに関する私のゼミの学生アダム・ホーンに感謝したい。彼は協力者および共同執筆者として、私がラッカムの精神と芸術を理解するために多大な貢献をしてくれた。

『ケンジントン公園のピーター・パン』のアーサー・ラッカムの挿絵について

ケンジントン公園のピーター・パンが生まれるまで

足跡を残すのはピーター・パンの流儀ではない。J・M・バリーは戯曲『ピーター・パン』の序文で、はっきりそう書いている。そして「その男の子は何か普通の人間とはちがっていて、跡をつけられることが大嫌いだったので、自分が死んだら起きあがって灰になった自分を吹き飛ばすつもりでいた」（ホリンデイル）とも。たしかに、子どもらしい捉えにくさはピーターのいちばんの魅力のひとつだ。彼は星たちとかくれんぼをし、彼が好きで追いかけまわす人魚たちの腕をすりぬけ、あなたの前に現れたかと思えば、一瞬のうちにあなたのことを忘れる。ならばピーター・パン物語の読者のほとんどが、彼がいつどこで生まれたかを知ろうとしないことも驚くにはあたらない。だがいくらこの少年が空を飛べることで知られているとは言っても、ひとつの足跡も残さないなどということがあるだろうか？　答はイエスでありノーでもある。ピーター・パンは一九〇二年出版の『小さな白い鳥』に初めて姿を見せているが、そのデビューは一九〇四年に戯曲『ピーター・パン』の初演に登場したときと比べれば地味なものだった。小説『小さな白い鳥』自体も、戯曲――これもまた主人公ピーター・パン同様にさまざまに変化していた――を小説化して一九一一年に出版された『ピーター・パンとウェンディ』ほどの大ヒットにはならなかった。それでも、ピーターの足跡をたどろうとするなら、ぜひとも立ちかえるべき小説がある。ネバーランドへの道はケンジントン公園の中を通っているのだ。

著名な画家アーサー・ラッカムが挿絵を描いた『ケンジントン公園のピーター・パン』(一九〇六年)は、『小さな白い鳥』の中の六つの章をとりだしたものだった。『小さな白い鳥』は、ある独身の男(物語の語り手でもある)とデイヴィドという少年とが次第に友情をいだくようになる物語で、明らかに著者バリーとジョージ・ルウェリン・デイヴィズとの関係が投影されている。バリーがロンドンのケンジントン公園でジョージに初めて会ったのは一八九八年のことで、ジョージは五歳だった。大人の読者を想定して書かれた『小さな白い鳥』は従来の小説の枠におさまらない一風変わった内容の小説だったが、批評家からは好意的な評価を得ていた。『タイムズ』紙の書評家はこれを「バリーの最高傑作のひとつ」として「この作品以上に子どもに対する愛情と理解が伝わってくる小説を私は知らない」(バーキン)と書いている。この本は「彼らの(私の)少年たち」に捧げられていたが、タイムズ紙の書評家はそのことに眉をひそめはしなかった。バリーはケンジントン公園でルウェリン・デイヴィズ家の五人兄弟の長男ジョージと仲よくなり、教訓やメッセージなど何もない、魔法といたずらが出てくる面白いだけの物語を作って楽しんだのだった。もっともバリーはのちに、このときの物語には「道徳的な配慮」が含まれていたと主張しているが。

前にも書いたが、『ピーター・パン』が生まれたきっかけは、ルイス・キャロルの『不思議の国のアリス』やロバート・ルイス・スティーヴンソンの『宝島』の場合と似たところがあった。どれもが、大人と子どもがお互いの話を聞いてそれをさらに発展させていくという、共同作業のような過程を経ているのだ。そのうちに特定の主人公が生まれ、少しずつ物語の中心になっていった。バリーはジョージに、子どもはみんな、初めは鳥として生まれてくると話し、きみの生まれたばかりの弟のピーターはまだ飛べるんだよと語った。兄弟の母親シルヴィアが、ピーターが生まれたとき体重を測らなかったことから思いついたのかもしれない。ピーターは夜になるとケンジントン公園へ飛んで行って妖精たちと遊ぶんだ、とも話した。だがそのうちにジョージは、弟のピーターが飛べるとは信じなくなった——弟のピーターは夜のあいだベッドでふとんにくるまっているじゃないか——ので、バリーはピーターを彼らの物語の独立した別の登場人物にした。その登場人物がいつのまにか彼らの物語の中心になり、『小さな白い鳥』に登場するにいたったわけだ。こうしてピーター・パンが誕生したのである。

初めピーターの登場は一章だけだったが物語がふくらんでやがて六章になり、わき役として登場した彼がどんどん中心的存在になっていった。彼の物語は小説全体の真ん中の六章を占め、著者もコントロールしきれないほどの力を手にして自由に動くようになった。彼はバリーがケンジントン公園で話す物語を乗っ取ってしまったのだ。ロジャー・ランスリン・グリーンが『ピーター・パンの五〇年［*Fifty Years of Peter Pan*］』に次のように書いている。

一九〇一年にある人物がケンジントン公園に入りこんだとき、そこには妖精がたくさんいた。彼はとても静かにやってきたので、彼がいつからそこにいるのか思いだせる子どもはひとりもいなかった。彼はただそこにいた。どうしてピーター・パンという名前なのかと考えることさえしなかった。なぜならそれは彼の名前で、彼はピーター・パンなのだから。

『小さな白い鳥』出版の約一年後、バリーは新しい戯曲を書きはじめた。その劇がロンドンで上演されると、すでに著名な劇作家だった作者にとってもかつてないほどの大ヒットとなった。「大人になりたくない少年」はケンジントン公園で語られるお話にも『小さな白い鳥』のページの中にもおさまりきらないほど大きくなり、ルイス・キャロルがアリスについて書いたように「等身大で二倍も自然」になったのである。

人々はピーター・パンに夢中になった。出版業者は戯曲の小説版を書くよう依頼したが、バリーは当初それを受けなかった。ピーターを文字の形で枠にはめてしまうのはまだ早いと考えていたようだ。そしてそのかわりに、『小さな白い鳥』の中のピーター・パンが出てくる章だけを取り出して出版することを提案し、著名な画家のアーサー・ラッカムに個人的に挿絵を依頼した。その本はクリスマスプレゼント用の豪華本として出版しようということになった。ロンドンの出版社ホッダー・アンド・ストートンはすぐさまこの豪華本の成功を確信した。演劇プロデューサーのチャールズ・フローマンが毎年クリスマス時期に『ピーター・パン』を再演する計画をたてていたのだから、無理もないことだった。こうして、『小さな白い鳥』の一部を独立した物語にするアイディアが生まれたのだ。

「どっちつかず」がケンジントン公園に現れる

『ケンジントン公園のピーター・パン』は難解で風変わりな物語に美しい挿絵のついた小型の本になり、一九〇六年のクリスマスプレゼント用の本としては一番よく売れた。本を開くとまずケンジントン公園の地図が現れる。『ピーター・パン』の舞台に見られる異国風の島の風景とは対照的に、この物語の場面は本物の公園に非常に近い。ロジャー・ランスリン・グリーンが指摘するように「ケンジントン公園は今も昔も独特の魔法じみた雰囲気がただよう、妖精の領分――あるいはバリーその人の領分なのだ。彼はたしかにそこで新しい神話を生みだしただけでなく、オリュンポスよりもっと明確でたしかな『場所と名前』をそこに生みだしたのだ」

「けたはずれに広い場所」と描写されたこの公園はいろいろな子どもたちのエピソード――メイベル・グレイの「信じられないような冒険（両足のブーツをけって脱いでしまったことなんかいちばん小さな冒険だった）の数々」から、豪傑マルコムが聖ゴーヴァーの井戸でおぼれかかったことまで――の舞台だった。公園をめぐりながらいろいろなエピソードが語られていく。ガイド役の語り手はこの公園で起こった出来事の主なものだけを語っていく。なぜなら「広い道（ブロードウォーク）を歩きながら有名な場所を全部見ていったら、道のはしまで歩く前に帰る時間になってしまう」からだ。

鳥の島はケンジントン公園の中でも重要な場所のひとつだ。その島で「すべての男の赤ん坊と女の赤ん坊になる鳥が生まれる」。語り手は、人間でその島に入ることができるのはピーター・パンだけで、「彼は半分しか人間ではないからだ」と言う。『ピーター・パンとウェンディ』に出てくるピーターは飛んだりニワトリのような声を出したりして鳥に近いような印象がある――ネバー鳥の巣に乗っているシーンなどは視覚的にも鳥との近い関係を連想させる――が、『ケンジントン公園のピーター・パン』ではもっと明白に鳥との関係が語られている。ピーターは生まれて七日目に家の窓から飛びだして「人間になることから逃げ」、ケンジントン公園にもどる。自分が鳥以外の何かになったことにまったく気づいていなかったピーターは、水に鼻をつっこんで飲もうとしても木の枝にとまろうとしてもできないので、すっかり途方にくれてしまう。公園でひとりぼっちになった赤ん坊のピーターにはどうしたらいいかわからない。

かわいそうなピーター・パンは座りこんで泣きだしました。彼は鳥ならそんな座り方をしないことも気づいていなかったのです。気づいていないのは彼にとって幸いなことでした。気づいてしまったら、自分が飛べると信じることができなくなるでしょう。それが信じられなくなったら、もう二度と飛ぶことはできなくなるのです。鳥は飛べて私たちは飛べないのはどうしてでしょう。答は簡単なことです。鳥たちは自分が飛べると信じているからです。信じることは翼をもつことなのです。

飛ぶことと信じることについてのこのくだりは、バリーの特徴であるやさしい感傷をよく表している。

ケンジントン公園の門で笛を吹くピーター

ピーターは鳥の島へ飛んでいく。その島へ行くには飛んでいくしかない。彼は鳥の島の長老であるソロモン・コーに自分がどうなったのかきこうとしたのだ。何も疑わないピーターに向かってソロモンがピーターはもう鳥ではないと語ると、ピーターは信じる力を失い、飛ぶことができなくなった。島から出られなくなったピーターは、もうケンジントン公園にもどることができないと知る。『ピーター・パンとウェンディ』に出てくるどんな表現より強くピーターの悲劇を表現するのは、ソロモンが言った「どっちつかず」という言葉だろう。これこそがピーター・パンの大きな悲劇なのだ。彼は決して家を持たない。決して母親をもたない。鳥の世界にも人間の世界にも属さない。永遠の若さをもつということは、どこにも居場所のないさすらい人になるということなのだ。

鳥として生きる秘訣である「ほがらかな心」をもつ方法などをソロモンから教わりながら、ピーターは鳥に混じって暮らすようになる。島で暮らすうちに、彼は「ただ楽しむために歌う鳥たちと同じように一日中歌って暮らしたい」欲求にかられるようになる。しかし「半分は人間である彼には楽器が必要なので、葦の笛を作った」。バリーによるピーターが葦笛を吹く場面の描写は、この本の中でももっとも美しい一節だ。

夕方になるとピーターは島の岸辺に座って風の音やさざ波の音を葦笛で吹く練習をし、手のひらにつかまえた月の光を葦笛の音に変えようとしました。それはとても美しい音だったので、鳥たちでさえ本物とまちがえて「あれは魚が水の中で飛びはねた音だろうか、それともピーターが、魚が飛びはねる音を吹いている音だろうか？」と話しあったほどでした。ピーターは卵からかえったヒナのさえずりを吹くこともありました。そうするとお母さん鳥たちは、あら、わたし卵を産んでいたかしら、と巣の中を見まわしたものでした。

葦笛を吹くピーターは神話に出てくる牧神パンとのつながりを連想させるが、ここに引用した一節のまるで本当に笛の音が聞こえてくるような美しい描写からは、そうして笛を吹くことが彼の内にあるおさえきれない創造力の発露だとみなすことができる。さらにこの描写は、ピーターがフックとの最後の戦いで「ぼくは若さだ。ぼくは喜びだ……ぼくは卵のからを破って出てきたばかりの小さな鳥だ」と叫ぶ場面につながると考えることもできる。ピーターは明らかに何かを生みだす悦楽、何かを創造する喜悦を連想させるところがある。そうでありながら、彼は決して成長しない、大人になれない定めでもあるのだ。

彼は鳥たちと楽しく暮らしながらも、公園にもどって「ほかの子どもたちと同じように遊びたいと願っていた。公園ほど楽しく遊べる場所はほかにはなかったからだ」。ある日詩人のシェリーが五ポンド紙幣を折り紙にして「ヘビ池」に浮かべた船が鳥の島に流れついた。長老のソロモンからそれをもらったピーターに、島を脱出するチャンスがめぐってきた。ピーターはその紙は人間の世界ではとても価値があるのだと教え、それと引きかえにツグミが作った巣に乗って「ヘビ池」をわたることにした。こうして「小さな胸を喜びでいっぱいにし、心配はどこかへ吹き飛ばして」船に乗った彼は、公園にもどることができたのだ。彼が公園についたときにはすでに閉門時間をすぎていたので人間はいなかったが、遊びに出てきていた妖精たちがいた。

「妖精を信じますか?」

『ケンジントン公園のピーター・パン』には、バリーの他の作品には出てこない妖精の世界の物語がふくまれている。それを読めば、午後を少年たちと楽しくすごすための公園の散歩についやしていた男が妖精につよく魅せられていた理由は、まさに妖精の性質——活発なエネルギーをもち、輝くように美しく、道徳には無頓着——にあったことがわかる。妖精は小さくて——人間を小さくしたような外見で——その行動は人間の子どもに似ている。気まぐれで何をするかわからない彼らは、一瞬のうちに友だちから敵に、敵から友だちに変わる。ピーターが夜の公園についたとき、そこは妖精たちの領分になっていて、彼らはピーターを殺すつもりだった。しかし女の妖精たちは、ピーターが乗ってきた船の帆は赤ん坊の産着で、ピーターがまだほんの赤ん坊だと気づいて命を助ける。妖精たちは深夜の舞踏会を開くが、人間は参加できない。ティンカーベルもそうだったが、妖精はうぬぼれが強くいたずら好きで、からだが小さすぎるので「いちどにひとつの気持ちしかもつことができない」。日中はおもに地下に隠れてすごすが、「妖精があなたに見られそうになって、姿を隠す時間がないと思ったときは、そのままじっとして花のふりをする」

『ケンジントン公園のピーター・パン』にも『ピーター・パンとウェンディ』にも、妖精がどのように生まれるかの説明がある。「赤ん坊が初めて笑ったとき、その笑いが千個にわれてね、あちこち飛びまわったんだよ。それが妖精の始まりさ」とピーター自身が語っているのだ。妖精の学校ではいちばん年の小さい妖精が先生になるので、学校では何も教えない。「みんな散歩に出かけたきり、学校にはもどらない」のだ。家の中でも年が若いほど偉いとされている。「赤ん坊の妹」のかんしゃくについては、語り手が妖精と人間の赤ん坊との類似性をあげている。「赤ん坊が見るも恐ろしいかんしゃくを起こすのは、乳歯が生えるときの痛みのせいだと言われるが、じつはそうではない。その子がちゃんと話しているのに、私たちがその子の言葉を理解してやらないことにいら立っているのだ。彼女はちゃんと妖精の言葉で話しているのに」

バリーは妖精についてのイギリスの伝統的な描写に忠実にしたがい、妖精は「人間と天使の中間」あるいは「精神をもつ動物」（ブリッグズ）と書いている。だが彼の妖精は民話に出てくる小人や妖精とは異なり、自分たちだけで暮らし、人間の世界のことには概して関心がない。それでも人間の世界と同じような階級制度があり、地上の世界をまねている点もかなりある。閉門時間を過ぎても公園内に隠れていた人間の少女メイミーは、妖精の世界の目もくらむほどの美しさ（妖精の輪の天蓋を照らす土ボタルのあかり）と残酷なことも平気でする攻撃性（妖精たちはまぎれこんでいたメイミーを見つけたとき「彼女を殺してしまえ！」と口々に叫んだ）の両方を知った。

もう二度と家に帰ることはできない

「もちろん彼にはお母さんはいませんでした――そもそもお母さんがいたらどうだというのでしょう？」と『ケンジントン公園のピーター・パン』の語り手は言ったが、それは彼がとんだ二枚舌でまるで妖精のようにあてにならないことの証明にほかならない。ピーターには母親がいる。悲しいのはもう彼女にとってピーターは必要ないということだ。ケンジントン公園の妖精たちと知り合ったとき、ピーターは葦笛を吹いて聞かせるかわりにふたつの「小さな」願いをきいてほしいとたのんだ。ひとつめの願いで彼は飛ぶ力をもらった。新しい力を手に入れて大喜びした彼は母親のところに飛んで帰り、ぐっすり眠っている彼女を見つけた。窓の外から彼女を見たピーターは、そのままそこにとどまるか公園にもどるか迷った。ピーターの気配を感じた母親は目をさまし、「まるで世界でいちばん愛らしい言葉を口にするように」彼の名前を呼んだ。ピーターは母親のベッドのわきの床に座って「彼女が『ピーター』というのを邪魔しないように気をつけながら」葦笛で子守歌を吹いていた。だが結局、ピーターはソロモンにお別れを行ってからまた来ようと決めて、いったん帰る。しかし公園にいるうちに何か月も過ぎてしまい、やっと母親のところに行ってみると、窓は「閉まっていてかんぬきがかけてあった」。そして母親は「もうひとりの赤ん坊をだいて穏やかな顔で眠っていた」のだ。「たいていの人にとって、二度目のチャンスというものはないのです。窓まで行ってみると、もう閉門の時間なのです。もう一生、かんぬきが外されることはないのです」と語り手は言う。

ピーターにとって、バリーや私たちみんなにとってと同じように、家から出るということはそれまでの母と子の静かで緊密な関係に戻ることのできない、新しい段階に移るということだった。このときのかんぬきはケンジントン公園の門を閉めるそれではなく、そこにいれば子どもが安全に守られていられるなつかしい天国としての家からピーターを閉めだすものだった。しかし、窓のかんぬきは同時に家が牢屋にもなり得ることを意味する。家は自由な活動や魔法が入りこむ余地のない、成長した子どもにとっては大きくふくらんだ望みをおさめておくには狭すぎる場所にもなる。こうした成長がもたらす悲劇は、ケネス・グレアムのいう「広い世界」や「広い森」、つまりケンジントン公園のように囲まれた場所でなく、閉門時間もない無限の可能性のある場所によって和らげることができるのだ。

メイミー——ウェンディの前身

メイミー・マナリングは閉門時間になっても帰ろう

とせず、公園に残った四歳の少女だ。どうしても妖精の舞踏会を見たいと思っていたメイミーは閉門時間変更の張り紙を利用し、兄と一緒に先に公園を出たと乳母に思いこませて聖ゴーヴァーの井戸に隠れていた。公園の木々が「妖精たちはきみをひどい目にあわせるよ。刺し殺すかもしれないし、無理やり妖精の子どもの子守りにするかもしれない。そうでなければきみを常緑樹のカシの木みたいな、退屈なものに変えてしまうかもしれない」と警告するが、メイミーは公園内にはりめぐらされたリボンが示す妖精の道をずんずん進むうちに、妖精のマブの女王の舞踏会にいく途中のブラウニーに出会う。舞踏会には、お妃を見つけたいと思っているクリスマスひなげし公爵がいた。ブラウニーは公爵の心を射止め、妖精たちの話を立ち聞きして殺されそうになっているメイミーの命を助けてほしいとたのむ。メイミーが公爵とブラウニーの婚約のおぜん立てをしたと知った妖精たちは彼女にお礼をすることにして、メイミーが寒くないように「彼女のからだの大きさにぴったり合う」きれいな家を眠っている彼女のまわりに建てることにする。メイミーが目をさまして起きあがると、頭が家の屋根にぶつかって屋根は「箱のふたのように」開く。まるで『不思議の国のアリス』の一場面のようだ。彼女がその小さな家の全体を見ようとして外に出ると、家はどんどん縮んでいって消えてしまう。だが彼女はひとりぼっちではなかった。「人間の女の子、泣かないで」という声がしたかと思うと「きれいな裸の少年」のピーター・パンが「何か考えているような顔」をして彼女の前に立っていたのだ。

ピーターが初めてキスをあげようかと言われて手をさしだしてしまい、指ぬきをもらってそれをキスだと思ったのはケンジントン公園での出来事だった。「かわいそうな小さな男の子！　ピーターはメイミーの言葉を信じて今も指ぬきをはめている。ピーターはほかの誰よりも指ぬきなんて使いそうもないのに」と語り手は言う。『ケンジントン公園のピーター・パン』では、ピーターとメイミーは指ぬき、つまり本当のキスをかわし、ピーターはメイミーにプロポーズもしている。ピーターの頭に「とても楽しい」考えが浮かび、メイミーに「ぼくと結婚してくれない？」と言ったのだ。

メイミーはピーターと一緒に暮らすのも悪くないと思いはじめるが、メイミーの母親もいつもメイミーを待って窓のかんぬきを外しているとはかぎらないとピーターに言われて急に心配になる。それでもメイミーは「ドアはいつもあいていて、お母さんはいつも私を待っているわ」と言い張る。だが朝になって公園の門が開くと、メイミーはまたピーターのところへもどると約束したが、大好きな「どっちつかず」の少年と長くすごしすぎたかもしれないと思いなおし、結局は乳母の言いなりになって家に帰る。ピーターの短い恋――キスをしあい、結婚を申しこんだこと――は『ピーター・パンとウェンディ』の読者を驚かせるかもしれない。ピーターはウェンディにはいちども持たなかった感情をメイミーには感じていたのだ。しかしいずれにしてもピーターは、いくら彼女たちと楽しい時をすごしても、結ばれる喜びを知ることは永遠に許されない「悲劇の少年」のままだった。「長いあいだピーターは、いつか夜になったらメイミーが帰ってくるかもしれないと思っていました。舟に乗って公園の草地に近づいたとき、『ヘビ池』の岸でメイミーが彼を待っているのを見たように思いました。でもメイミーは二度と彼のところへもどりませんでした」

イースターがくると、メイミーは夜に兄を驚かせるのに使っていた作り物のヤギをピーターにプレゼントするために、母親と公園へ行く。メイミーと母親が妖精の輪の中に立って願いごとをとなえると、作り物のヤギは本物になる。こうしてピーターはますますギリシア神話の牧神パンに似てきたが、それまで以上に永遠の若さをたもち、愉快でありながら悲劇的でもあり続けることになる。

死者を守護する者、ピーター・パン

『ケンジントン公園のピーター・パン』は閉門時間が暗示するもうひとつのテーマ、避けがたい突然の死というテーマについて語って終わる。夜になって公園に迷いこんだ子ども――ネバーランドの迷い子の前身と言っていいかもしれない――のすべてを助けることはピーターにも無理だ。ピーターは、助けることができずに死んでしまった子どもはボートのオールで穴を掘って埋めてやり、その子のイニシャルを記した墓石を建てる。語り手は、どちらも一歳そこそこで死んでしまった——乳母車から落ちたのに「気づいてもらえなかった」——男の子と女の子の「墓石」を例にあげている。このふたつの墓石はじっさいにケンジントン公園にあるが、今はふたつの教会の教区の境を示すしるしになっている。語り手は「デイヴィドはときどきこのいたいけなふたりの墓に花をそなえる」と言い「それにしても、朝になって公園の門が開くのを待ちかねるようにして、いなくなった子どもを捜しにかけこんだ両親は、かわりに愛らしい小さな墓石を見つけていったいどう思うでしょう？　ピーターがあまり急いでオールを使わないでほしいと私はせつに願っています。それはとても悲しいことですから」とつけくわえている。

『ケンジントン公園のピーター・パン』では『ピーター・パンとウェンディ』の底流にある暗い影を、よりはっきり見ることができる。ピーターが川をわたること、影、墓石、埋葬などについてのエピソードは悲劇の色が濃い。ケンジントン公園に住む陽気な少年は、ヤギに乗って妖精たちとうかれ騒いでいるが、閉門時間をすぎれば夜の公園の「寒さと暗さ」で命を落とした子どもの墓を掘り、埋葬する役目を負っている。「大人になりたくない少年」は「大人になれない少年」でもあるのだ。

『ケンジントン公園のピーター・パン』は必ずしもよく練りあげられた作品とは言えない。現代の読者から見れば、風変りな表現と想像力に富んだ内容を試みるための一種の挑戦と思われるかもしれない。語り手とデイヴィドとの関係もよくわからないので、とまどったり落ちつかない気持ちになったりする読者も多い。アーサー・ラッカムの挿絵がバリーの文章に大いなる力を与えたおかげで、この作品が忘れられた一作にならずにすんだと言えるだろう。

本書ではバリーの文章でなくラッカムの挿絵を再現しているが、バリーもそれに反対はしないはずだ。なにしろルウェリン・デイヴィズ家のために作った『ブラック・レイク島少年漂流記』というほとんど写真とキャプションだけで構成された本を、バリーは「私の作品の中でも最高にしてもっとも少部数の本」と言いきっているのだから（ホリンデイル）。以下に転載するラッカムの作品を見れば、ラッカムの甥、ウォルター・スターキーと同じように、読者のみなさんもラッカムの挿絵がピーター・パンを理解するうえで非常に大きな役割を果たしていることを理解されると思う。ここにスターキーの言葉を引用しておく。

> ピーター・パンは私の子ども時代の宝物だった。私は叔父の繊細で生き生きとした絵筆が木々に小人たちを住まわせるのをこの目で見ていたのだ……私たち子どもは何度も何度も劇場に行って『ピーター・パン』を見たが、私たちの記憶の中では、ピーター・パンは今もラッカムの描いたケンジントン公園、「ヘビ池」に住んでいる。
>
> ピーター・パンが、なつかしい芝居のヒーローや漫画の主人公のようにぼんやりとした記憶でなく、生まれて七日目に家から飛びだして帰ることができなくなった少年、悲しい運命をせおった、魅力的な、ありありと目に浮かべることのできる少年として、私たちの心の中にいつまでも生き続けていてほしいものだ。

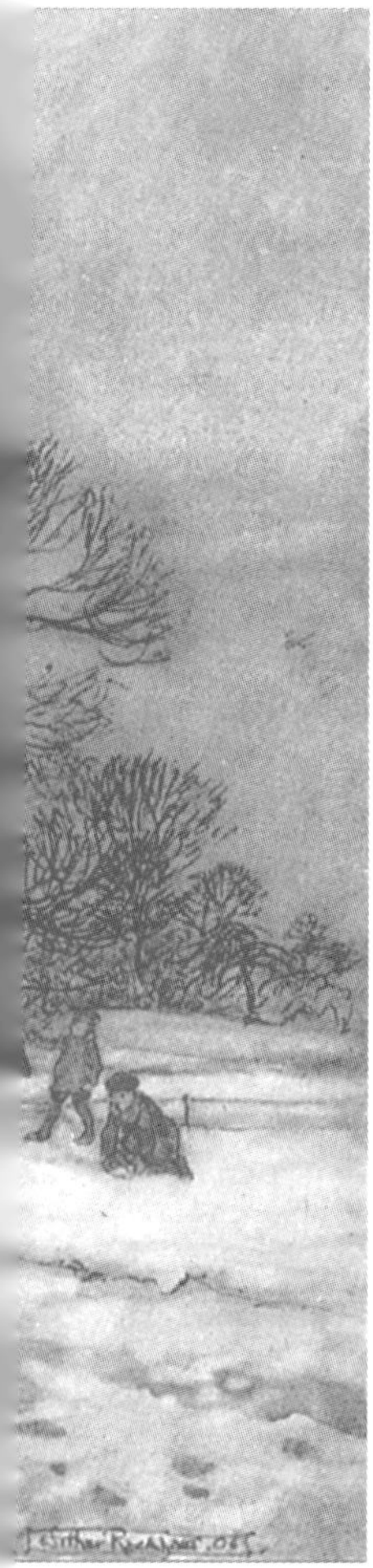

『ケンジントン公園のピーター・パン』挿絵集

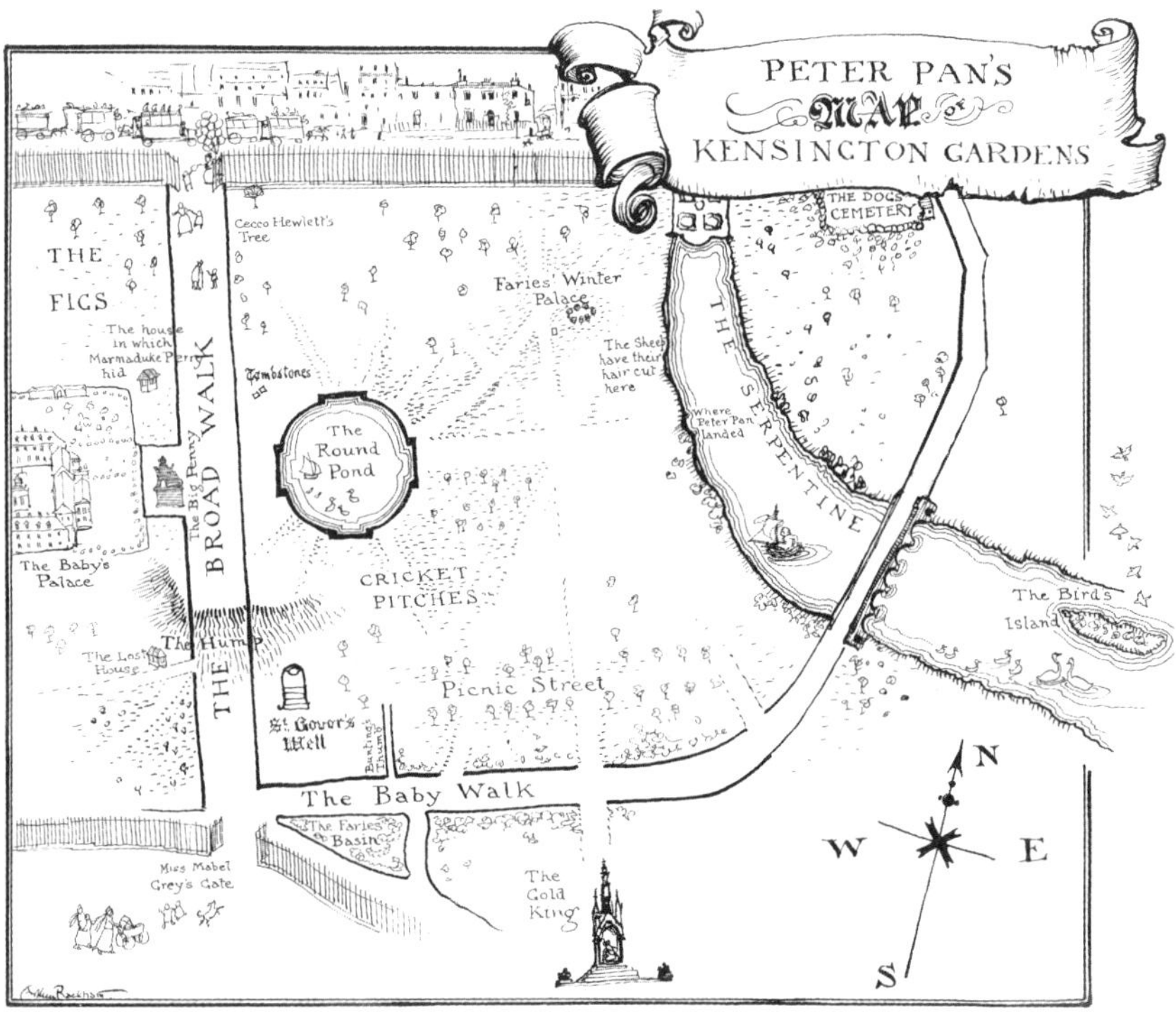

図1　ピーター・パンによるケンジントン公園の地図

実在する丸池、ヘビの川、広い道のほかに、「チェッコ・ヒューレットの木」や「妖精たちの冬の宮殿」など想像上の場所も記してある。なにしろこれはピーター・パンの地図なのだ。

図3「門のすぐ外に座って
風船をもっている女の人」

この人の前にケンジントン公園の入り口で風船を売っていた女の人は、風船と一緒に空へ飛んでいってしまった。「デイヴィドは前の人を気の毒に思いましたが、そのとき自分もここにいたらよかったのにと残念に思っていました」。ケンジントン公園ではなんでも冗談ごとになる。ここでは重力の法則も働かず、何が起こっても安全な場所なのだ。デイヴィドの反応は悲劇性と滑稽さがともにふくまれ、子どもというものは、善意をもって接してくれた大人も簡単に彼の人生から消しさってしまうという事実を私たちに思いださせる。

図2「ケンジントン公園は
王様の住むロンドンにある」

妖精たちが気の根元に隠れて、きちんとした服装の紳士が散歩するのをのぞき見ている。木々や蔓（つる）までが訪問者を迎えてうごめいている。紳士のほうは彼の下や周囲や上に隠れている妖精の世界（妖精たちにも王や女王がいる）に気づいていないようだ。ここに描かれている人物が誰なのかはわからない。王様かもしれないが、生徒を引率して公園に来て、「自分の器用な手をほれぼれと見ている」彼は『小さな白い鳥』のピルキントン校長かもしれない。彼がいるために妖精は昼のあいだ身を隠している。

図 4「『広い道』 では仲よしになっておいて損のない人たちに会えます」

バリーが皮肉をこめて「仲よしになっておいて損のない人たち」と書いたのは、身なりのいい、さまざまな年齢の子どもたちのことだ。それぞれが犬を散歩させていたり、風船をもっていたり、縄跳びをしていたり、フェンスにのぼっていたり、「長い池」に浮かべるヨットのおもちゃをもっていたりする。ラッカムはここにブリューゲルの名画「子どもの遊戯」(1560年)より多少おとなしくした、エドワード七世時代風の「子どもの遊戯」を描いたのだ。

図 5「『広い道』 の途中にある 『丸い丘』 ではいろいろなかけっこが行われます」

ケンジントン公園のこの坂道は「かけおりる途中で立ちどまってしまったら、道に迷ったことになる」場所だ。これはバリーの作品に登場する迷い子たちを予感させる最初の描写である。

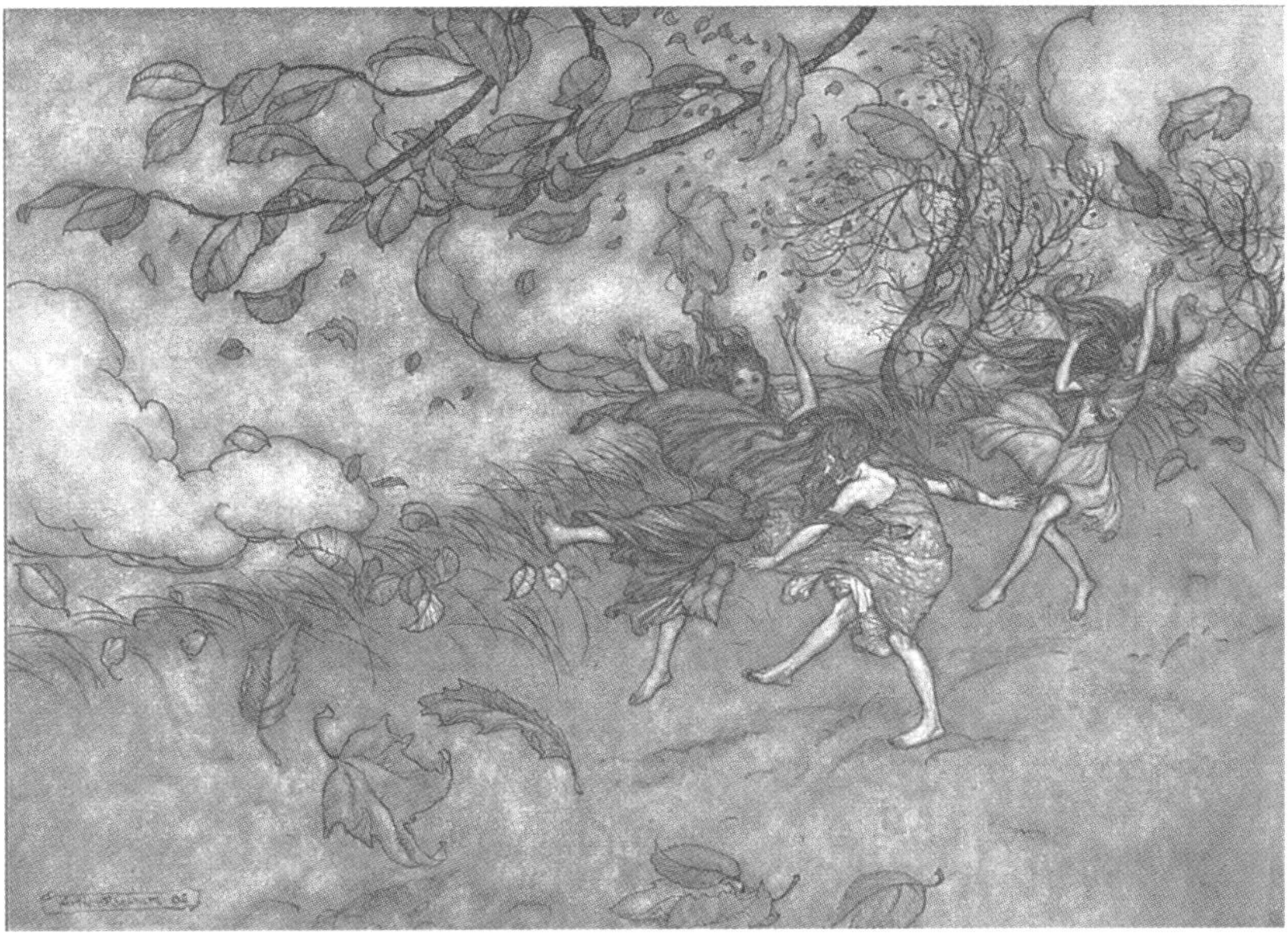

図6「落ち葉ほど楽しむのが上手なものはほかにありません」

落ち葉と妖精が空中で飛んだり、ふわふわ浮かんだり、風に身をまかせて漂ったりして優美なメヌエットを踊っている。妖精の衣装は落ち葉にそっくりで、ピーターが初めて登場する場面で、スジだけになった木の葉で作った服を着ていたことを思いださせる。

図7「『ヘビ池』が近くにあります。それはとてもきれいな池で、水の底には森が沈んでいます。水の中をのぞきこめば、木々がさかさまに生えているのが見えるでしょう。夜になれば水の底で星がまたたいています」

バリーは、この絵がいちばん好きだとラッカムに告げたということだ。空では星がまたたき、それが水面に映っている。前景では妖精たちが星の光を全身にまとって踊っている。橋やフェンスや人工のあかりからは人間の生活も見てとれる。

図 8「『ヘビ池』の妖精たち」

「ヘビ池」の底に見える星の輝きを背景にして、妖精たちが踊り戯れている。妖精の姿は水面に映っていない。妖精は創造力が作りだした別の世界にいて、この世界の水に姿が映ったり、水びたしになったりはしないのだ。ピーター・パンと同様、妖精も飛ぶ力と永遠の命をもっている。チョウやトンボが妖精と一緒になって戯れている。

図 9「この島は男の赤ん坊と女の赤ん坊になる人間のひな鳥が全部生まれるところです」

昼のケンジントン公園では魔法がとけて、妖精の姿も見えないようだ。子どもたちが三々五々岸辺に集まり、えさを目当てに集まってきた水鳥たちとふれあっている。翼をもつ生き物が鳥の島の上空を飛びまわっていて、まるでそこだけは昼の公園から隔離された神秘的な場所のように見える。ラッカムは1932年にアンデルセンの『みにくいアヒルの子』の挿絵を描いているが、この絵はその物語の最後の場面にも使えそうだ。

図 10「気難しいソルフォードおじいさんは、一日じゅうケンジントン公園をぶらぶらしています」

ソルフォード老人はソルフォードという町の生まれで、公園で出会った人には誰かれ構わず故郷のソルフォードの話を熱心にするのだった。背景に描かれているのは若くして亡くなったヴィクトリア女王の夫君アルバート公（1861年にチフスにより死去）を記念するために建てられたアルバート記念碑だ。この絵からはわからないが、記念碑の中央にはアルバート公の像があり、その台座を飾る帯状の装飾壁はパルナッソス・フリーズと呼ばれ、169人の有名な画家、作曲家、詩人、建築家、彫刻家が浮き彫りにされている。さらに台座の四隅には四大陸と四つの産業を表す像が置かれている。ソルフォード老人の頭のまわりでは小鬼や小妖精や鳥が遊びまわり、アルバート記念碑と堂々とした老人とのあいだの空間を埋めている。

図 11「ピーターは家々の上をこえて、公園にむかって飛んでいきました」

生まれて7日目のピーターが家を逃げだして飛んでいく場面を描いたラッカムのこの絵は、バリーの心を魅了した。穏やかな顔をした幼児が下界の煙突と上空の雲とのあいだを通っていく。ケンジントン公園は魅力的な目的地だ。煙とすすでよごれたロンドンとは対照的な美しい場所なのだから。

図 12「妖精たちは鳥とちょっとした
いさかいをしています」

ふだんなら「ていねいにたずねれば親切に答えてくれる」はずの妖精だが、ピーターが声をかけようとすると逃げてしまう。ピーターは鳥ではなく人間の子どもだと思ったからだ。この絵に描かれたふたりの妖精は枝にとまっている4羽の鳥の近くでツンとした横顔を見せている。ピーターは妖精と鳥の世界に属しているつもりでも完全に属してはいないのだ。

図 13「妖精はピーターの声を聞くと、びっくりして
チューリップの後ろにポンと隠れました」

この妖精はピーターから隠れようとして、それまで見ていた郵便切手を落としてしまった。見つかるのではないかと不安そうな表情を浮かべている。ケンジントン公園にいる妖精の多くに見られる優美さとは対照的に、拾ったものを身につけているらしいこのみすぼらしい妖精は、飛ぶことはできないようだ。頭につけた羽根はただの飾りだろう。

図 14「キノコを刈りとる仕事をしていた
妖精たちは、道具を残したまま
大急ぎで逃げてしまいました」

ピーターを見た妖精たちはパニックにおちいった。彼のことを閉門時間がすぎても公園に残っていた人間だと思ったのだ。

図 15「ピーターはわけがわからなくなって、
長老のソロモン・コーに聞いてみました」

バリーはこの絵も「ヘビ池」の絵と同じくらい気に入っていた。ピーターは鳥のように木の枝にとまっているが、ソロモンはもうピーターは鳥ではないとゆっくり語って聞かせる。自分が飛べると信じられなくなったピーターは飛ぶ力を失い、しばらくのあいだは鳥の島から出られない。ソロモンは彼を「かわいそうで小さな半人間よ」と呼び、あの有名な言葉「おまえはどっちつかずのものだ」を言う。木の根元ではネズミたちがせっせと靴をみがいている。

図 16「ピーターは『もう一回やって!』と叫び、
親切な鳥たちは何回もやってくれました」

鳥の島でひろった「不思議な白いもの」を初めはこわがっていたピーターは、それが人間の子どもが遊んでいたたこというものだと鳥から教えられると、とても大切にして「寝るときも手をはなさない」。「それが本物の人間の子どものものだった」からだ。鳥にたこを飛ばして見せてもらったピーターは、鳥にお礼を忘れている。それは「ピーターが今でも、人間の子どもらしいところを完全にはなくしていない」証拠だと語り手は言う。この絵のピーターはたこの動きをまねて一緒に空中に浮かぼうとしている。

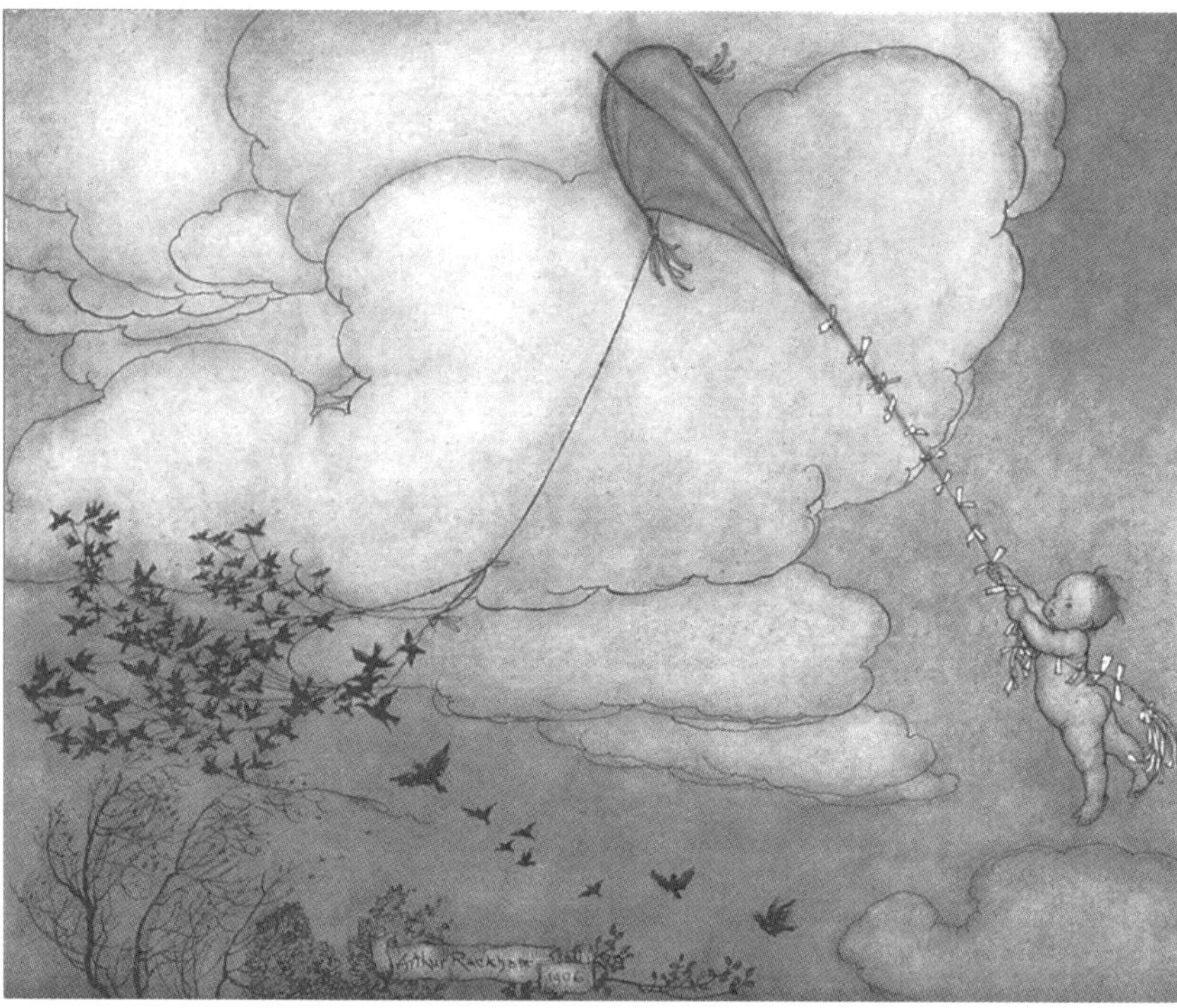

図 17「百羽の鳥はたこの糸をくわえて飛びたち、ピーターはしっぽにぶら下がりました」

ピーターは鳥たちにケンジントン公園の上まで飛んでくれとたのんだ。彼はたこと一緒に空高く舞いあがったが、たこが空中でバラバラにこわれたために地面に落ちてしまった。

図18「それからというもの、鳥たちは
ピーターの馬鹿げた計画を手伝うのは
もうごめんだと言うようになりました」

2羽の白鳥がピーターを池から助けてくれたが、ピーターはきつく叱られた。鳥たちはもう二度とピーターを空の冒険に連れていくのはごめんだと宣言した。ぬれた髪を頭にへばりつかせたピーターはからだに絡みついたたこの残骸をしょんぼりとほどいている。

図19「『なんて馬鹿なことを!』と
ソロモンが怒りの声をあげました」

母親たちが子どもが欲しいという願いを書いた紙を「ヘビ池」に浮かべると、ソロモンは生まれた鳥をその母親のところへ送っていた。しかし詩人のシェリーが舟の形に折った5ポンド紙幣を見たソロモンには、そこに書いてある数字の意味がわからなかった。助手の2匹の賢いネズミ——1匹は眼鏡をかけている——も紙幣を見て当惑した。ソロモンはしかたなくピーターに、おもちゃにしろとそれを与えた。7日間人間だったピーターには紙幣の価値がわかったので、鳥の島から抜けだしてケンジントン公園に行くためにそれを利用しようと考えた。

図 20「何年も前から、ソロモンは
いろいろなものをこっそり靴下の中にためていました」

ソロモン・コーはいつまでも長老の座に居座るつもりはなく、パンのかけらから靴紐まで、いろいろな物をためこんで「引退後の生活を楽しむ」準備をしていたのだ。バリーはケンジントン公園でくりひろげられる生活を、エドワード時代の伝統や価値観のパロディとして描いた。

図 21「ケンジントン公園で本当の自分より
偉そうに見せかけて、いばっている
大人を見かけたら……」

ツグミがピーターの舟にするための巣作りに忙しくて卵を産むひまがなかった年には、人間の母親たちが望んでいたツグミの子どもが不足するという事態が起こった。ソロモンはしかたなく、かわりにスズメの子どもを送りこむしかなかった。この「スズメの年」生まれの人間の実例を、ラッカムは幅広の画面を使い、皮肉をきかせて私たちに示している。その年に生まれた人間は、スズメという出自をかくすためにことさら偉そうに振る舞っているというのだ。

図 22「橋をくぐると一面にケンジントン公園の美しい光景がひろがったので、
ピーターは大きな喜びにつつまれました」

ピーターは、前にたこの助けを借りて空へ舞いあがったのと同じように、白い産着を帆にして水の上を進む。たこも帆も風の力を利用する。ピーター（ここでは帆と同じくらい白く描かれている）は風の力でケンジントン公園にたどりついた。遠景には公園が描かれているが、ここでは帆をたくみに扱うがっちりとしたからだつきの幼児に焦点が合わされている。

図 23「ひどい嵐になって、ピーターは
右へ左へと投げだされました」

ピーターは「ヘビ池」の鳥の島からケンジントン公園へツグミの巣（『ピーター・パンとウェンディ』に出てくるネバー鳥の巣のエピソードを思わせる）に乗っていった。覚悟を決めて冒険に乗りだしたピーターは「未知の世界へ行くためにまっすぐ西へ向かったイギリスの船乗りたち」のような苦難にあう。ピーターがとっておいた産着は彼を二度救うことになる。一度目は舟を進める帆の役目をはたし、二度目には女の妖精たちが「赤ちゃんの産着」を「見たとたん」にピーターをいとしいと思い、この子を守りたいと思うようになる役に立ったのだ。魚でさえ、嵐におそわれて難破する神話の登場人物のようなこの子どもの味方をしている。

図24「妖精はだいたい、夕暮れになるまではどこかに隠れています」

ラッカムはここでも妖精の暮らしの一端を見せてくれる。それは人間の家庭生活をミニチュア化したように見える。地下のねじれた木の根は見えないが、小さな女の子の胸に何か秘めているような表情を見ると、彼女は地下の世界に気づいているようだ。妖精たちは昼間は隠れているので、人間の子どもたちの遊びをじかに見ることはない。この子がもっている輪まわし遊びの輪をピーターが見つけたときも、その輪を何に使うのか教えることはできない。

図25「誰も見ていないと思えば、妖精たちは生き生きと跳ねまわります」

妖精が踊るときは美しい妖精も醜い妖精も一緒になって、自然界の生き物とともに跳ねまわる。小鬼のような妖精に背負われた幼児も、この雰囲気をともに楽しんでいる。

図 27「妖精はすばらしいダンサーです」

クモの糸でできた綱渡りのロープの上で、弦楽器や管楽器がかなでる音楽にあわせて妖精たちが踊る。クモの巣がロープから落ちたときにそなえる安全ネットになっている。

図 26「妖精がもし人に見られて、
隠れるひまがないと思ったら、
花のふりをしてじっと立っています」

人間に出会った妖精は、花のふりをしてごまかそうとする。うまくやりすごせたら家に走って帰って、今こんな「冒険」をしてきたよ、と母親に報告する。森の生き物が子どもと出会ったときの反応は子どもが妖精に出会った時の反応とかなり似ている——びっくりする、好奇心をそそられる、あわてふためく、恐怖をおぼえる、といったところだ。妖精はユリやホタルブクロやクロッカスやヒヤシンスのふりをする。昼間は妖精の家は見えないが、それは彼らの家が「夜の色」をしているからだ。妖精の王の宮殿は「全部たくさんの色のガラスで作られていて」、どんな宮殿とくらべても「いちばんきれいだ」

図 28「いたずら好きの妖精たちは、
舞踏会がある夜は閉門時間を書いた板を
こっそりとりかえておくことがあります」

これを見れば妖精たちのいたずら好きなところ——チームワークが巧みなところも——がよくわかる。妖精の舞踏会が開かれるときは早めに準備しておけるように、ケンジントン公園の閉門時間がこっそり変えられることがあるのだ。

図 29「たいまつ持ちの妖精たちは
ホオズキのちょうちんをもって前を走ってきます」

たいまつ持ちは主人が歩く道を照らすためにやとわれている。妖精のちょうちんであるホオズキを大切そうにかかげて歩く彼らは、この絵で見るかぎり陽気な連中のようだ。

図 31「妖精たちは丸く並べられた
キノコの椅子にこしかけて、
初めのうちは行儀よくふるまっています」

妖精たちは短時間なら行儀よくふるまっていられる。だが子どもと同じでいつまでもきちんとしてはいられない。そのうちに「バターの中に指をつっこんだり」、「テーブルクロスの上に腹ばいになって砂糖に手をのばしたり」し始めるのだ。この華やかな場面で、美しく魅力的な女の妖精と醜い外見の男の妖精をはっきり描き分けるところにラッカムの美意識を見ることができる。

図 30「女王陛下が時刻を
お知りになりたいときは……」

マブの女王が時刻をたずねると、そばに控えた侍従は手にしたタンポポを吹いて知らせる。妖精の世界では、時を知らせる方法も一風変わっているのだ。

図32「バターは古い木の根からとってきたものです」

気味の悪い森の中のねじれた木の根元には、居心地よさそうな妖精の家庭のようすが見られる。木の根からとったバターでお菓子を焼いているらしい。妖精たちは自然とうまく共生している。

図33「ニオイアラセイトウのジュースは踊りすぎて気絶した踊り手の気つけ薬に使われます」

疲れて気を失った妖精の踊り手のところへ、ニオイアラセイトウのジュースをもったネズミがかけつける。珍しくさっそうとした外見の男の妖精が倒れた妖精たちを介抱している。音楽を演奏して気絶するまで妖精を踊らせたのはピーター・パンだ。語り手によれば「妖精たちはすぐ打ち傷をつくります。ピーターが音楽をどんどん速くしていくと、妖精たちは倒れるまで踊るのです」ということだ。

図 35「妖精たちがよってたかって
ピーターの肩をくすぐりました」

妖精たちがピーターの肩をくすぐると、からだがだんだん浮いてきて飛べるようになった。空中に浮かびながら、ピーターはいよいよ家に向かって進もうとしている。彼は「ぼくはお母さんのところにいつまでもずっといたいんだ」と考えている。

図 34「ピーター・パンは
妖精のオーケストラでした」

ピーター・パンがキノコの椅子に腰かけて葦笛を吹いている。キノコの椅子はピーターが放つ霊気で赤く輝いている。彼の演奏がとても美しいので、女王は「願いごとがあればかなえてやろう」と言う。ピーターは小さい願いをふたつしたいと言い、ひとつ目として家の窓まで飛んでいって中に入りたいと願う。

図 36「ある日ひとりの妖精が、
トニーとメイミーの話を立ち聞きしていました」

メイミー・マナリングは、兄さんのトニーがピーター・パンの舟にのせてもらう計画を得意そうに話すのを熱心に聞いている。木の根元に隠れている妖精がトニーの言葉を聞いて、彼を妖精の世界の「要注意人物」に指定する。そのためトニーはしょっちゅう妖精から嫌がらせをされるようになった。トニーが得意そうにかぶっている帽子は、ジョージ・ルウェリン・デイヴィズがケンジントン公園へ行くときにいつもかぶっていた帽子と色も形も同じだ。

図 37「妖精たちは枯れてスジだけになった木の葉で、夏のカーテンを織っています」

バリーはこの絵を「じつに華やかな絵だ」と評した。繊細な美しさと物悲しい雰囲気を一枚の絵で表現できるのは、ラッカムの才能があってこそだ。妖精たちは木の根元で、スジだけになった木の葉を使って夏のカーテンを作っている。裁縫道具をのせるテーブルはキノコだ。

図 38「公園が雪でまっ白になった
ある午後のことです」

メイミーは閉門時間がきても公園に残っていようと決心する。元気に雪の中で遊ぶ子どもたちに呼応して、公園の自然も生き生きしてきた。子どもたちが去れば木々はしゃべり始め、花たちは散歩を始め、妖精たちは隠れ場所から出てくる。

図 39「メイミーは聖ゴーヴァーの
井戸まで走ってそこに隠れました」

メイミーの兄さんは閉門時間のあとも公園に残る勇気がなかった。メイミーは他の人たちが急いで公園から出ていくあいだ、井戸の中にうずくまっていた。メイミーが閉じていた目をあけると、何かとても冷たいものが彼女の脚を、そして腕を走りぬけ、「心臓のなかまで」入ってきた。――「それは公園の静けさでした」

図 40「一本のニワトコの木がびっこをひきながら散歩道をわたってきて、
若いマルメロの木と立ち話を始めました」

ケンジントン公園の木はどれも松葉づえをついて歩く。それは「若い木や小さい木に縛りつけてある棒」で、メイミーは初めてその棒の本当の使いみちを知ったのだ。妖精たちの軽やかさとこれらのねじれた老木との対比をこの絵ほど強烈に表現したものはほかにないだろう。

図 41「キクの花が彼女の声を聞いて
『いやはや、これは何ごとだ?』と
鋭い声で叫びました」

キクの花のふるまいは完全に大人のものだ。メイミーは自分が閉門時間をすぎても公園にいる理由を「植物世界のすべての住人」から問いただされる。しかし彼女は松葉づえを使っている木々に手をかして散歩させることで、高い木や低い木や花を味方につけることができた。

図43「ケンジントン公園の妖精を
おさめているのはマブの女王です」

マブの女王は『ロミオとジュリエット』のマーキューシオのせりふに「マブの女王は妖精の夢の産婆役」とあるように、願いがかなう夢をもたらすことで知られている。若い妖精たちをしたがえた彼女は花のついたドレスを着ており、自然界とのつながりを連想させる。落ちついた表情を浮かべているのは、自国の女の妖精ならクリスマスひなげし公の「愛情をかちとる」ことができると確信しているからだ。

図42「木たちはメイミーに警告しました」

妖精たちにひどいことをされると木々はメイミーに警告する。妖精たちは「きみに嫌がらせをして――突き殺すかもしれないし、むりやり子どもの妖精の子守りをさせるかもしれないし、常緑樹のカシみたいな退屈なものに変えてしまうかもしれない」と言う。かわいい横顔を見せているメイミーは、ねじれた老木とは対照的だ。木々は幹や枝で守られているが、見かたを変えればそれらによって拘束されているともいえる。メイミーは彼らの警告には耳をかさないことに決めた。

図 44「はげ頭をふりながら、医者は『冷たい、まったく冷たい』とつぶやきました」

医者はこれまで誰も温めることができなかった公爵の心臓を調べている。クリスマスひなげし公のやせたからだつき、濃い口ひげ、血色の悪い顔は、J・M・バリーその人にそっくりだ。

図 45「妖精たちは決して『私はしあわせだ』とは言わない。『踊りだしたい』と言うんだよ」

クリスマスひなげし公がお妃を見つけるまで、妖精たちは踊れない。なぜなら「彼らは悲しいときは踊りのステップをすっかり忘れてしまうからです」。ここに描かれた妖精たちはしあわせそうだ。クリスマスひなげしの花の上で足どりも軽く踊っている。

図 47「『公爵閣下に申し上げます。
あなた様は恋をなされたご様子ですぞ』と
医者は大喜びで言いました」

医者のご大層な物言い（敬語を多用している）と、患者に「恋をした」と告げる奇妙さを考えると、この発言の信憑性は疑わしい気もする。しかしこれを聞いた周囲の妖精たちは、つられてわれもわれもと結婚することになる。

図 46「とても踊りにくそうです」

思いつめた顔で描かれているのは妖精ブラウニーかもしれない。彼女はクリスマスひなげし公の心臓を温めようとしている。このブラウニーはのちにJ・M・バリーが養子にする少年たちの母親シルヴィア・ルウェリン・デイヴィズに少し似ている。しかしラッカムがシルヴィアをモデルにしたとは考えにくい。

図 48「メイミーの家を作ります」

妖精たちはメイミーのからだを囲む家を作る。これはトゥートルズの矢が当たって倒れたウェンディのために建てられた家に似ている。ただしメイミーの家は、彼女が目をさまして外へ出たとたんにどんどん縮んで消えてしまう。

図 49「もし妖精の中の悪いほうの連中がたまたま出てきたりしたら……」

いかにも人間に悪さをしそうに見えるこの妖精たちは森に住む小鬼のような妖精で、木の根元で暮らすのを好んでいるらしい。ラッカムがこの物語のクライマックスとも言えるピーターとメイミーの出会いの場面でなく、わき役が登場するだけのこの場面の挿絵を描いたのは奇妙なことだ。

図 51「この公園でいちばんいたましい光景は、
ウォルター・スティーヴン・マシューズと
フィービー・フェルプスの
ふたつの墓石だと私は思います」

ふたつの墓石――実際には公園内にあるふたつの教区を区切るしるしなのだが――は、この『ケンジントン公園のピーター・パン』全体にしみついている悲劇の気配を感じさせるものだ。子どもたちはここで楽しく遊ぶが、命を落とすこともある。小さな男の子と女の子を葬ったしるしであるふたつの墓石は、ここに描かれた公園を散歩している二組の夫婦が、彼らに共通する悲しい運命に思いをめぐらせるよすがなのだ。いっぽうの女性が墓石に不安そうなまなざしを向けているのも不思議ではない。死すべき人間である以上、いつか彼女にも閉門時間が訪れるのだから。「それは本当に悲しいことです」

図 50「そいつらはきっと、あなたに
ひどいいたずらをするでしょう」

閉門時間をすぎてもぐずぐずしていた少女が、本当にひどい目にあわされている。ピーターが妖精から助けようとしても「間に合わないこともある」のだ。寒さと暗さの中に取り残されて、ケンジントン公園で命を落とす子どももある。そんなとき、ピーターは舟のオールに使った木の棒でその子の墓を掘ってやる。

『ピーター・パン』映画化に対するJ・M・バリーのシナリオ

バリーのシナリオについて

バリーは映画という媒体につよく魅かれており、一九一五年には『マクベス』のパロディである『ザ・リアル・シング・アット・ラスト［*The Real Thing at Last*］』を制作した。これは上映時間三〇分のサイレント映画で、『ピーター・パン』の舞台に出演した俳優たちも参加していた。一九一八年には『ピーター・パン』の映画化権を二万ポンドで買いたいという申し出があった。バリーはいったんこのオファーを断ったのだが、自分の手で『ピーター・パン』を映画向けに脚色してみることにした。バリーはさまざまな交渉の末にパラマウント社と契約を結び、字幕や大量の新しい視覚効果や説明的な脚色を加えたシナリオをわたした。それを見れば、バリーが映画によってネバーランドのめくるめくような光景が存分に表現されることを願っていたのは明らかだ。例えば人魚の入り江については「人魚については美しい一連の映像を、ある程度長い時間をかけて見せる」と書きそえてある。また劇にはなかった妖精の結婚式のシーンには「ここは念入りに作った美しい映像をある程度の時間をかけて見せる。この作品の中でももっとも美しい場面のひとつにしたい」とある。そしてしめくくりのシーンについてバリーは「月の光と星の瞬きがあるだけだ。ひとりぼっちで笛を吹くピーターのシルエットが見える」という「最高に美しい映像」にすることを強く求めている。

はじめに――劇で使われた音楽は劇のために特に作られたものであり、映画でも使うことにしたい。したがってピーター・パンが登場する前には先ぶれとしてピーター・パンの曲を流す。―ティンカーベル、海賊、インディアン、ワニなどもすべて同様に、劇と同じ音楽で登場を知らせる。それによって、物語の進行を助けると同時にストーリーをもりあげる効果も得られる。必要に応じてさらに新しい曲を作り、全編にわたって音楽が作品の一部であるようにする。スクリーン上に添える字幕は、字下げをして記しておく。字幕は最小限にとどめたい。少なくとも映画の最後の三〇分間は字幕なしに、また入り江のシーンのうち一五分間も字幕なしにする。おもなシーン―特に新奇な映像的処理が必要なシーン―の多くはもちろん舞台版にはないが、舞台版にあるシーンは映画でも同じように演じてほしい。その意味では舞台版は映画版の指針である。シナリオはストーリーを要約したもので、物語の骨組みしか書いてない。笑いを誘う場面をどうするかなどの詳細については、適宜あとから指示するものとする。技術的なことは明らかに重要で困難をともなう問題だが、とりあえずは映画界の専門家諸君のお手並みに期待したい。

最初の映像はヤギにまたがったピーターが笛を吹きながら楽しそうに森の中を進むシーン（私が所有する絵画の再現）だ。彼は突然まいあがって木にとまる。それは鳥の何げない動きと同じように見える。そこから彼はロマンチックな川の上空に出て、カモメのように無頓着に輪を描いて飛びまわる。そしてさっとヤギの背にもどり、笛を吹きながら去っていく。ヤギの上の彼は両脚をぴんとのばして生意気そうに突きだしている。本物の鳥のように優雅に飛びまわるには大変な訓練とリハーサルが必要だろう。しかし舞台上で飛ぶことに比べればはるかにうまくできるはずだし、広々とした大空を飛ばせることができるはずだ。この場面によって、開始そうそうに映画は舞台ではできないものを見せてくれると印象づけることになる。冒頭からこれは面白いと思わせ、何が起こるだろうという興味をそそることができる。

むかしロンドンに、貧乏な事務員のダーリング氏が奥さんと住んでいました。この人たちには何があったと思いますか?

ダーリング夫妻（子どもたちが小さいことを目立たせるために、夫妻は背が高い必要がある）は質素だが居心地のよさそうなロンドンの自宅の居間で暖炉をはさんで座っている。家具はシンプルにする。この部屋に限らずこの家の家具はすべて、カシの木で作られた重厚でらせん状に彫刻された脚をもつようなもの（映画によく出てくるようなもの）であってはならない。この夫婦は、趣味はいいが収入はあまり多くない。ダーリング氏は会社勤めの事務員であり、彼らの社会的地位があまり高くないことは常に強調しておく必要がある。ダーリング夫人は子どものものらしい衣類を縫っている。少しすると三人の子どもが、ひとりまたひとりと順に駆けこんでくる。

ウェンディ、ジョン、マイケル

しあわせそうな家族のようす。みんな愛らしい。子どもたちはふざけながら部屋を出ていき、両親だけ残る。子どもたちがひとしきり騒いだのでダーリング夫人は疲れている。彼女には家事が負担になっている。ダーリング氏はやさしく妻の手から縫い物をとろうとするが、彼女は首をふる。子どものように見えるメイドのライザがダーリング氏に夕刊をもってくる。アメリカの新聞ではなく、ロンドンの新聞にすること。ライザの役は八歳ぐらいの子どもに演じさせるが、髪は結い上げて長いスカートをはかせる。新聞をわたしたライザはすまし顔で去る。ダーリング氏が新聞の広告を妻に指さす。広告にクローズアップ。「乳母と子守りをお探しの方はご連絡ください。グリーン通り二二番地。ミセスS」。彼らに必要なのはこれだ。しかし費用を見て、無理だとあきらめる。ダーリング氏は次の広告を妻に見せる。クローズアップ。「ニューファンドランド犬、売ります。安価。子どもが大好きです。連絡先『犬の家』」。彼は強調してある箇所を指さす。妻は明らかに心配そうだが、彼はいいことを思いつく。

ニューファンドランド犬の綱を引いてロンドンの町を歩くダーリング氏の姿。犬はいそいそと歩いている。

次の場面は前の場面に続く結果を示す。ベッドが三つある子どもたちの寝室が映し出される。これは劇の冒頭の場面と同じ。いかにもイギリスらしいインテリアの寝室。ニューファンドランド犬のナナがてきぱきと乳母の仕事をこなしている。ふろの用意をし、マイケルを上手にふろに入れ、三人をベッドに入らせて、きちんと布団をかける、などなど。愉快なシーンがながながと続く。これは劇と同じだが、ここではできるだけたっぷりと見せる。

三人とも寝入ったと思えば、ナナは同じ部屋にある犬小屋にひっこむ。ナナは頭だけ小屋から出したまま寝ている。やんちゃな子どもたちはじつはまだ寝入っていない。彼らが飛び起きる。ウェンディはナナが寝ていることを確認して弟たちに合図する。ふたりはウェンディのベッドに忍びこむ。彼女がお話をして、弟たちは熱心に聞き入る。あたりは暗くなっている。

（注：ナナについて――ナナは原則としてニューファンドランド犬にそっくりな着ぐるみを着た人間の俳優が演じる。そして路上を歩くシーンなど一部のシーンでは、同じ柄の毛並みをもつ犬が人間の代わりをしてもよい）

続いて、台所の暖炉のそばでほうきをもったまま寝ているシンデレラの映像が見える。これはウェンディが話している物語だとわかる。

みなさんはツバメがなぜ家の軒下に巣をつくるか知っていますか？　家の中で話されているお話を聞くためです。

ウェンディが弟たちにこう言っている。マイケルは

「シッ」とツバメを追いはらうためにそっと窓の近くへ行く。続いて窓の外の映像。数羽のツバメが窓の下枠にとまって聞いている。マイケルが突然窓のところへ来てカーテンをあけ、「シッ、シッ」と言ってツバメを追いはらう。そしてにやにやしながらウェンディのベッドにもどる。彼は自分を賢い子どもだと思って満足している。

ウェンディは知りませんでしたが、ときにはツバメ以外の聞き手がお話を聞いていることもありました。

窓の外の映像で、ピーターが聞いていることがわかる。続いてお話をするウェンディと熱心に聞き耳をたてるピーターの姿が交互に見える。（ピーターがここへ飛んできたところはまだ見せない）

ある晩、ナナはもう少しでピーターをつかまえるところでした。ピーターはなんとか逃げましたが、影だけがとり残されてしまいました。

ピーターはお話がもっとよく聞こえるように、窓からこっそり子ども部屋に入っている。床に腹ばいになって嬉しそうに聞いている。ナナが目をさまし、彼にむかって走ってくる。彼は窓から飛びだしたがナナがすばやく窓をしめたので、影だけが残ってしまう。子どもたちはベッドの上に起きあがって大騒ぎする。ダーリング夫人が子ども部屋に飛びこんでくる。ダーリング氏も続く。ナナはピーターの影を口にくわえている。ダーリング氏は影を広げて検分する。彼は明らかにそれをわんぱくな影だと認識する。ダーリング夫人は影をくるくると巻いて簞笥の引き出しに入れる。ふたりは窓の外を見るが、誰もいない。画面から、その子ども部屋があるのはロンドンの、豊かではないがきちんとした人々が住む界隈の建物の最上階にあることがわかる。不思議な出来事のせいで、みんな落ちつかない。ダーリング夫人はマイケルが興奮しすぎていることに気づく。マイケルの舌を調べ、体温計を口に入れる。それから瓶を取りだす。瓶にクローズアップすると、ラベルには「ひまし油」と書いてある。夫人はスプーンにひまし油を注ぎ、スプーンの柄をナナの口にくわえさせる。
マイケルは自分のベッドにいる。ほかの者は彼のまわりをとり囲んでいる。ナナはスプーンをくわえたままマイケルに近づく。マイケルはだだをこねて飲もうとしない。それやこれやで劇と同様のシーンになる。ここは笑いを誘うための場面にする。

男らしくしろ、マイケル。私も薬を飲んでおまえに手本を見せてやりたいが、あいにく瓶が見当たらないのだ。

ダーリング氏はこれを偉そうに言う。

わたし、お父さんが瓶をどこにしまったか知っているわ。

お父さんを喜ばせようとしてウェンディが言う。そして走り去る。ダーリング氏の心配は彼女が瓶をもって戻ってくるのを見てますます高まる。別の映像で、ダーリング氏の寝室の戸棚のいちばん上の段からウェンディが瓶をとるところが示される。彼が瓶をそこに隠しておいたのは明らかだ。その寝室も質素な部屋にしておくこと。ウェンディは薬をコップに注ぎ、彼にわたす。彼はコップをにらみつける。ジョンは父親の苦境を見てクスクス笑う。ウェンディ、ふたりが同時に飲むように「一、二の三」とかけ声をかける。ここでマイケルとダーリング氏は劇と同様にひょうきんな動作をする。
マイケルは薬を飲むがダーリング氏は卑怯にもコップを背中に隠す。マイケルはこれを見て大声を出す。みんなダーリング氏が後ろにコップを隠しているのを見て、あきれかえる。ナナはしっぽをピンと立て、軽蔑もあらわに部屋を出ていく。それを見てダーリング氏はムッとする。そしていいことを思いついた、と言わんばかりの動作をする。彼はミルクの瓶（クローズアップしてミルクと書いた文字を見せる）をとり、自分の薬のコップに少しミルクをたす。そしてできた白い液体をナナのお皿に入れる。
ほかのみんなは、冷たい目で見ている。しかしダーリング氏はもどってきたナナにそのお皿を指さす。ナナは嬉しそうにその液をなめ始め、ダーリング氏を責めるような目で見てから犬小屋に入ってしまう。子どもたちはしくしく泣きだし、彼は自分のジョークが理解されなかったことにカッとなる。彼はナナに出て来いと命令するが、ナナはこわがって出てこない。それから彼は劇と同様にナナをおだてて小屋から誘い出し、突然つかまえてドアから外に出してしまう。子どもたちは悲しむ。

　お父さんはナナを放して子ども部屋を守らせるかわりに、つまらない意地をはってナナを中庭につないでしまいます。

次のシーンでは彼がナナを中庭につないでいる。

　その夜、ダーリング夫妻はそろってパーティーに行くことになっていました。

ダーリング夫人は寝室で夫のネクタイを結んでいる。それからダーリング氏は上着の縫い目をインクで黒く塗る。シルクハットにもインクを塗る。彼らはそれほど貧乏なのだとわかる。かわいいドレスを着たダーリング夫人は子どもの寝室へ行って、ベッドに寝ている子どもたちひとりひとりにキスしてまわる。それやこれやをしてから子どもたちひとりひとりの枕元に終夜灯をともす。そしてドアを出るときにもう一度子どもたちを見る。これらすべては劇と同じにして、背景にも劇と同じ音楽を流す。ダーリング夫妻はドアを出て中庭を通る。ダーリング氏は妻がナナをなでることを許さない。ナナはすすり泣いている。雪が降っているのでふたりは傘をさして道路をわたる。行先の家は遠くない。同じ通りの反対側だ。ふたりは歩く(この劇には自動車と電話は出てこない)。

次の場面では窓の外側の枠に二、三羽のツバメがとまっている。

ナナは中庭でイライラしている。何か危険を感じているかのようだ。次に子どもの寝室。子どもたちは眠っている。終夜灯が一本ずつチカチカしては不気味な感じで消えていく。背景には劇の音楽が不気味に流れている。今にも何か奇妙なことが起こりそうな雰囲気。ここではぞくぞくするような恐ろしげなムードが必要で、音楽が効果的だ。

妖精です。ティンカーベルです。

ここで再び窓の外。まだツバメがいる。妖精の音楽。ティンクが飛んできて窓枠にとまる。ツバメたちもいる。彼女は身長一二、三センチで、もし技術的に可能なら、本物の妖精に見えるように、この映画でもっとも美しい場面のひとつになるようにしたい。彼女は小さなうぬぼれ屋で、衣装にも凝っている。自分がいちばんいい場所にとまれるように、いつも鳥たちを押しのける。ティンクにしてもほかの妖精にしても、クローズアップは一切なしにする。いつも一二、三センチの大きさしかない生き物として、ただいるのを見るだけにしておく。とうとう彼女はツバメを窓枠から追いはらう。そして窓から中に入る。子ども部屋の中を飛びまわったり、ひとつひとつのベッドの上にとまったりする。場面が変わると地上の中庭でナナが空を見上げて吠えている。そしてピーターがこちらへ飛んでくる。初めはただ遠くの点にしか見えない。それがだんだん近づいてきて、窓につく。子ども部屋の中。子どもたちは寝ている。部屋の中は暗い。ティンクも見えない。ピーターが窓から入ってくる。彼は影をとりに来たのだ。子どもたちが寝ていることを確認する。ここは緊張感の高まる場面。泥棒が入ってきたような感じ。音楽でその雰囲気をもりあげる。ピーターは引き出しをかきまわして影を探す。見つける。床の上で、浴室からとってきた石鹸を使って自分の足に影をつけようとする。くっつかない。彼はすすり泣く。その声を聞きつけてウェンディがベッドに起きあがる。

ねえ、あなた、どうして泣いていらっしゃるの?

ウェンディが尋ねる。ピーターは立ちあがり、ウェンディのベッドの足もとに立っていねいにお辞儀をする。彼女は嬉しくなって、ベッドの上で優雅に芝居じみたお辞儀をする。そして劇でおなじみの会話をする。

「ねえ、きみの名前は?」

「ウェンディ。あなたの名前は?」

「ピーター・パン」

「お母さんはどこにいるの、ピーター?」

「お母さんなんていないんだ、ウェンディ」

「まあ!」

この会話を受けて、ウェンディはベッドから飛びだしてピーターにかけよる。ピーターのからだに腕をまわして母親のようになでる。一瞬のうちに母性愛をいだいたようにすること。ピーターは影を見せ、それが心配のたねだとウェンディにわからせる。彼女は石鹼をもちあげる。石鹼のクローズアップ。「せっけん」の文字がある。ウェンディはピーターの無知に驚く。彼を椅子に座らせ、いかにもむかしながらの母親らしい、芝居じみた所作で影を彼の足に縫いつける。ピーターは痛そうだが、勇敢にこらえる。うまく影がくっついたことを確認すると、ピーターは得意そうに影を見せびらかしながら歩きまわる。そのうち影と一緒に陽気に踊りだし、ウェンディを無造作に手で払いのける。これはウェンディの気にさわる。

「私がもう役に立たないようなら、これで失礼するわ」

ウェンディがこれを言う。ツンとしてベッドに飛びこみ、毛布で顔とからだを隠す。ここまで一連の動作。これも芝居で人気のある場面。

ピーターは反省してしょんぼりする。立ち去るふりをするが、すぐに隠れる。それからウェンディのベッドの足のほうの手すりに飛びのり、そこに腰をおろして機嫌をとるように彼女を足でつつく。

「ねえウェンディ、引っこんだりしないでよ。ひとりの女の子は二〇人の男の子より役にたつよ」

ピーターがこう言っている。ウェンディは許す気になったように微笑みながら、毛布の陰から彼をのぞく。そして飛びおきるとベッドに腰かけ、自分のそばへ来るようピーターに合図する。ピーターが横に座る。とても仲がよさそうに見える。

ウェンディがあなたにキスをあげると言うと、ピーターは何かもらうつもりで手をさしだしました。キスを知らないのです。ウェンディはピーターを傷つけないように指ぬきをわたします。

芝居と同じようにする。

「今度はぼくがきみにキスをあげようか？」

ピーターが言う。ウェンディ、うなずく。ピーターはおごそかに上着からボタンをひとつとってウェンディにわたす。クローズアップして、それがボタンだと示す。ウェンディは喜ぶふりをするが、陰で顔をしかめる。

「ぼくは生まれてすぐ、家から逃げだしたんだよ、ウェンディ。お父さんがこの子はすぐに大人になるだろうと言うのが聞こえたのさ。でもぼくはずっと子どものままでいて、いつも楽しく遊んでいたいから」

彼はウェンディにこう言う。画面ではベッドに寝ているピーターの母親のところへ父親が来る。母親は嬉しそうに赤ん坊を抱きあげて見せる（「はいはい」ができる本物の赤ん坊を使う）。父親は椅子に腰かけて母親と話している。ここで別の映像を挿入する。父親が言っていること、つまり赤ん坊がすぐに大人になってしまうことを示す映像だ。背景はかわらないままで、赤ん坊が小さな少年になり、少し大きくなり、さらにいろいろな変化を経て青年になり、事務所の机の前に座る口ひげを生やした成人男性になっていく。一段階成長するたびに、それまで身につけていた服や靴下などがからだから離れ、別の物と代わる。実際に手足が長くなるのが見えるようにするなど、このシーンの映像効果には工夫をこらしてほしい。子どもが赤ん坊から大人になるまでの成長の過程を、花や植物の成長を見せる映像に使うような手法で表現したい。

ピーター役の本物の赤ん坊は、自分の将来を予言するこの映像を見て驚く。両親が話しているあいだに、彼はこっそりベッドから出てベッドの下にいく。ベッドの下から出てきたと思ったらそのまま床をはってドアの外へ出る。次に乳母が居眠りをしている前室をはって通りすぎ、そのまま階段を下りていく。それから特殊効果を使って、人や馬車が行きかう通りを横断する場面を入れる。赤ん坊はケンジントン公園の中に入っていく。すると二羽の大きな鳥が飛んできて、彼をぶらさげて飛び去る。産着はかなりボロボロになっている。

ピーターはウェンディに友だちの妖精の話をします。「最初の赤ん坊が初めて笑ったとき、その笑いが粉々になって千個の小さな粒がちらばった。それが妖精の始まりだよ」

ピーターがウェンディにこう話す。シーンは原初の森にかわる。アダムとイヴが彼らの子どもを地面に下ろす。ふたりは去る。子どもは嬉しそうに笑い、手足を動かす。その画面いっぱいに枯れ葉が舞うように無数の小さな粒が広がる。そのひとつひとつがどこかにとまるたびに、小さくて陽気な妖精になる。妖精たちのおしゃべりを表す鈴の音が聞こえてくる。そこに妖精の音楽もかさなる。

「子どもが『妖精なんていない』と言うたびに、どこかで妖精がひとり倒れて死んでしまうんだよ」

うっとりと聞いているウェンディにピーターが言う。どこかの子ども部屋で不機嫌な子どもが乳母にそのせりふを言う場面になる。

次に場面がかわって一本の木を映しだす。その枝の一本に何人かの妖精が座り、楽しそうにおしゃべりしている。全員がティンクのように小さい。その中のひとりが突然胸に手を当て、よろめき、地面に落ちる。残された妖精たちは悲しみにくれながらその遺骸を運び去る。

ウェンディは初めて妖精を見ました。

ピーターとウェンディがティンクを追いかけまわしている。ティンクが時計の上にとまる。ウェンディはティンクをうっとりと見る。

でもティンクはピーターが好きなのです。ウェンディがピーターに本当のキス（ウェンディはそれを指ぬきと呼んだ）をするのを見て、ウェンディに嫌がらせをします。

ウェンディとピーターがひじかけ椅子に並んで座っている。ウェンディはピーターにキスする。ピーターはそれが気に入ってにっこりし、重々しくウェンディにキスのおかえしをする。するとティンクがウェンディに向かって突進し、髪を引っぱるなどのいろいろな嫌がらせをする。ウェンディ、悲鳴をあげる。ピーターがしかる。妖精の言葉をあらわす鈴の音が激しく鳴らされる。

「ぼくがきみに指ぬきをあげるたびに、必ずこうしてやるってティンクが言ってる。でも、どうしてだよ、ティンク？」

ピーターが聞いている。ティンクの答は別の鈴の音で返ってくる。それは観客の耳に残るような音にすること。

ティンクは「この大馬鹿やろう！」と言いました。

ピーターはこれをウェンディに教える。そしてティンクを窓から追いだす。

「ぼくは、ネバー・ネバーランドというところに迷い子たちと一緒に住んでるんだ。一緒においでよ、ウェンディ。ぼくが飛びかたを教えてあげる。きみはぼくたちのお母さんになれるよ。ぼくたちには、どうしてもお母さんが必要なんだ」

ピーターがウェンディを説得する場面。ふたりは床に寝そべっている。ピーターは床の上で一生懸命ウェンディに近づこうとする――ここも笑いを誘うコミカルな場面にする。次に木の枝に一列に並んでとまり、眠っている迷い子たちの映像。枝の上にくっついて寝ている彼らは、本当に眠っている鳥のように見える。全員ぼろを身につけ、非常に小さく見えるようにする。ピーターもその中に混じっている。

「そりゃあ、もちろん行ってみたいわ！」

ウェンディがピーターに言う。うっとりしたあこがれの表情。

場面がかわって、台所の椅子で洗いかけの皿を持ったまま居眠りしているライザ。

それから、中庭につながれたナナをティンクが馬鹿にして、ちょっかいを出したり、ナナのボウルから水を飲んだりしている場面。ナナはティンクに飛びかかろうとするが、いたずらな妖精はそのたびに届かないところまで飛びのく。

「ジョン、マイケル、起きて。ここに来ている男の子が飛びかたを教えてくれて、ネバー・ネバーランドへ連れて行ってくれるって。そこには海賊や人魚やインディアンがいるんですって」

「よし、今すぐ行こう」

ウェンディがマイケルを起こし、ピーターはジョンの足をつかんでベッドから引っぱりだす。ウェンディがピーターの誘いを伝え、ジョンが興奮して答える。ジョンはよそ行きの帽子をかぶる。着ているのはパジャマ。マイケルはシャツとズボン下がつながった下着姿。ウェンディは木綿の白い寝間着姿。

飛ぶ練習をします。

ここからはせりふのない一連の美しいシーン。まず、ピーターが子ども部屋で飛んで見せ、ウェンディたちはベッドから熱心に見ている。次に中庭のナナがつながれている鎖を引きちぎり、ひとつだけ明かりがついている子ども部屋の窓を見上げるシーン。

次にメイドのライザが台所の椅子で相変わらず――ただしポーズはかわっている――居眠りしているところ。

次に部屋の中のピーターと子どもたちを、窓の外から見た映像。ティンクはまだ外の窓枠に腰かけている。そしてダーリング夫妻が晩餐会に出ているところ。そして再び子ども部屋の中。子どもたちがジャンプしては落ちることを繰り返して飛ぶ練習中。

「楽しくて素敵なことを考えるだけでいいんだよ。そうすればそれがきみたちをもち上げてくれるから」

ピーターがみんなに言う。そしてやって見せる。でもまだみんなは飛べない。ナナが鎖を切って通りにかけだしていく。ここでは実物の犬を使う。

「ぼくが妖精の粉をかけるまで待って」

ピーターが妖精の粉を子どもたちに吹きかける。彼らは得意満面だ。妖精の粉のおかげで今では一メートルぐらいは飛べるようになっている。だがまだまだ下手だ。

次のシーンは通りを渡ったところにある家の玄関でナナがほえてドアをあけさせ、階段をかけあがって晩餐会の部屋に入るところ。ナナはダーリング家で起こっていることを吠えて伝える。夕食をとっていた人々は窓辺へ走り、カーテンを少しあける。完全にあけることはしない。四、五〇センチも開けば十分。それもカーテンの真ん中あたりだけで全体をあけることはしない。それだけのすき間があれば、八〇メートルほど離れた家の子ども部屋の窓が見える。暗い夜の中でその窓だけが明るい。その窓のブラインドには、びっくりするような動きをする子どもたちの影が映っている。ダーリング夫妻は慌てふためいてナナと一緒にダイニングルームを出て玄関の階段を下りる。

次は子ども部屋を飛びまわる子どもたちの姿。ピーターと比べればぎこちないが、今では誇らしげに子どもも部屋の中をぐるぐるまわっている。三人とも夢見ごこちだ。いっぽうダーリング夫妻はナナとともに雪の降る通りを大急ぎでもどっている。彼らは不安そうに窓を指さす。今では窓に映る子どもたちの影は部屋中をぐるぐる飛びまわっている。

この恐ろしい光景のクローズアップ。

続いて子ども部屋の中。誰もが歓びのあまり狂乱状態だ。それからピーターに連れられてみんな窓から出て飛んでいく。

両親とナナが子ども部屋に飛びこんだのは、ちょうどみんなが飛びたったあとだった。

彼らは子どもたちが家々の屋根の上を越えて飛んでいくのを窓から見る。

ネバー・ネバーランドへの飛行が始まる。親不孝者たちはテムズ川を越え、国会議事堂の上を過ぎる。下院の議場を忠実に再現しておく。警官がひとり、いかめしい議場にかけこんで議事の進行をさえぎり、空でなにごとかが起こっていると報告する。全員がなにごとかと外へ走り出る。議長（カツラをつけているので目立つ）が先頭に立っている。彼らは議事堂のテラスに出て、飛行するグループが視界から消えるまで大騒ぎで見ている。

次のシーンでは彼らは大西洋の上を飛んでいる。月が出る。疲れたウェンディをピーターが支える。

次のシーンではニューヨークに近づいている。自由の女神像が見えてくる。みんなとても疲れているので、その像の上に下りて休もうとする。像はつるつるしていて休む場所がみつからない。初め、像は本物にするつもりだった。しかし自由の女神像が生きているように動きだし、子どもたちを抱きしめて一晩ゆっくり休ませてくれることにした。

これは非常に印象的な場面になるだろう。

そして彼らは旅を再開する。ナイアガラの滝を見ながらアメリカを飛びこえる。

そして太平洋上に出る。ネバー・ネバーランドがある。

ネバー・ネバーランド

暖かい太陽の光に包まれて光り輝く平和そうな島が見える。その全景を現代的な地図ではなく、妙に細部を強調したむかしの絵地図のような形で示す。私が所有しているネバー・ネバーランドの絵地図を複製すればよい。

太陽が沈み、島は暗く恐ろしげな雰囲気にかわる。迷い子のひとりを追いかけるオオカミが見える。

月明かりの中、川の浅瀬で水を飲む野生動物がいる。

インディアンは、フェニモア・クーパーの小説のように木に縛りつけた捕虜を拷問している。捕虜は海賊だ。

タイガー・リリー。「すべての勇者がひとり残らず、彼女を妻にしたいと願ってきました。でも彼女は誰の求婚であれ冷たくことわります」

まずタイガー・リリーが姿を見せる。次にひとりのインディアンが王女である彼女にプロポーズしているらしいシーン。彼女は武器の斧をひと振りして求婚者を殺す。子どもたちとの対比を際立たせるため、タイガー・リリーをはじめインディアンはすべて身長の高い役者に演じてほしい。

次にピーターが空中に現れる。ウェンディに遠くの海賊船を指さして教えている。恐ろしい海賊船が骸骨の旗を翻しながら視界に入ってくる。スペインのガリオン船を襲っていた時代の残虐な海賊たちの船――邪悪で不吉な悪名高い海賊船のどれかを再現したものがよい。その巨大な船体にピーターは登ろうとしている。すこしずつ海賊船の細部が見えてくる。いま錨(いかり)を下ろしたばかりで、帆は見えない。もっとあとになってピーターが帆を張れと命令するまで、帆を見る機会はない。

海賊船の船長、ジェイムズ・フック(イートン校およびベイリオル・カレッジ)

フックが登場する。劇に出ていたときと同じ服装で右手のかわりに鉄の鉤をつけ――口には葉巻を二本くわえ、その他も劇と同じようないでたち。非常に背が高い。

(注:この場面の演技について。フックは完全にまじめに演じなければならない。フック役の役者は、フックの滑稽さを意識していることを感じさせたいという誘惑を完全に抑えなければならない。たしかに、その

ような誘惑はある。だが舞台上でその誘惑に負けた俳優は、致命的な結果をもたらしてきた。フックは残忍な悪党だ。高い教育を受けているからこそ、なおさらそうなのだ。ほかの海賊たちは下品なやくざ者だ。しかしフックはいちばん悪いことをたくらんでいるときこそ、いちばん礼儀正しくふるまう。彼にはダンディな色男のような雰囲気が必要だ。しかしあくまでもシリアスに演じること、決して面白さを見せようとしないことが何よりも重要だ。このことは全編を通して言えるが、特にあとから出てくる海賊船の場面での失敗は許されない。この注意事項はフックに限らず海賊を演じるすべての役者に守ってもらいたい）

「あわれなスミー」、海賊らしくない海賊

スミーは劇と同様に眼鏡をかけ、どうしようもなく人のよさそうな雰囲気をもっている。船では床のかたすみに座っている。そのかたわらにはティーポット、カップ、受け皿などが置いてある。彼は受け皿にお茶を移してから飲む。

海賊たちはそれぞれカリブ海を荒らしまわる海賊らしい名前をもっている。

海賊たち。いかにも恐ろしそうなのが総勢二〇人ほどいる。スターキー、チェッコなど。何人かは劇と同じ服装にしておく。ほかはカリブ海の海賊の絵本にならったそれらしい衣装。

海賊のひとりが空を飛んでいる子どもたちを指さす。空ではピーターがウェンディたちに注意をうながす。大砲ロング・トムが甲板に準備される映像。海賊たちは全員、背の高い役者をそろえること。フックの号令で大砲が発射される。

ピーターたちは爆風でバラバラの方向に飛ばされる。しかし明らかに怪我はしていない。空中でくるくる回転した後、また飛びはじめる。今は離ればなれになっている。

迷い子たちはピーターの帰りを待っています。

劇の森と同じ場面。幹に穴のあいた大きな木が何本もある。子どもが小さく見えるように、木は大きくしておくこと。地面の煙突の一本から煙が出ている。劇と同じように木の穴から少年たちが地上に出てくる。まずスライトリーが現れる。

スライトリー・ソイルドです。迷い子になってネバーランドに来たときに着ていた服にそう記してあったので、彼はそう呼ばれています。

スライトリー登場。彼は少年たちの中のコミカルな役どころだ。

トゥートルズ――ニブス――カーリー――ふたご

全員が出てくる。劇と同様それぞれが区別しやすいような外見にしておくこと。全員が空を見上げてピーターを探している。

ヨーホー、ヨーホー、海賊ぐらし
どくろの旗だぜ、
楽しい時間に縛り首の縄
デイヴィー・ジョーンズもどんと来い！

海賊のテーマが、歌詞なしの演奏だけで聞こえてくる。迷い子たちはこれが海賊接近のしるしだとわかっているので、震え始める。

少年たちはいっせいに各自の木の穴に飛びこんで姿を消す。ニブスだけは偵察のために身を隠して残っている。ニブスは煙突が見つからないように上にキノコをかぶせることを最初に思いついた少年だ。海賊たちは絵のように美しい川に何艘かのボートをおろしている。

一艘のボートにはクッションが高く積み上げてあり、そこにフックがふんぞり返って座っている。川を行くボートの映像。やがてフックがボートを下りる。海賊たちは少年たちを探す。フックは手下たちに散らばって探すよう手で合図する。全員が音もなく捜索にかかる。手下のうち二、三人は大柄な黒人にする。この海賊団にはいろいろな人種がいる。

「わしの腕を切り落として、たまたま通りかかったワニにくれてやったのはピーター・パンだ。ワニはわしの腕の味が気に入ってな、スミー、それからというものわしのからだの全部を欲しがって、海から海へ、陸から陸へと舌なめずりしながらわしのあとを追いかけてくるんだ」

「そいつは、ある意味じゃほめられてるってことですね、おかしら」

フックはスミーに恐ろしそうに言う。彼らはまだ知らないが、ふたりがいるのは少年たちの地下の家のすぐ近くだ。木の幹に隠れて聞き耳を立てる少年の頭がひとつ見える。少年はぎょっとして頭を引っこめる。次のシーンはピーターの視点。フックと戦って片腕を切り落とし、それをワニに投げ与える。

その一撃はあまりにも強烈だったので、フックは一瞬目がくらむ。そのとき彼の目には、自分が動く木々にとり囲まれている様子が浮かんでいる。これは私が個人的に制作した『マクベス』の映画の木々がマクベスを追いかけるシーンで使ったのと同じ方法で映像化する。

ここは奇妙で非常に恐ろしい光景、島の景色とはまったく違うものにする必要がある。続いてワニによるしつこい追跡を地球上に示す。本物の地球儀の映像の上を船が移動し、ワニがどこまでもついて行く。フックが上陸すればワニも陸上を追跡する。こうして彼らが地球上を移動し、それを見やすくするために地球儀は適宜回転する。船やフックやワニの姿は当然小さくなるが、正しい縮尺どおりではなく、見てそれとわかる程度の大きさは必要。

「あのな、スミー、ある日そのワニは置時計を飲みこんだのだ。そいつがやつの腹の中でチクタクいう音を出している。だからやつがわしのところに来る前にまずチクタクいう音が聞こえる。聞こえたらわしは逃げる」

フックが得意そうに話している。彼は大きなキノコの上に座っている。それは煙突を隠しているキノコだ。

続いてフックの回想シーンになり、ワニと時計のいきさつを示す。フックがどこかわからない川辺の森にいる。この一連の森のシーンはひとつひとつ異なる、幻想的な森を背景にすること。フックは何か上着の下に隠しもっている。何かずる賢いことをしようとしているようす。よく見れば時計のネジを巻いている。巻き終わってチクタクと音がし始める（観客に実際に聞こえる）。彼は時計を地面に置いて身を隠す。ワニがやってきて時計を見つけ、不思議そうにつつきまわしたあげくに飲みこむ。チクタクいう音はいくぶん小さくなったが、それでも聞こえてくる。ワニは首をふりむかせて自分のからだを見ようとしてから、不思議そうな顔で行ってしまう。フックが勝ち誇った顔で現れ、ワニとは反対の方向へいかにも悪党らしい足どりで去る。

再びフックとスミー。フックが立ちあがる。熱いらしい。ふたりはフックが腰かけていたキノコをもちあげて、それが煙突を隠していたことを知る。キノコの下にあった煙突からは煙が出ている。ふたりは近くの木の穴を指さす。その勝ち誇ったようすから少年たちの地下の家を見つけたことがわかる。ふたりはピストルと短剣を手に木の穴から地下に下りて行こうとしている。

またひとりの少年がそれを見ている。彼は急いで地下の家へもどり、ほかの少年たちに報告する。ここで地下の家が出てくるが今は詳しい説明はしない。少年たちは震えあがるが、とにかく武器をとる。

再び地上。フックとスミーが木の穴に入ろうとしているところに危険を知らせる音が聞こえてくる。観客にも聞こえる。ワニの時計の音だ。ふたりは逃げだす。ここでワニのテーマ音楽。ワニが姿を現し、のそのそとふたりの後を追う。このワニは人間に神罰を与えるネメシス神のように、どこまでもフックを追いかける。ワニについては、本物の大きなワニと撮影用の作り物のワニとを場面に応じて使い分けるとよい。

少年たちは木の穴から頭をのぞかせて見ている。一列になって海賊を追っているインディアンの姿を見て地下にもどる。インディアンたちは彼らのテーマ音楽に合わせ、身を低くかがめてゆっくり進んでいく。そして芝居がかったようすで去っていく。インディアンがいなくなると少年たちが現れる。ニブスがみんなに走りよって空を指さす。空ではウェンディがひとり、よろよろと飛んでいる。初めは森のべつの場所の上を飛んでいるのが見え、次に少年たちの上に来る。ティンクも空を飛びまわっている。

ウェンディにやきもちを焼いているティンクが「ウェンディ鳥を射て！」とよびかけます。

鈴の音。トゥートルズが弓矢をもってきてウェンディを射る。矢がウェンディの胸にささる。鈴の音。「この大馬鹿やろう！」ウェンディ、地面に落ちる。迷い子たちがまわりに集まる。

「これは鳥じゃない。これはきっと女の人だよ。うん、ぼく、覚えてる。たしかに女の人だ」

スライトリーが気取ったようすで他の少年たちを押しのけ、この不愉快な発言をする。全員帽子をとる。トゥートルズは脅えている。突然、全員が上を見る。ピーターがひとりで飛んでくるのが見える。初めはみんな喜ぶ。それからみんなでウェンディのまわりを囲んで隠そうとする。ピーターが下りてくる。

「みんな、すごい知らせがあるぞ！　とうとう、ぼくたちみんなのお母さんを連れてきたんだ！」

少年たちはみんな情けない顔をする。トゥートルズが男らしくみんなを後ろに下がらせて、ピーターにウェンディを見せる。

ピーターは芝居じみた反応を見せる。ひざをついてウェンディの横まで進み、矢を引き抜く。トゥートルズは自分の胸を指さして、犯人は自分だと伝える。ピーターは短刀のかわりに矢をふりあげてトゥートルズを刺そうとする。ウェンディの腕がもちあがる。ふたごが気づいて声をあげ、ピーターはもう一度ウェンディをよく見る。少年たちはかたずをのんで見ている。

「生きてる！　これは、ぼくがあげたキスだ。矢はこれにあたったんだ。キスがウェンディの命を助けたんだ」

ピーターはウェンディの胸からボタンをとり上げる。
ボタンのクローズアップ。

「ぼく、キスを覚えているよ。どれどれ。そう、それがキスだ」

スライトリーはボタンを見せられて、自信たっぷりに言う。続いて木の上にとまっているティンクの姿が見え、ピーターはどこかへ行ってしまえときびしく命じる。ティンクは「この大馬鹿やろう!」と叫びながら飛んでいく。

ジョンとマイケルが飛んでいる。と思ったらすぐによろめいて落ちてしまう。ふたりとも疲れきっていて、すぐに木にもたれて寝てしまう。

迷い子たちはウェンディを木の穴から地下におろそうとするがうまくいかない。ピーターがすばらしいアイディアを出し、少年たちはその実行にかかる。アイディアとは、ウェンディのまわりを囲む家を建てることだ。

劇ですばらしい効果をあげたのと同じやりかたで、少年たちが家を建てる。ウェンディのからだをすっぽりとおおう大きさの家だ。ジョンとマイケルも起こされて作業に加わる。この家は芝居のときのような、キャンバスに絵を描いただけのものではダメだ。滑稽な感じはあっても、本物の家でなければならない。少年たちが木を切り倒し、大工仕事などをして家を建てる様子を驚くようなスピードで、『ケンジントン公園のピーター・パン』の描写さながらに見せたい。音楽に合わせて、少年たちが杭を打ちこみ、ドアや窓を作るところを超高速で見せる。できあがった小さな家は、木材とコケで作られ、すこし傾いてあちこち具合が悪そうだが、うっとりするような魅力がある。

少年たちはできあがった家を点検する。ピーターが何か足りないものがあることに気づく。それは煙突だと言う。彼はジョンの丈の高い帽子(ジョンは家を出てからずっとそれをかぶっていた)をポンとたたき、それを屋根にのせて煙突にする。するとすぐにそこから煙が出てくる。

ウェンディが少年たちのお母さんになることを承知します。

少年たちはわくわくしながら小さな家のまわりに集まる。ピーター、ドアをノックする。ウェンディが不思議そうに出てくる。ここからは劇と同じ。少年たちはひざまずき、両手をさしだしてお母さんになってくださいとウェンディにたのむ。ウェンディは承知する。みんな大喜び。ウェンディは急にお母さんのようにふるまい始める。みんな、家のまわりを踊りまわる。ピーター以外は踊りながら家に入っていく。ピーターだけは剣をぬいて家の警備につく。暗くなる。小さな家の中に明かりがともされる。家の後ろを野生動物の影が通りすぎる。ピーターはオオカミを追いはらう。オオカミの群れの最後の一匹は赤ん坊オオカミで、まだ走って逃げることができない。ピーターはその子を抱きあげ、母オオカミのところへ連れて行ってやる。母オオカミはピーターに感謝しつつ去る。ピーターは小さな家のドアの外で寝入る。

ティンクが用心しながらやってくる。彼女はピーターのひざに飛びのり、それから肩にのってピーターにキスする。彼女はそこにじっとしている。ピーターは眠り続ける。

ウェンディが来たばかりのある日、ピーターは彼女に人魚を見せるため入り江に連れていきました。

幻想的な風景のなか、陽気な行進が始まる。まずトゥートルズ、ニブス、スライトリー、ふたご、カーリーが、陽気にはしゃいで馬跳びをしたりしながら歩く。彼らの衣類がていねいに継ぎをあてられているのがわかる。次にウェンディが簡素な手作りのソリに座って通る。ソリは空高く浮かんでいるたこにつけた紐に引っぱられている。その後ろをジョンとマイケルが陽気に歩く。いちばん後ろはヤギに乗ったピーターだ。ここですこし変わった特殊効果をためしたい。前にピーターがフックの腕を切り落とすシーンで森の木々が動いたのと同じ技術を使えばできるのではないかと思う。ほしいのは、ピーターが進む後ろから、たくさんの花が行列を作ってついていくというシーン。

「やれやれ、またぼくの後ろからいまいましい花がついてくる！」

ピーターはふりむいて腹立たしそうに言う。ピーターはいばったようすでついてくるなと言い、今、花はみんなじっとしている。しかし彼の姿が見えなくなると、また動きだす。ピーターは隠れていて、花が角を曲がるところで飛びだし、ついてきた花の前に出る。花が動きをとめる——ピーターは花たちに手をふって帰れと合図する。とうとう花はひとつ残らず来た道をもどっていく。飼い主のあとをついてきた犬が、帰れと言われてすごすごもどるのとまったく同じ感じにする。ピーターはまたヤギに乗って前進する。

（注：ここまで二〇分ほど字幕なしにする）

次に、ジョンがソリに乗ったせいでたこの紐が切れるという事件が起こる——たこはふたりを運ぶことはできない。ウェンディはソリからころがり落ち、たこは空へ飛んでいってしまう。ソリはそこに捨てておかれる。ピーターがヤギを降りてウェンディに乗らせ、行進が再開する。ピーターが静かにするよう合図し、ウェンディはヤギを降りる。人魚を驚かせようと、みんな忍び足になって進む。彼らは背の高い草のあいだに身を隠し、視界にはいってきた美しい入り江をのぞき見る。サンゴ島の美しく幻想的な入り江だ。サンゴ礁と南太平洋の島々に育つ植物が見える。人魚の姿は見えない。ピーターがウェンディに興味深いものを指し示す。特に海の中に浮かぶ「島流し岩」と呼ばれる岩が重要だが、これはそのうちに詳しく見ることになる。

次に起こった出来事にみんなは興奮することになる。大きな鳥の巣がある木の枝が折れて、海に落ちるのだ。母鳥は巣に座っていて、巣が枝から離れて入り江の中に流れていってもそのまま動かない。ウェンディはその母性愛に感動して、母鳥に投げキスを送る。

次に人魚の映像。子どもたちは隠れた場所から見ている。人魚については美しい一連の映像を、ある程度長い時間をかけて見せる。まず遠景で、入り江の岸辺でのんびり日光浴をする何十人もの人魚。海の中にいるもの、岸にいるものが三々五々。基本的には、幻想的な雰囲気が最高に出せる距離で。ひとりだけ比較的近くの岩の上にいて、くしで髪をといている。尾が不自然に見えないように。ウェンディが喜んで叫びそうになるが、ピーターが静かにするよう注意する。子どもたちはピーターを先頭に、人魚をつかまえる道具をもって静かに水に入る。人魚の画像を交互に入れる。子どもたち、泳いで巧みに人魚に近づく。子どもたち、髪をといている人魚に飛びかかるが、彼女はその手をすりぬける。ピーターが助走をつけてジャンプし、彼女の背中に乗る。彼は有頂天になっている。ピーターほど陽気で、真剣で、雄々しく、生意気な者はほかにいない。

入り江の別の場所。岸辺でタイガー・リリーが弓に矢をつがえた美しい姿勢で構え、ボートで近づくスミーをねらっている。背後の木の陰からスターキーが彼女に飛びかかる。スミーは浅瀬でボートを降りて応援にかけつける。スターキーがナイフでタイガー・リリーにとどめを刺そうとすると、スミーが別のもっと恐ろしいことを提案する。彼の提案の内容を映像で示す。「島流し岩」の上に縛りつけられたタイガー・リリーが横たわる映像が見える。潮位があがり彼女と岩は海に沈む。スターキーはこの提案が気に入ったようすで、ふたりがタイガー・リリーを岩に縛りつける映像に続く。岩の横でボートの中にいるふたり。次にふたつの映像。ひとつは彼らに向かって泳ぐフックの姿。もうひとつは海賊たちに見つからないように岩に忍び寄り、タイガー・リリーを助けようとするピーターの姿。ピーターが海賊たちに見つからないようにしてタイガー・リリーを縛った縄を切ると、彼女はするりと海に入る。フックはボートにたどりついて乗りこむ。彼らはしてやったりとばかりに岩を見るが、そこにリリーがいないことを知って愕然とする。フックがふたりを問いつめ、ふたりはひざまずいてしどろもどろの言い訳をする。フックは誰のしわざかとあたりを見まわし、ピーターは我慢できずにもぐっていた水から顔を出して彼をからかってしまう。フックは今こそピーターをつかまえるチャンスだと考える。フックとスミーは海に飛びこみ、スターキーは残ってボートを守る。

水中の格闘が始まる。人魚や魚は怖がって大急ぎで逃げだす。ジョンとスターキーはボート上で戦い、組みあって激しく殴りあう。岩の上ではフックとピーターが劇のシーンと同様に格闘する。しまいにはフックの卑怯な一撃を受けてピーターが岩から海に転げ落ち、勝ち誇ったフックは海に飛びこむ。フックは泳いで岸につき、こっそり去っていく。フックが姿を消したあとからワニが陸にあがり、フックのあとを追う。フックはワニに追跡されていることに気づいていない。

漂うボートのまわりに少年たちが集まってきて乗りこむ。彼らはピーターとウェンディの名前を呼びながらふたりを探しまわる。ボートは次第に遠ざかり、見えなくなる。今や入り江には誰もおらず、冷たく危険な気配がただよっている。

人魚たちが美しい洞窟にいる。ウェンディは人魚に捕らわれている。人魚たちはウェンディのからだを珍しそうに調べる。彼らがウェンディの足を馬鹿にして笑うので、ウェンディは正座して足をかくしている。人魚たちはウェンディの目の前で指を動かしたり、しっぽをピュッとふってからだをたたいたりする。明らかに彼らなりの嫌がらせだ。そのうちに人魚たちは眠る。ウェンディは恐怖に満ちた目で彼らを見つめている。ピーターがやってきて眠っている人魚たちをそっと乗りこえてウェンディを助けだし、一緒に逃げ去る。ピーターもウェンディも明らかに傷を負っている。ひとりの人魚が目をさまし、意地の悪そうな顔つきでふたりのあとをつける。

ピーターは「島流しの岩」にウェンディを引きずりあげる。疲れきったふたりはそのまま気を失う。追いかけてきた人魚が岩に泳ぎつき、ウェンディを少しずつ引っぱって海に引きずりこもうとする。ピーターが目をさまして彼女を助ける。このシーンはドラマチックに。人魚は去っていく。ピーターとウェンディが岩に座っている。音楽が流れ、ふたりの姿が胸をうつ。ピーターは潮が満ちてきていることを指で示す。しかし疲れきったふたりにはどうすることもできない。

次第に岩が水に沈んでいく。

そのとき空を漂うたこが視界に入る。初めは入り江の遠いところに見え、しだいに岩に近づいてくる。ピーターが何か思いつき、しっぽをつかんでたこを引き寄せる。

ピーターは男らしくたこをウェンディのからだに縛りつける。このたこではふたりを運ぶことはできない。ふたりは抱擁をかわす。ウェンディはたこに運ばれて入り江の上を飛んでいく。ピーターは彼女の姿が見えなくなるまで手を振っている。そして自分の置かれた状況を理解して身震いする。ひとり残ったピーターの映像。次にたこに運ばれて島の上空を行くウェンディの映像。

「死ぬことはきっと、すごい冒険だ」

ピーターは雄々しく胸をはってまっすぐ立っている。岩は沈みつつある。月の光が彼を照らす。入り江の別の場所では母鳥がまだ巣に座ったまま漂っている。

ピーターは岩の上。今ではひざの上まで水が来ているが、彼は勇敢に立っている。鳥の巣が彼のほうに漂ってくる。彼が見る。母鳥が一声鳴いて飛んでいく。ピーターにアイディアがひらめく。彼は手をのばして巣を引き寄せ、中から大きなふたつの卵を取りだす。初めはそれをどうしたらいいかわからない。次にスターキーの帽子を手に取る。スターキーは「島流しの岩」に突きさした棒の上に帽子をひっかけていったのだ。ピーターは卵を帽子に入れ、その帽子を海に流す。帽子が流れていく。ピーターは鳥の巣に乗り、同じように流れていく。彼は自分のシャツで帆を作り、帽子とは別の方向へ進む。彼は厳粛な顔をして、目をキラキラさせている。

巣の中にいるピーターのいくつかの映像。次いで入り江に帽子が見える映像。母鳥が帽子のところへ飛んできて、また卵の上に座る。

次に鳥の巣が岸に近づく映像。ウェンディが浅瀬を走って巣まで迎えにいき、ピーターとふたりで晴れ晴れとした笑顔。ピーターはまた痛々しいほど生意気な顔をしている。最後に帽子が葦のあいだでじっとしている映像。帽子から母鳥が出て岸へ歩いていく。今ではその後ろを二羽のひな鳥が歩いている。

地下の家では、みんなは子グマのように暮らしていました。

まず、ほら穴で子グマが母グマのまわりで遊んでいる映像。母グマはやさしく相手をしているが、子グマが悪いことをすれば罰する。彼女が食べ物をもってくると、子グマたちはそのまわりに集まってきてガツガツと食べる。子グマたちは小走りで母グマのあとをついてまわる。母グマの横に並んでからだを丸めて眠る。そのあと、ウェンディを母親代わりに、少年たちが子グマとまったく同じように暮らしている様子を見せる。食事の様子もそっくり。ウェンディのあとをついてまわるのも、彼女の横に並んでからだを丸めて寝ている様子もそっくり。

少年たちのひとりが寝返りをしたいときは、ウェンディの合図で全員が一斉に寝返りをします。

ウェンディが水たまりでカーリーのからだを洗っている。カーリーが水をポタポタたらしたりしている様子など。マイケルは赤ん坊役をさせられているので、屋根からつるしたゆりかごの中で揺られている。ピーターもふくめたそれ以外の少年たちは、劇と同じような大きなベッドを壁から引き下ろしている。全員寝間着を着ている。カーリーも含めて全員がベッドに入る。イワシの缶詰のように頭をベッドの上下に交互に向けている。

ひとしきり馬鹿騒ぎをしてから、みんなおとなしく横になる。ひとりが手をあげる。暖炉のそばに座って繕い物をしているウェンディが合図すると全員が一斉に寝返りをする。

ネバーランドでは、季節が本土より早く変わります。

この実例を示すために新しいシーンが出てくる。林の中の愛らしい草地に一本の果物の木とわずかな水の流れ。水がしたたり落ち始める。ピーターが手作りの木のバケツをもってそこへ来る。彼は腰をおろして、したたる水がゆっくりと桶いっぱいにたまっていくのを待つ。季節は夏で、木には熟した実が鈴なりになっている。ゆっくりと季節が冬に変わる。果物の実がなくなり、葉が落ち、木は裸になる。地面が雪におおわれて白くなる。水の流れは凍り、水がバケツにしたたり落ちていた場所にはつららがぶら下がっている。ピーターがそれをポキンと折る。彼は寒そうだ。衣類をからだにしっかり巻きつける。同じペースで陽光あふれる春の日になる。木は花と葉をつけて美しくなっている。地面には草の緑が濃い。ピーターは暖かすぎて上着を脱ぐ。水はまたたっぷりしたたり落ちている。今はバケツがいっぱいだ。ピーターはバケツをもって、変化にまったく気づいていないかのように立ち去る。このシーンのポイントは、変化がわずかずつ起こることと――ひとつの季節から次の季節へと突然変わるのではないことと――だ。実際の変化の過程を見せることが重要。

もちろん、ティンクは自分の部屋をもっています。精密に作られたティンクの小さな寝室。中でティンクが髪をといていたりする。それが拡大され、劇で見たよりはるかに美しい部屋の内部が現れる。

新しく来たふたりはコルクの栓を抜くように木の穴から引っぱりだしてもらう必要がありました。でもピーターが少し調節してちょうどよくなりました。

ジョンとウェンディが髪の毛を引っぱられて、面目なさそうに引きあげられるシーン。ふたりは木の穴に引っかかってしまったのだ。ジョンは押さえつけられ、ピーターが麺棒を使ってジョンを平らにしようとする。ジョンは平らになりすぎて、地面に広げるとずいぶん場所をとる。まるでものすごい重さをかけてぺちゃんこにされたようだ。ウェンディは憤慨する。ピーターと少年たちはジョンをカーペットのようにくるくる巻き、ピーターがジョンをちょうど良い形と大きさにする。ジョンは今では木の中を楽しそうに上り下りしている。次にウェンディの形をととのえることになる。ウェンディはもう少し身長を減らす必要がある。

そこで彼女を寝かせ、ピーターが足をスライトリーが頭を押すと彼女は少し縮む。このシーンは水辺で行う。ウェンディは水ぎわに走って自分の姿を映す。映った姿が見える。彼女は背が縮んで横幅が太くなっている。彼女は悲しくなる。少年たちはどうしていいかわからない。彼女は再び横になり、ピーターが麺棒でのばす――うまくいく。ウェンディは再び水に自分を映して喜ぶ。彼女は嬉しそうに自分の木の穴を上ったり下りたりする。よかったよかったと、みんな満足している。

時刻を知りたいときは、ワニの横で時計が鳴るのを待ちます。

ピーターがワニの横に座って待っている。時計が四つ鳴る。観客にも聞こえる。ピーターは離れていく。

次のシーンではウェンディが学校の先生になっている。場所は地下の家で、ウェンディは手に杖をもっている。彼女がチョークで黒板に子どもっぽい文字を書く。

「あなたのすばらしい両親について覚えていることをすべて書きなさい」(「書く」の字が少し間違っている。)

ふたごの兄以外はどの少年も石版をもって自分のキノコに座っている。書こうとするがよくわからない様子。ピーターは居眠りしている。ふたごの兄は罰として頭に「お馬鹿帽子」をかぶらされて、部屋のすみの背の高い椅子に座っている。次に三人の石版がクローズアップされる。トゥートルズの石版には「普通」という成績が書かれている。ニブスの石版には「ぼくがお母さんについて覚えているのは、いつも『ああ、私も自分の小切手帳がほしいわ』と言っていたことです」と書いてある。マイケルの石版には「きみがぼくのお母さんじゃないの、ウェンディ?」と書いてある。ウェンディはこれを見て心配になる。みんながこんなに両親のことを忘れてしまっていることを痛ましく思う。

ウェンディは多くのお母さんたちのように、自分の子どもたちが寝るまえに少しはしゃぎまわることを楽しんでいました。

ピーターと少年たちはいつもの服を着て木のてっぺんより高いところを飛びまわってサッカーをしている。彼らは手作りのサッカーボールをもっていて、二チームに分かれ、空中でサッカーをすることができる。ゴールポストもあるが、それらは木に縛りつけてあるので木よりももっと高いところにある。月が出ている。

みんなはたくさんの夜を、こうして楽しく騒いできました。

地下の家で寝間着を着た少年たちが枕ダンスを踊っている。劇と同じだが、劇ではふたごの兄が中心だったが、ここではピーターがメインに踊る。ウェンディは腰かけて靴下を繕いながら、ときどき母親らしく少年たちに微笑みかける。踊りは最後には枕合戦になって終わる。

ティンクと仲間の妖精たちには、ときどきいらいらさせられます。どこにでも入りこむからです。

ピーターが地下の部屋で長靴をはこうとしている。片方の長靴の中に何か入っている。ピーターがそれをさかさにするとティンクが落ちてくる。ピーターは慣れっこなので特に驚くこともなく、そのまま長靴をはく動作を続ける。

同じ部屋でウェンディがスライトリーの髪を床屋のように切っている。火に鍋がかかっている——それがカタカタ動きだす。彼女は鍋を火からおろし、ふたをとる。びしょ濡れのティンクがプンプン怒って飛びだしてくる。

やはり部屋の中。ベッドが広げられ、寝るしたくができている。ピーターは短剣を研いでいる。ベッドの上の枕のひとつが奇妙な動きを始める。ウェンディがピーターにそれを指さす。ピーターがその枕をつかんで上を開き、ひっくり返す。百人ほどの妖精が枕の中から床に落ちる。ピーターは妖精たちをほうきではきだしてしまう。次のシーンでは、その妖精たちが木の穴から出て地上を飛んでいる。

ピーターはウェンディに息子がお母さんにいだく

ような愛情をもっています。でもウェンディは別の愛情がほしいようです。それがどんなものか、ピーターにはわかりません。

ウェンディは地下の家で、愛らしい表情を浮かべてピーターにその話をする。言っていることがピーターに通じないので彼女は地団駄をふむが、あきらめて座る。

「ねえ、ティンク、なんのことだろう?」

地上に出てピーターはティンクに聞いてみる。ティンクは妖精の言葉で「この大馬鹿やろう!」と言う。

「ねえ、タイガー・リリー、なんのことだろう?」

同じ質問をタイガー・リリーにもする。リリーはピーターを敬愛するしぐさ、例えば、ひれふす、などをして見せる。ピーターにはリリーの気持ちも伝わらない。彼女は悲しそうに去る。ピーターはわけがわからないという顔。それから、まあどうでもいいやという顔をして元気に去っていく。

フックは何か月ものあいだ、ピーターに復讐する計画を練っていました。

フックが海賊船のマストの上にある見張り台に座っている。危険だがロマンチックな状況。彼は手に島の地図をもっている。クローズアップすると、手書きで「地下の家」などとあって、細かい位置が書きこんであるのがわかる。軍隊地図のように小さな旗が留めてあり、フックはその地図を見ながら何かをせっせとしている。空には三日月がかかっている。それがだんだん大きくなって半月になり満月になる。それからまた徐々に欠けていくことで、時が経過していることを示す。フックは望遠鏡で島を偵察することもある。

次に、ピーターが崖の上に立って遠くの海賊船をじっと見ているシルエット。彼は生意気そうに見える。フックがピーターを見るたびに逆上してしまうのは、ピーターの生意気さのせいでした。夜眠ろうとするときも、それがうるさい虫のようにフックの眠りを邪魔するのです。

まず、誰もいないフックの船室の中。おおむねイートン校の寮の部屋のような感じ。イートンの寮と同じように、枝編み細工の椅子がひとつと机、そして本の列があるイートン校の寮室。壁には武器類のほかにフックが獲得した賞のリボンやバッジがイートン風の奇抜な配置で飾られ、学校でわたされた古い書類、帽子と写真が二枚、クローズアップするとイートン校の建物、イートン校サッカーチームのイレブン、中央にフックがいる。少年の姿だがフックとわかる。両手でサッカーボールをもち、ひざのあいだに賞のカップをはさんでいる。メンバー全員が着ているのはチームカラーのユニフォームだろう。「九尾の猫ムチ」と呼ばれるコブのついた縄が九本ついたムチが壁にかかっていて、特に目立っている。

　その部屋にフックが入ってきて着がえを始める。カリブ海の海賊がベッドに入るシーンを見ることは滅多にないだろう。そこで、あえてここで見せることにする。彼は懐中時計のネジを巻き、それをいつもの場所にかけるなどの日常的なことをする。それから寝間着を着てベッドに入るが、シーツは冷たい。ベッドに横になり、葉巻をふかしながらイートンの学生が作った校内誌「イートン・クロニクル」（本物を使いたい）を読む。それから葉巻パイプを置き、ロウソクを消す。彼はピーターが出てくる悪夢を見る。手の鉤をふりまわし、虫になやまされているかのようにからだをかきむしる。夢の中で彼をからかうピーターの映像。

　数か月が過ぎ、ついにフックの計画が明らかになります。

ここから連続した一連の映像。
まず、たくましく恐ろしそうな海賊たちが船から二艘の手漕ぎボートに乗り移る。海賊は完全武装している。古く薄よごれた海賊船の不気味な側面が見える。
　次に野原でたき火のまわりに座っているインディアンたちの映像。順番にパイプをまわしている。近くに彼らのテントも見える。

次に二艘のボートが入り江に近づくシーン――一方のボートの上にはフックが立ち――もう一方のボートにはスミーがいる。

それから地下の家にいるピーター以外の少年たち。まだ普通の服装で馬跳びなどをして遊んでいる。ウェンディは暖炉のそばに座り、いつものように子どもたちに微笑みかけながら裁縫をしている。靴下やその他の洗濯物が暖炉の前に張りわたしたロープにかけてある。海賊たちが上陸し、こっそり森に入っていく。

その夜は、ピーターは妖精の結婚式に行って留守でした。

ピーターは妖精の結婚式に出ている。ここは念入りに作った美しい映像をある程度の時間をかけて見せる。この作品の中でももっとも美しい場面のひとつにしたい。ピーターは木にもたれて笛を吹いている。妖精たちが大きな葉の下から現れて妖精の輪に入り、結婚式に出席する。このシーンは『ケンジントン公園のピーター・パン』の描写を参考にしてほしい。妖精の音楽（新しく作る）は、鈴の音から始める。

次に小川の近くの誰もいない草地で眠るワニの映像。

スミーが枯れた小枝につまずいたとたん、信じられないほどすばやく島のすべての生き物がそれを聞きつけ、いっせいに活動を始めました。

海賊たちは慎重に森を進む。クローズアップ画面でスミーが枯れた小枝につまずく。間違いなく全員がその音を聞く。音楽も直前に止まり、観客もその音を聞くようにする。みんな唖然としてスミーを見つめてから、急いで背の高い草の陰に身を隠す。スミーは気落ちしている。次に一連の映像を、最大限の効果をもたらすように、すばやく次々に見せる。枯れ枝が折れる音が島のあちこちでもたらした影響を示す映像だ。

まず馬跳びをしていた子どもたちが音を聞く。彼らは遊びを中断し、脅えてウェンディのまわりに集まる。次にインディアンたちが聞く。彼らは飛びあがり、武器を手にとってすぐに戦いの場に向かって走り出す。その音を聞きつけたピーターが走り出したことで、妖精の結婚式も中断される。妖精たちの姿が突然消える。ピーターのひざや肩などに乗っているものもいる。ピーターはその妖精たちをパンくずでも払うように払いのけて走る。彼はティンクとともに、わくわくしながら音もなく走り去る。

ワニはその音を聞いて目をさまし、追い続けてきた獲物を求める果てしない追跡を、森の中から再開する。

これらの映像はすべてスミーの失策の結果を見せるもので、ごく短い映像にする。それぞれの映像に切りかえる前に、ほんの一、二秒だけスミーが枯れ枝につまずくシーンを挿入する。

タイガー・リリーと彼女の勇者たちは「偉大な白い父」の家を警護する。

子どもたちの地下の家の上で、タイガー・リリーたちが見張りをする。毛布にくるまって横になるなどいろいろな姿勢で。森からもどったピーターが彼らに近づくと、みんなひれ伏して彼を迎える。ピーターは当然のようにその崇敬を受ける。この上なく偉そうに気取った態度。まるで臣下に対する王のようだ。それからピーターは木の穴から地下へ下りる。

木の上で見張っていた海賊が、その様子を下の仲間に手で合図する。海賊たち、こっそり前進する。

ピーターが部屋に入ると、ウェンディが少年たちにお話をしていました。

少年たち、寝間着を着てベッドの上に集まり、ウェンディの話を熱心に聞いている。ウェンディはそのそばに座ってマイケルをひざに乗せている。ピーターは部屋の反対側のすみでキノコの椅子に座って木の棒を削りはじめ、話を聞きたくないそぶり（両手で耳をふさぐなど）を露骨に見せる。地上で劇と同様に見張っているインディアンたちの様子をときどき挿入する。ここでウェンディのお話の内容を示す一連の映像（冒頭の子ども部屋のシーンを使う）――ウェンディ、ジョン、マイケルの三人がピーターに誘われてネバー・ネバーランドへ旅立ったときの様子を見せる。まず三人がナナに促されてベッドに入る場面。次にダーリング夫人が彼らにお休みを言いにきてから、ダーリング氏とともにパーティーに出かけるシーン。それからピーターが部屋に入ってくる。彼が三人に飛びかたを教える。そしてみんな一緒に窓から飛びだし、ナナと両親はぎりぎりのところで間に合わない。これらは一度見たシーンなので短く簡潔にまとめる。

これらの映像の合間に、その話をしているウェンディと、劇にあったように聞きながら悪ふざけをしている子どもたちの映像、イライラをつのらせるピーターの映像を入れる。

「でもその子たちのすばらしいお母さんは、いつでも子どもたちが帰ってこられるように窓をあけたままにしておきました。そしてついに子どもたちが帰ってきたときには、みんな、とても言葉では言い表せないほどしあわせな気持ちになりました」

劇と同じようにウェンディがこう言ってお話をしめくくる。ダーリング夫妻が子どもたちの帰還に大喜びする映像（これは劇の最後に見せる後日談の映像と同じではだめ）。ここでピーターは思わず立ちあがって叫ぶ。全員が彼を見る。

「ウェンディ、きみは間違ってる。お母さんはそんなものじゃないよ。ずっとむかし、ぼくは家へ飛んで帰ったけど、窓にはかんぬきがかかっていて、ぼくのベッドには別の男の子が寝ていたんだ」

こう叫ぶピーターの姿。次にピーターがむかしの自分の子ども部屋の窓からのぞいて、ゆりかごで寝ている赤ん坊を見つけるシーン。窓には鉄のかんぬきがかかっている。窓をたたいても返事はなく、ピーターは怒り狂う。

ジョンとマイケルが脅えてウェンディに近寄る。

「わたしたちのお母さんも、今ごろは半分くらい悲しみを忘れているかもしれないわ」

ウェンディが不安そうに言う。彼女の幻想の映像。ダーリング夫妻が家にいて、蓄音機の音楽に合わせて楽しそうにダンスの練習をしている。少しも悲しそうな様子はない。

「わたしたち、すぐに帰らなくちゃ。あなたたちもみんな一緒に来ればいいわ。お父さんとお母さんはきっとみんなをうちの子にしてくれるから」

「でも、ぼくたち多すぎない、ウェンディ?」

「そんなことないわ。客間にいくつかベッドを置くだけでいいんだから。お客様が来る第一木曜日だけ、カーテンを引いてベッドを隠せばいいのよ」

ウェンディが言う。次いで幻の映像。まず何の変哲もない質素なしつらえの客間。次にその部屋に小さなベッドが並んでいる映像。ひとつひとつに迷い子がひとりずつ入っている。少年たちは嬉しそうにウェンディについて行くための荷物の準備を始める。全員、劇のこのシーンと同じ服装になる。ピーター以外はみんな楽しそう。ピーターは腕組みをしてながめている。ウェンディがピーターも一緒に行く準備をしてほしいと懇願する。

「誰もぼくを大人にすることはできないよ。ぼくはいつまでも子どものままで楽しく暮らしたいんだ」

ピーターが言う。彼は部屋中を飛びはね、ひとり残ってもまったく平気だと言わんばかりに笛を吹く。ウェンディは胸をかきむしる。懸命にピーターを説得しようとするがピーターは聞かない。

「肌着を取り換えるのを忘れないでね、ピーター。それから薬をちゃんと飲んでね。今日の分をコップに入れておくわ」

ピーターはむっつりうなずく。ウェンディがピーターの薬をコップに注ぎ、後ろの壁の棚の上に置く。

「ピーター、あなたはわたしのことを本当はどう思っているの？」

「立派な息子がお母さんのことを思うように、ぼくも思っているよ、ウェンディ」

彼女は愛情をこめて尋ねる。ピーターの答を聞いて地団駄をふむ。みんなは木の穴から地上へ出ようとするが、突然地上から激しい物音が聞こえ、脅えて立ちどまる。ここは地下のシーンだけで、地上の騒動のシーンは映さない。

次に地上のシーンに移る。海賊の音楽が聞こえる。それと同時にインディアンが戦いに備えて身がまえる。海賊とインディアンの激しい戦い。劇よりもリアルで激しい戦いの映像。劇には見せかけの要素があったが、映像ではフェニモア・クーパーのインディアン小説などの読者が思い描くような戦いにする。戦闘場面と交互に、地下で固唾(かたず)をのんで耳をすましている子どもたちの映像を入れる。ピーターは剣を手にして地上に駆けつけたがっているが、ウェンディが彼を引きとめ、脅えたマイケルも彼のひざにしがみついている。海賊にも死者が出ているがインディアン側の死傷者のほうが多い。タイガー・リリーと残りのインディアンたちも戦闘に加わる。死骸が取り除けられる。海賊たちは集合して木の穴から聞こえる声に耳をすませる。

「インディアンが勝てば、彼らはタムタムをたたく。いつでもそれが勝利のしるしなんだ」

ピーターが言っている。子どもたちはみんな懸命に耳をすます。そのとき地上ではフックが木の穴から聞こえるピーターの声を聞いている。フックは子どもたちをだます方法を思いつく。そしてタムタムをつかむと、にやりとして叩きはじめる。

「あ、インディアンが勝ったぞ！　もうだいじょうぶだ、ウェンディ。さよなら。ティンク、みんなの道案内をしろ」

ピーターが言い、子どもたちは喜んでいる。ピーターはティンクの部屋のカーテンをあける。ティンクは勢いよく飛びまわってから木の穴を通って上に飛んでいく。ピーターとウェンディは愛情のこもった別れのあいさつをする。ピーターが泣きそうになり、ほかの少年たちがけげんそうに見る。彼が足を踏み鳴らしたので、少年たちは彼を恐れて顔をそむける。誰も自分を見ていないことを確認すると、ピーターはウェンディを抱きしめる。しかしその抱擁は子どもが母に対してするもので、恋人のようなものではない。ピーターを残し、全員が木の穴に消える。

地上では海賊たちが悪魔のような形相をして、木から子どもたちが出てくるところをつかまえようと待ちかまえている。ティンクは急上昇して彼らの手を逃れる。海賊たちは彼女が飛びまわるのを目で追うことができない。不運な子どもたちがひとりひとり木の幹を上がってきては、声をあげるひまもなく捕まってしまう。ひとりひとりが、まるで荷物のように海賊の手から手へと投げられていく。このシーンをうまくやれば、面白い効果が得られるはずだ。落とすことなく投げていくためにはワイヤーが必要かもしれない。しかし、茶化すようなシーンにしてはならない。あくまでも自然に手から手へ渡っているように見せる必要がある。最後にウェンディが出てくる。ウェンディに対しては、フックはまるで貴婦人に対するようにていねいに手をさしのべる。彼女は予想外の扱いにとまどっている。フックは手下たちに合図して立ち去らせ、彼ひとりが残る。黒い外套をまとってひとりで立つ姿は、いかにも恐ろしそうに見える。

次に生き残ったインディアンたちのあわてふためく様子を見せる短い映像を見せる。テントを手早くたたみ、母親たちはインディアン独特のやり方で赤ん坊を運ぶ。

次に再び地下の家。ピーターは少年たちとウェンディの全員が無事に旅立ったと思っている。彼は木の穴に通じるドアにかんぬきをかける。

そもそもピーター・パンとは何者でしょう。誰も本当のことは知りません。生まれてくることができなかった、誰かの子どもなのかもしれません。

ピーターがベッドのわきに座っている。孤独で悲しそうな姿。地上に目を転じると、フックが耳をすまして様子をうかがっている。彼はポケットから瓶を取りだす。クローズアップするとラベルに「毒」と書いてある。彼は恐ろしい顔をして木の幹の中を下りていく。

地下の部屋ではピーターがベッドに横になっている。彼はみじめな気持ちのまま寝入ってしまっていた。木から地下の部屋に入るドアの上のすきまに、フックの悪魔のような顔が現れる。かんぬきに手が届かないので、ドアをあけて部屋に入ることはできない。予定がくるって悔しそうだ。しかしすぐ手の届く棚の上にある薬のコップを見つけ、その中に毒を入れる。悪魔のような勝利の笑みを浮かべて、彼は地上へもどる。地上に出てきた彼にティンクが襲いかかる。ティンクはフックの顔に向かって飛び、何度も針で突く。フックは構わずティンクを追いはらい、外套をからだにしっかり巻きつけると、悪党らしい足どりで去っていく。

再び地下のピーター。ベッドで寝ている。ティンクが飛んできて彼を起こす。

ティンクの鈴の音がしばらく続き、興奮して何かを伝えている。ピーターはティンクから恐ろしいニュースを知らされる、短剣をつかむ。彼は復讐を誓う。砥石で短剣を研ぐ。

「ぼくの薬に毒が入っているって？　そんな馬鹿な。ウェンディに薬を飲むって約束したんだ。今から飲むぞ」

ピーターがこれを言っているあいだ、ティンクはコップのまわりを忙しく飛びまわる。ピーターはコップを手にとる。

ティンクが勇敢にもそれを飲む。

それを見たピーターは驚く。

ティンクは空中をひらひら舞いながら、鈴の音で何か語る。

「なんだって？　それに毒が入っていて、おまえはぼくを助けるために自分で飲んだのか？」

ティンクが弱々しくふらふらと飛んでいる。ピーターは困惑する。

「なんでそんなことをしたんだ、ティンク?」

ピーターは途方に暮れたように言う。彼女が鈴の音で「この大馬鹿やろう!」と言いかえす。そしてふらふらと自分の寝室へ飛んでいき、ベッドに横たわる。ピーターは苦悩の表情でティンクの部屋をのぞきこむ。ベッドで身もだえしているティンクのクローズアップ。それをのぞきこんでいるピーターの顔は部屋と同じくらい大きく見える。

「妖精がいると子どものみなさんが信じていれば、また元気になれるとティンクが言ってます。お願いです。信じると言ってください。信じる人はハンカチをふってください! ティンクを死なせないでください!」

ピーターが観客に話しかける。映画のシーンから出てきたような感じで。劇のときと同様に観客が反応してくれることを期待する。ティンクの小さな部屋で点滅していた光がしだいに強く輝きはじめる。ピーターは晴れ晴れとした表情で観客に感謝する。

「今度はウェンディを助けに行かなくちゃ」

クローズアップでティンクがベッドの上で元気に踊っているようす(ここからかなり長いあいだ、スクリーンに字幕はつけない)。

ピーターが海賊の追跡を始める。

まず木の幹から地上に出るピーター。どっちへ行ったか手がかりを探す。足跡のクローズアップ。ピーターが足跡を追う。海賊たちが鎖でつないだ捕虜を邪険に引っ立てて森の中を進む映像。

次に、インディアンが新しい狩場に向けて急いでカヌーで出発する短い映像。

フックがひとりで森の中を勝ち誇って進む映像。

次にワニが(フックは気づいていないが)ゆっくりと、執拗にフックのあとをつける映像。

次にピーターがあいかわらず足跡をたどっている映像。

全体に緊迫感が漂っているようにする。たそがれ時。森の動物たちがうろつくシルエット。動物の姿は見せず、シルエットだけにしたほうが気味の悪い感じが出る。

次に二艘の手こぎボート。再び荷物のようにそこに手渡しで投げ入れられる子どもたち。

フックが現れる。ボートがこぎ出される。ボートが海賊船に近づく。最初にフックが乗り移る。そして手の鉤で子どもたちを引っ張りあげる。

ピーターが水ぎわに現れる。彼はあたりを見まわす。流れていた音楽が突然止まり、彼はワニの時計がふたつ鳴るのを聞く（観客にも聞こえる）。それは夕方のある時刻を三〇分すぎたということだ。ピーターはあたりを探して、時計が鳴った時には姿が見えなかったワニを見つける。時計が鳴るまで、ピーターはワニが近くにいることを知らなかった。ピーターとワニは水ぎわに仲よく並んでいる。ピーターがワニに何かたのみ、ワニは承諾する。それから一緒に水に入る。

次に海賊船の船倉。縛られた子どもたちが横たわっている。

次にフックが船室でベッドに腰かけ、ひとりでほくそ笑む映像。彼は何か邪悪なことを考えてとても嬉しそうにしている。この悪党が何を思い描いてクスクス笑っているのかを示す映像を見せる。ピーターが地下の家で毒入りの薬を飲み、床に転がってもだえ苦しむ姿。次に海賊船の甲板。海賊たちはフィドルの演奏に合わせて踊っている。スミーはミシンで縫い物をしている。フックが船室のドアから恐ろしい顔で甲板に出てくる。ドアがあいたとたん、海賊たちはフックを恐れて踊りをやめる。みんな後ずさりする。フックは憂鬱そうに甲板を行ったり来たりする。そして「生きるべきか、死ぬべきか」と言うハムレットのように、ぶつぶつひとり言をつぶやいている。スミーはあいかわらずミシンをかけている。

フックは奇妙な抑うつ状態に陥る。自分がばらばらに壊れてしまうような感覚。無邪気な子ども時代の映像が通りすぎる。イートン校で出席の返事をするフック。サッカーグラウンドのフック。スポーツで優秀な成績をおさめ、赤いチョッキを着るポップの名誉を得たフック。これらの映像が過ぎていく（詳細は別途説明する）。再び暗い表情で甲板を歩くフック。スミーが劇と同様にここで布を引き裂く。フックはその音を聞いて自分のズボンが破れたのかと思う。彼はこっそりスターキーを呼んで自分のズボンをチェックさせる。スミーが悪気はないのにまた同じ音をたててしまう。今度はフックも音の正体を知り、スミーを脅しつける。ここは劇とまったく同じ。

フックは上にトランプがちらばっている樽の横に座る。

フックに命令されて海賊たちは船倉に下り、縛られた子どもたちをもち上げて運んでくる。まず船倉で縛られている子どもたちの映像。続いて乱暴に運ばれるようす。スミーはウェンディをマストに縛りつける。彼はウェンディの機嫌をとろうとするが、冷たく拒絶される。全員がフックを見つめている。フックはそれに気づかないかのようにトランプのひとり遊びを続ける。次にピーターとワニが並んで泳ぐ映像。そして再び甲板。フックは突然怖い顔をして子どもたちを振りかえる。みんな脅える。フックは帽子をとり、馬鹿ていねいにウェンディにお辞儀する。ウェンディはツンとする。フックは子どもたちを順に鉤で引っかいてから手下に命令を出す。手下は板をもってきて海につきだすように設置する。脅える子どもたちが「板を歩く」ということが何を意味するかはっきり理解したとわかる映像をクローズアップで見せる。フックは海賊の歌に合わせて板の上を歩く仕草をすることで、子どもたちがたどる運命を悟らせる。

「ヨーホー、ヨーホー、陽気な板よ
おまえはその上、歩いていけよ
板が落ちればおまえも落ちる
デイヴィー・ジョーンズのいる海の底まで」

観客に歌詞は聞こえないが、動作で意味がわかる。音楽だけが聞こえる。海賊たちがパントマイムを見せる。このシーンは劇のときよりずっと写実的でリアルに演じること。

ピーターとワニが船の横腹まで泳ぎつく。ピーターはワニに船の周囲をぐるぐる泳いでまわるよう身ぶりで指示する。そして彼自身は口に短剣をくわえ、巨大な船体をただ登るだけでなく、ロープのあいだをくぐったり飛びこえたりしてよじ上っていくという冒険にとりかかる。

次に船のすぐ横の水中にいるワニが見え、その時計が一二時を知らせる音が聞こえる。時計が三つ鳴ると同時に場面は海賊船の甲板に移るが、音はそのまま続く。時計が一二時を告げ終わる。フックはそれを聞いて脅え、しゃがみこんでしまう。何人かの海賊たちがしゃがみこんだ彼をとり囲んで隠す。ほかの海賊たちは船腹から海をのぞきこんでワニを探す。この騒ぎのあいだにピーターは甲板まで登ってくる。子どもたちは彼を見て大喜びする。甲板までは劇のように単純な動きではなく、ロープからロープへと渡ったり、マストの上をはって進んだりとピーターは大胆で身軽な動きを披露しながらやってくる。劇の時のように時計をもってはいない。この映画では彼がここで時計をもつ必要はない。彼は子どもたちに静かにしろと合図する。後ろから海賊がひとり来たが、あっという間にナイフでやられて船の外へ投げ捨てられる。誰かが海へ落ちるたびにドボンと水音が聞こえるようにすること。ピーターはフックの船室に忍びこむ。海をのぞいていた手下たちは、ワニの危険は去ったようだとフックに告げる。フックはまた威張りだす。フックは彼を馬鹿にしたスライトリーをつかまえて「板歩き」をさせようとするが、別の拷問を思いつく。彼の頭に浮かんだアイディアの映像が現れる。彼の船室の壁にある「九尾の猫ムチ」の映像だ。そのムチがクローズアップされる。

「ジュークス、あの猫のムチをとってこい。わしの船室にある」

フックが手下のジュークスに命令し、ジュークスがムチをとりに船室に入る。海賊の音楽が流れている。フックと手下たちは海賊の歌を別の歌詞で歌いはじめる。彼らの身ぶりから猫のムチに関する歌詞だとわかる。しかしその歌の途中で彼らは歌をやめる。流れていた音楽も突然止まる。この突然の静けさは、船上のシーンの中でも特に印象的なシーンになるはずだ。この沈黙は船室から聞こえてきた長く続く悲鳴のせいだが、実際に悲鳴が聞こえる必要はない。海賊たちが何か恐ろしい音を聞いたとわかればいい。突然の静寂は非常にドラマチックな効果をあげるだろう。しばらくの静止状態のあと、チェッコが用心しながら船室のドアまで行って中をのぞく。中は薄暗く、ピーターの姿は見えない。何も言わずに壁にもたれて立っている影だけが見える。破滅をまねく亡霊のようだ。ジュークスの死体が床に転がっている。子どもたちが喜ぶのを見て、フックは怖い顔でチェッコに船室に入れと命令する。チェッコは行かせないでくれと懇願するが、震えながら船室に行く。劇と同様にドラマチックな場面。全員が耳をすましている。

もう踊りどころではない。それから彼らはまた恐ろしい悲鳴を聞いて驚愕する。子どもたちはまたピーターがひとりやっつけたことがわかっているので、喜んでいる。しかしフックが怖い顔を向けると知らんぷりをしてとぼける。スターキーが震えながら船室のドアから中をのぞく。チェッコの死体がジュークスの死体の向こうに倒れている。またピーターの微動だにしない影が見える。次に船室内の別の映像。今では五人の死体が重なり合って倒れている。いちばん上は黒人の死体だ。ピーターの影はまだ見えている。

次にフックはスターキーに船室の中を見てこいと命令する。スターキーは命令にしたがわず、船端から海に飛びこむ。これは劇と同じ。これらの場面は緊迫したものにすること。フックはまた誰か手下を行かせようとするが、迷信を信じる手下たちは全員がかたまってフックに反抗する。彼は自分が行くことにする。いったんマスケット銃を持つが、それを投げ捨て、手につけた鉤（彼のいちばんの武器）をふりまわしながら船室に入る。

一瞬の恐ろしい沈黙の後、フックが茫然としてよろめきながら出てくる。彼が額を押さえる動作から、頭に強烈な一撃を受けたことは明らかだ。手下たちはフックに疑いの目を向けながら何か話し合っている。その間にピーターは誰にも気づかれずに船室から出る。海賊たちからぶんどった短剣をもっている。ピーターはそれを少年たちにわたし、少年たちは縛られている縄を切る。

前とまったく同じ映像。ピーターが現れる。しかし少年たちの縄はもう切ってある。ウェンディは前のようにマストに縛られているように見える。しかし観客(劇を見たことのない人)にはウェンディに見えるようにしてあっても、じつはそれはウェンディの外套を着て顔を隠したピーターなのだ。本物のウェンディはまだどこにいるかわからない。フックに反抗的になった手下たちは、今やフックを脅すように詰め寄っている。

「女が乗っている船にはいいことがあったためしがない。あいつがいなくなれば悪運も去るぞ」

フックはウェンディが悪運をもたらすヨナであるかのように言い、彼女を船から放り出せと言う。手下たちもいい考えだと賛成する。みんなでウェンディだと思っている人物のほうに近寄っていく。するといきなり外套が投げ捨てられ、復讐者ピーター・パンが現れる。観客も驚くが海賊たちも驚いて、思わずこの恐ろしい少年の前から後ずさりする。ここでウェンディは樽から頭を出し、観客も彼女がそこに隠れていたことを知ることになる。

戦いが始まる。劇ではすべて甲板上のちょっとした戦いだったが、映画では船上でいろいろ場所を変えて、リアルな戦闘を描きたい。ニブスやトゥートルズやジョンなどが海賊を倒す場面も入れる。船から海に飛びこむ海賊もいる。少年がやられることもあるが、傷を負う程度にする。ここまでピーターとフックの姿は見えない。それから少年がふたり、フックにハッチまで追いつめられる。ふたりはハッチに強く押しつけられる。

そこへさっとピーターが現れ、フックの剣を跳ね上げる。ピーターとフックがにらみ合う。ふたりの剣が弧を描き、剣先が同時に地面につく。今やピーターは破滅をもたらす悪霊と化している。彼は少年たちに「剣をおさめろ。こいつはぼくが倒す」と言う。

「こしゃくで生意気な小僧め、これがおまえの最期だ」

「暗く不吉な男よ、行くぞ」

非常にリアルな対決にすること。ふたりともすぐれた剣の使い手でなければならない。一方がやられてひざをつくが、すぐに反撃して相手がひざをつく。ある時点でウェンディがピーターに加勢しようとする。ピーターは彼女を肩越しにかついで背中にまわし、その格好でふたりで戦う。彼はフックの剣をたたき落とす。フックの運命もこれまでかと思われたが、ピーターは騎士道精神にのっとり、フックに剣を持たせる。ウェンディはもうピーターの肩に背負われてはいない。ピーターが負けそうになる。剣を失ったのだ。すると彼は突然上から垂れ下がっていたロープにぶら下がる(劇でふたごの兄がやったように)。そしてフックの上にドスンと落ちる。フックはばったり倒れる。

「まるで悪霊と戦っているようだ。パンよ、汝はいったい誰だ、何者だ?」

「ぼくは若さだ。ぼくは喜びだ。ぼくは卵のからを破って出てきたばかりの小さな鳥だ」

戦いが終わる。ピーターははしごを上った船尾までフックを追いつめる。そこには処刑用の板がある。そこでふたりは取っ組みあう。ピーターが絶体絶命のピンチを迎える。突然ピーターは柔術の技を使ってフックを自分の後ろに投げ飛ばし、フックはドスンと落ちる。もはやフックに勝ち目はない。ピーターは板を歩けと身ぶりで示す。

「さらばだ、ジェイムズ・フック。汝にも英雄らしいところはあった」

フックは後ずさりして、命令にしたがわない。彼は歯をむき出して威嚇する。ピーターは少年のひとりに命じて「九尾の猫ムチ」をとりに行かせ、フックが板を歩かないならそれを振るうしかないと伝える。フックは自制心をとりもどし、彼は『二都物語』で断頭台にのぼるシドニー・カートンに負けず劣らずの勇敢な最期をとげる。

明らかにイートン校の教育の一部と言われ、ほかでは決して身につけることのできない「何か」が、最後の瞬間にフックの支えとなったのだろう。彼はイートン独自の球技である「ウォールゲーム」をまぶたに浮かべながら（観客も一緒に見る）、威厳ある態度で短いが印象的な歩みを板の上に進める。板が海に落ちる直前、下の海中にいたワニが頭をもたげ、大きく口をあける。フックはまっすぐそこへ飛びこみ、ひと口で飲みこまれる。ワニは頭をふり脚も口の中におさめ、それもすぐに見えなくなる。

イートンに栄えあれ

ワニが岸にはいあがる。口から今は亡き船長の鉤のついた木製の義手を吐きだすと、それを岸に残してワニはゆっくりと去っていく。まるで生涯の盛りをすぎたから、あとはのんびり暮らそうといわんばかりだ。

海賊船の甲板に目をもどせば、多少なりとも負傷し、包帯を巻いている少年たち（とウェンディ）が得意顔をしてそっくり返って甲板を行ったり来たりするピーターを畏敬のまなざしで見ている。彼の態度はまるでナポレオンだが、着ているものは似ても似つかない。

次のシーンでは、ウェンディ、ニブス、トゥートルズが船倉にある海賊たちの衣装箱をあけて中から海賊たちの衣類を取りだしている。少年たちは海賊の服を着たがっているようす。ウェンディが海賊のズボンをハサミで切って短くし、少年のひとりに合わせようとしている。スライトリーが食品庫に貯蔵してあった食べ物を見てほくそ笑んでいる。「プラム」と書かれた大きな瓶を見つけ、ガツガツと食べ始める。船倉ではマイケルが海賊のかみそりでひげを剃ろうとしている。顔が泡だらけだ。再びスライトリー。腹痛を起こしながら、まだプラムを食べている。ウェンディがそれを見つけてプラムを捨てる。ウェンディは次にマイケルを見つけ、顔の泡を拭きとる。

次のシーンでは少年たちの全員（ピーター以外）が海賊の服装をして甲板にいる。みんな満足そう。どの少年の服もぴったりではないが、一応サイズを小さくしてある。ピーターが船長室から出てきて、ふんぞり返って歩きまわる。フックの服を小さく直したものを着ているが、まだ大きすぎる。それでも懸命にフックのまねをしている。彼は調子にのっており、少年たちはみんな彼を恐れている。ピーターは右手に鉤をもち、それでスライトリーを脅かす。フックの二本の葉巻が一度に吸えるパイプをふかしている。彼は少年たちに命令を出す。少年たちはすぐにしたがって、マストに上るのでなく飛んでいってマストのロープにとりつく。これまで海賊船は帆を張っていなかった。それが今、少年たちによって帆を張られ、帆が風を受けてふくらむとピーターが舵をとり、ゆっくりと向きを変えはじめる。これは元気いっぱいの爽快なシーンにしてほしい。

ところがピーターは、葉巻をふかしたせいで気分が悪くなっている。彼は葉巻をふかすのをやめて頭をかかえる。ほかの少年たちがこの失策の情けない結果を見ようとピーターのまわりに集まってきて彼を困らせる。ウェンディ（初めに着ていた服のままでいる）がやってきて、最悪の事態を予想する。そこで少年たちに立ち去るように命令し、ピーターを舷側に連れていく。ピーターは船べりにもたれて吐いているらしい。ただしその様子は見えない。ウェンディは彼を案じてそばにいるが、決して近づきすぎないように気をつけている。ヒーローも時にはひとりでいたいこともあると知っているからだ。ウェンディは少し楽になったらしいピーターを、フックの船室（今はピーターのものになっている）に連れていこうとする。しかし彼は舵をほうっておくことはできないといって操舵室にこもる。ウェンディは感心したように彼を見て立ち去る。このとき可能なら海が荒れて船が揺れている感じがほしい。船は今、外洋を離れて岩のあいだのせまい水路を通過中だ。夜が深まる。

再び食品庫のスライトリー。今は缶詰のイワシをむさぼり食っている。腹痛が治まったようすはない。再び甲板。舵をとるピーター。ウェンディが何か布にくるまれた物を背中に隠して現れる。ピーターに見られまいとしている。観客も何だろうと思う。彼女はこっそりピーターの船室に入り、やっと何をもってきたかわかる。湯たんぽだ。彼女はそれをそっとベッドの中に入れる。彼女は部屋の中をみまわして胸をキュンとさせる光景を見る（観客も彼女の視点で同じものを見る）。床の上にピーターが脱ぎ散らした衣類が、いかにも子ども部屋らしい乱雑さで散らばっている。彼女はそれをひとつひとつ拾ってはたたんで椅子の上に置き、部屋を出る。彼女が部屋を出ていくと、ティンクが水差しから飛び出てきて、部屋の中を飛びまわる。

次に乗組員の部屋の中。いくつも寝棚があり、海賊の手下たちが寝ていた部屋とわかる。暗くて不吉な感じ。恐ろしそうな海賊たちの武器がよごれた壁に今もかかっている。並んだ寝棚にピーター以外の少年たちが寝ている。みんな寝入っているが、スライトリーだけは食べすぎたせいで嫌な夢を見ている。ウェンディは石油ストーブのわきで椅子に腰かけ、いつものように繕い物をしている。環境が変わっても彼女には関係ない。今もみんなの母親だ。

シーンが変わり、ピーターが舵にかじりついている。水しぶきがかかる。船は水路を出て荒れくるう外洋に出る。船の揺れを表現する都合にあわせて真っ暗で何も見えなくてもいい。波が甲板の上までくるようなら、船員部屋の描写で揺れを表現してもいい。

何日も旅を続けたあげく、陽気で無邪気で無頓着な一団は家に到着する。

テムズ川とウェストミンスター寺院の映像。海賊船がそこまで来たことを暗示する。

ダーリング家の建物の外。ナナがバスケットを口にくわえてドアから中へ入る。家の中。ダーリング夫人が、あけっぱなしの子ども部屋の窓の近くに悲しそうに座っている。彼女は窓の外へ手をのばす。ナナが入ってきて同情のこもったようすで一緒に座る。ダーリング夫人が涙をふいたハンカチでナナも涙をふく。こっけいではなく、感動的な場面にすること。ダーリング氏は暖炉のそばにしょんぼり座っている。彼はマントルピースの上から一枚の写真を手にとる。クローズアップすると三人の子どもたちが写っている。彼は悲しそうだ。彼は寒そうにからだを震わせ、立ちあがって窓を閉める。すぐにダーリング夫人がそれを開け、子どもたちのためにいつも開けておかなければならないと、やさしく身ぶりで示す。ダーリング夫人は悲しそうに隣の部屋へ行く。

ナナは悲しそうに子ども部屋の中の犬小屋へ向か

う。しかしダーリング氏は自分の安楽椅子がナナにはふさわしいと指さし、自分は罰として犬小屋で寝ると言う。ナナは椅子に丸くなり、ダーリング氏は犬小屋に入って眠る。

ダーリング夫人は昼間子どもたちがすごす遊び部屋にいる。そこにあるウェンディの写真を彼女は悲しそうに胸に抱く。

ピーターが飛んできて子ども部屋の窓から入る。ナナはいなくなっている。ピーターは前のような服装にもどっている。彼は興奮したようすで窓を閉め、かんぬきをかける。ウェンディたちが入れないようにするためだ。ここでピーターが自分の部屋にもどったときに窓が閉まっていて、別の赤ん坊が彼のベッドで寝ていたときの映像（彼の回想）。

今度は子ども部屋の中から外を見るピーターのイメージ映像。ウェンディが窓の外に来るがかんぬきがかかっているのを見て驚愕するようすと、こっそりそんな彼女を見てほくそ笑むピーター。そしてウェンディが去っていく。自分の想像に満足したピーターがにやにやしながらドアから出て行こうとすると、子どもの遊び部屋から「埴生の宿（ホーム・スイート・ホーム）」を弾くピアノの音がする。観客もそれを聞く。ピーターはダーリング夫人が子ども部屋から出たときのドアのすきまから音のする部屋をのぞく。いかにも子どもの遊び部屋らしい内装の部屋だ。ダーリング夫人が悲しそうにピアノを弾く姿が見える。次にドアのかげに立ってダーリング夫人をのぞき見ているピーターが見える。夫人はピーターに気づいていない。ピーターは彼女がなぜ悲しんでいるかわかっているが、しばらくはその気持ちを認めようとしない。そのうちに彼女が泣きはじめる。彼女はウェンディの写真を両手でもち、それにキスする。彼女は泣いている。ピーターはまだ知らんぷりをしようとしている。今では彼女はピアノの椅子に座ったまますすり泣いている。ピーターも、子ども部屋のジョンのベッドにもたれて泣いている。とうとう彼は男らしく窓を開け、「勝手にしろ」と言わんばかりの顔で飛び去る。

再びダーリング夫人。ピアノにもたれてうつぶせる彼女の肩が見える。

ウェンディが飛んできて開いた窓から入る。ジョンとその肩にかつがれたマイケルも入ってくる。見慣れたむかしの服装。自分たちのベッドを指さしたりして陽気にふるまう。マイケルが犬小屋を覗いてふたりを呼ぶ。三人はその中で寝ている父親を見る。そしてにやりとする。またピアノの音が聞こえる。

三人はダーリング夫人の姿を嬉しそうにドアのすき間からのぞき見る。そして彼女の悲しそうな様子を見て反省する。

ウェンディがいいことを思いつき、身ぶりで弟たちに伝える。

三人は嬉しそうに自分のベッドに入り、頭まですっぽり毛布をかぶる。

ダーリング夫人がドアまで来るが、彼女は何も物音は聞いていない。

ひとつひとつベッドをのぞく。すぐには自分の見たものが信じられない。

「あまりいつも夢の中であの子たちが私を呼ぶかわいい声を聞いていたから、起きているときまで声が聞こえるようになったのかしら。もう二度と会えない、かわいい子どもたちの声が」

ダーリング夫人は、言いながら椅子に座る。彼女は両腕をのばしながら、この腕は今日も何もつかまないまま下ろすことになるんだわと思っている。三人はそっと近づいてその腕のなかに入る。腕の中の三人を見て彼女の顔に歓喜が広がる。

ダーリング氏が犬小屋から出てくる。ナナとライザが戸口に走ってくる。喜びにあふれる再会のシーン。ピーターはひとりさびしく窓からそれを見ている。

ウェンディが、両親をびっくりさせることがあると言う。彼女がドアをあけると、少年たちがひとりずつおずおずと入ってくる。彼らはみんなよごれたり破れたりした海賊の服を着て、あわれでみすぼらしく見える。みんな自分たちがどうなるか心配している。ダーリング夫妻は初めこそ驚いた顔をしたが、すぐにみんなを抱きしめる。みんな嬉しそう。ピーターはこのときも窓から見ている。ウェンディが彼にかけよって抱きしめる。

「どうか手を離してください、奥さん。ぼくをつかまえて真面目なことを教えこむことは誰にもできません。ぼくはいつまでも子どものままで、楽しく遊んでいたいんです」


ダーリング夫人がそばに寄ると、ピーターは言う。

そして彼は飛んでいってしまう。

ある晩、彼が通りに立って子ども部屋の窓を見上げている。ウェンディが窓をあけ、上がってくるよう愛情をこめて彼を手招きする。彼は彼女の懇願を冷たく無視して笛を吹きながら飛びまわっている。ウェンディが彼に手紙を投げる。彼はロンドンの背の高い街灯のてっぺんに上ってそれを読む。スクリーンにウェンディの手書きの文字が浮かぶ。

「親愛なるピーターへ。お母さんが一年のうち一週間だけ、あなたがわたしを迎えに来て、春の大掃除のためにネバー・ネバーランドへ連れて行ってもいいと言っています。あなたのお友だちのウェンディより」

便箋のいちばん下にはキスを表す×のマークのかわりに指ぬきの絵がいくつか書いてある。ピーターとウェンディは手をふり合い、ピーターは飛び去る。

次はウェンディ、ジョン、マイケルが肩にかばんをかけてロンドンの学校に通う映像など。ありふれた退屈な生活がまた始まったのだ。

次にピーターとウェンディが一緒に空を飛ぶ映像。背景はなし。このときのウェンディは暖かそうな服装。ピーターはほうき、ウェンディはシャベルをもっているから、明らかに春の大掃除に行くところとわかる。


ひとりを除いて、子どもはみんなすぐに大人になります。

ロンドンのビジネス街。ビルの入り口に掲げられた看板のクローズアップに以下の文字がある。

四階
ふたご&トゥートルズ　キュー・セメント会社
三階
カーリー・ニブス&Co.　宣誓管理官
二階

サー・S・スライトリー　金融業
一階
ダーリング・ブラザーズ　事務弁護士

それぞれのオフィスを簡単に見せる。

それぞれの机の前で背の高い椅子に腰かけたふたごとトゥートルズは、台帳に何か書きこんでいる。

カーリーとニブスも椅子に座って忙しそうに法律書類と取りくんでいる。

スライトリーのオフィスは少し立派。彼は両脚を開いて暖炉の前に立ち、太い葉巻をふかしながらタンブラーに入れた何かを飲んでいる。タンブラーをクローズアップすると「ブランディ・アンド・ソーダ」と書いてある。スライトリーはこれを飲める自分が誇らしげだ。

そしてジョンとマイケル。マイケルはタイピストの女性に向かって何か口述筆記をしている。ジョンは外套を着てシルクハットをかぶり、有能な弁護士らしく書類の束をもって出かけるところ。ジョンが出かけてしまうとマイケルは口述を止め、愛情のこもった目でタイピストを見つめる。タイプの手をとめた女性がふりかえり、はにかみながら彼を見る。映像はここまでだが、これからどうなるか大方は予想できる。彼らはみんな大人になったのだ。背がのびたり、からだつきががっちりしたり、口ひげを生やしたり、眼鏡をかけたりの変化はあるが、みんなすぐに誰かわかる。髪はもちろんみんな短い。身長がのびたように見せるには家具などを小さめに作ればいい。みんな社会人としてのちゃんとした服装をしている。スライトリーはほかの者より少しお洒落に。

まったく変わらないままのピーターがそれぞれのオフィスの窓から見える。ピーターは皮肉な笑みを浮かべて彼らを見ている。大人になるなんて、彼らは馬鹿なことをしたものだと思っているのは明らかだ。しかし彼らのほうは自分の仕事で忙しく、ピーターを見る余裕がない。

次にウェンディの映像。若く美しい女性になったウェンディが、ウェディングドレスを着ている。今まさに窓に近寄り、窓から腕をのばしてじっと外を見ている。彼女にネバー・ネバーランドの記憶がよみがえる。観客にもその記憶の映像が見える。前に見たいくつかのシーン――地下の家、入り江、森――の映像がリアルに現れる。しかし人物は亡霊のようにしか見えない。映画ならではの効果を使いたい。例えばピーター、ウェンディ、少年たち、フック、タイガー・リリーなどのぼんやりした幽霊のようなものが寝間着を着て踊ったり、森の中を飛びまわったりしている。最後は草の中に転がっているフックの義手の映像。鉤がついていた箇所は穴になっていて、その中に小鳥の巣があって、母鳥が卵を抱いている。それをクローズアップで見せる。

ウェディングドレス姿のウェンディがまた窓の前にいる。彼女は少し泣いてから、物語の時代が終わったしるしに思いきって窓を閉める。そして微笑みを浮かべる。

次に小さなベッドがひとつ置かれた新しい子ども部屋の映像。そのベッドはむかしの子ども部屋でウェンディのベッドがあったのとほとんど同じ位置にある。その中でウェンディの娘ジェインが眠っている。観客はそこに子どもが寝ていることはわかるが顔は見えない。部屋にはもうひとつもっと大きなベッドがあり、それは乳母のものだが、そこには誰もいない。ウィンディは子どものベッドの足もとに立ってジェインを愛(いと)しそうに見つめたり、ポンポンと軽くたたいたりしている。ウェンディはシンプルな略式のイブニングドレスを着ている。暖炉の炉格子に近寄り、そこにぶらさげてある子どもの衣類を並べなおす。この時点でピーターが窓のカーテンごしに中をのぞき、ウェンディがすっかり大人になっているのを見て当惑し、がっかりする。ぶら下げて干してあった子どもの衣類をきちんとかけなおすと、彼女は忍び足でそっとドアに向かい、最後にもう一度愛しそうにわが子を見てから出かけていく。

ウェンディはピーターが見ていることにまったく気づかない。彼女もできるだけ背が高くなったように見せたいが、このシーンでは家具を小さくするとジェインとピーターのサイズが合わなくなる。かかとの高い靴と長いコートなどで解決する必要がある。ウェンディが出ていくとき、ピーターは腕をのばして彼女を追おうとするが、ウェンディはまったく気づかない。

彼女が行ってしまうと、ピーターはひとりで寂しそうに見える。彼は床にうつぶせになってすすり泣く。むかし影を取り返すためにこの部屋に来たときとまったく同じ姿だ。そのあとは、むかしの繰り返しになる。ジェインが彼の泣き声で目をさまし、ベッドの上で上体を起こす。ここで観客は驚くことになる。映画の中では時間が続いているのに、ジェインはウェンディ役と同じ役者が演じているのだ。ただしウェンディとまったく同じにならないよう髪の色を変えたり、ウェンディの白い木綿の寝間着のかわりに色のついたウールの寝間着を着せたりしておく。それでもふたりはまるでそっくりに見える。

「あのう、どうして泣いていらっしゃるの？」

ピーターは立ちあがり、彼女のベッドの足もとまで行ってからむかしウェンディにしたのと同じようにお辞儀する。ジェインはウェンディがしたのと同じようにお辞儀する。

「君の名前は？」

「ジェイン・ウェンディ。あなたの名前は？」

「ピーター・パン」

「お母さんはどこにいらっしゃるの、ピーター？」

「お母さんはいないんだ、ジェイン」

「まあ！」

この会話のあともジェインはウェンディがした通りのことをする。ベッドから飛びおり、彼にかけより、彼を抱きしめる。彼女は明らかにお母さんの代わりを務めている。

次はピーターとジェインがそれぞれほうきとシャベルをもって飛んでいるところ。ピーターとウェンディがしていたのと同じことをしている。ふたりはとても楽しそうだ。ジェインはウールの寝間着を着ているので、観客はウェンディではないことがわかっている。

次に再びネバー・ネバーランドのシーン。小さな池と滝に近い美しい森の中。天気のいい夏の日で、まずジェインが地面に置いたたらいでピーターの衣類を洗濯している。次のシーンではジェインが洗濯のすんだ衣類をもって高い木の枝に張りわたしたロープのところまで飛び、そこに干す。

今の彼女はむかしのウェンディと同じ服装をしているが、仕事をしやすいようにたくし上げている。洗濯を続けていると、ティンクが来て彼女の髪の毛を引っぱる。前に入り江に行ったときのように、ピーターがヤギに乗って現れる。そのときと同じようにピーターの後ろから花がついてきて、ピーターは花に帰れと言う。そしてだんだん花がかわいそうになって、結局一緒に行く。ピーターはヤギをくいにつなぐ。ピーターはコケの生えた堤に腰を下ろして笛を吹く。こうしてしばらくのあいだピーターとジェインはふたりきりですごす。別のぼんやりした人影が現れて彼らに気づかれないように木の陰からふたりを見ている。それはロングドレスを着た大人のウェンディの亡霊だ。なんとかここまで来て、娘が無事かどうか確かめている。彼女は影にすぎない。彼女はふたりを優しく見守っているが、大人になった彼女はふたりに加わることはできない。それでもティンクは彼女を見つけ、髪の毛を引っぱりに来る。ウェンディは悲しそうに去っていく。

ワニがやってきてピーターの笛に合わせて踊ろうとする。クマやほかの仲よしの動物たちも来る。そのうちに池と滝に人魚が集まってきて、ゲームをしたり水をかけあったりする。ピーターは笛を吹き続け、ジェインはピーターの衣類の洗濯を続ける。

そして最後のシーンになる。これも非常に美しいものにする。演劇ではこれがラストシーンだが、映画では劇でできなかった多くのことができるだろう。日暮れ時。上を見上げれば木のてっぺんに吊り下げられた「小さな家」が見える。そのまわりにたくさんの小さな妖精の家（劇では巣だったが映画では藁ぶき屋根にコケが生え、窓と煙突のある風変りな家にしたい）。この家についてはこれからもう少し考える。月が出る。小さな家々に明かりがともる。家の戸口や木々の間やもっと上のほうに無数の妖精たちがいて、うわさ話をしたり、けんかをしたり、遊んだりしている。このシーンの音楽はすばらしい効果を上げた劇と同じものにして、そこに妖精のおしゃべりを表す鈴の音を混ぜる。

照明などを変えながらこのシーンを続ける。明かりのついた小さな家は、ここかと思えばあちら、近くと思えば今度は遠く、というように場所を変える――そのうち一度は入り江に帆船のように浮かび、人魚たちがふざけて引っぱったりもする――それを妖精たちがつかまえてまた木のてっぺんにもどす。ピーターとジェインがその戸口で観客に向かってハンカチをふっている。しまいにジェインはいなくなり、ピーターがひとり残る。動物もいない。妖精たちは自分の家に帰った。妖精の家の明かりもひとつ、またひとつと消えていく。今は月の光と星の瞬きがあるだけだ。ひとりぼっちで笛を吹くピーターのシルエットが見える。

映像化された『ピーター・パン』

一九二一年、J・M・バリーと初めて対面したチャーリー・チャップリンは、戯曲『ピーター・パン』は「映画にすれば舞台で上演するよりもっと多くの可能性がひらける」と指摘した。バリーは「映画なら『ピーター・パン』のために舞台ではできないことができる」と確信し、映画が「驚異の香りをもたらし……不思議なものを見たいという欲求をそそる」（グリーン）ことを期待した。彼は映画化を想定し、木々の上空で少年たちがサッカーをするシーンなどを含むシナリオ（本書に収められている）を書いたが、それらのシーンが実現することはなかった。しかしアメリカのパラマウント映画社は『ピーター・パン』を翻案して映画化する正式契約をバリーと結び、ハーバート・ブレノンを監督に起用して戯曲『ピーター・パン』をもとにした映画の制作にのりだした。ブレノンはバリーのシナリオを採用せず、脚本にはウィリス・ゴールドベックを指名した。

レディ・シンシア・アスキスにあてた書簡で、バリーは『ピーター・パン』の映画化とその無限の可能性について熱く語っている。みずからシナリオを書いていたときには「これなら死ぬまで書き続けることもできそうだ。それで死んでも本望だ」と思っていた。バリーが入念に描いたシナリオには字幕用のセリフや描写のほかにも、それぞれのシーンについての豊かな情景描写が、映画でも困難をともなうであろう幻想的な演出とともに書きこまれている。例えば冒頭の一連のシーンで、ピーターはヤギに乗って森の中から現れ、木のてっぺんより高く舞いあがり、「ロマンチックな川」

の上を飛んでから再びヤギの背にまたがらせたいと考えている。映画という新しい媒体に対するバリーの大きな期待を見てとったがゆえに、パラマウント映画社は劇をスクリーン上にもってきて上演する決定をくだしたのかもしれない。

以下にスティーヴン・スピルバーグの『フック』やマーク・フォースターの伝記映画『ネバーランド』をも含めたピーター・パンの物語の映像化作品の多くをとりあげ、ひとつひとつ検討していく。それぞれがバリーの作品の受容についての重要な道標であり、どれを見ても、時代が変わるたびにその時代なりのピーター・パンが創造されたことによって、バリーの『ピーター・パン』が文学から一種の神話へと変容してきたのだと実感できる。

ブルース・K・ハンソンの『ピーター・パン年代記――大人になりたくない少年の約一〇〇年の歴史［*The Peter Pan Chronicles : The Nearly One-Hundred-Year History of the Boy Who Wouldn't Grow Up*］』は戯曲『ピーター・パン』の上演の歴史を、ピーターを演じた多くの女優たち――ロンドン公演のニーナ・ブシコー、セシリア・ロフタス、ポーリーヌ・チェイス、ニューヨーク公演のモード・アダムズ、エヴァ・ル・ガリエンヌ、ジーン・アーサー、メアリー・マーティン――を章ごとにとりあげて記している。同書にはロンドンおよびニューヨークの公演における配役リストや各公演の演出に関する情報もある。二〇一一年には同書の改訂版『ステージとスクリーンに見るピーター・パン、一九〇四～二〇〇九』が出版された。

ハーバート・ブレノン監督
『ピーター・パン』一九二四年

ハリウッドが『ピーター・パン』の映画化に関する契約をJ・M・バリーと結ぶまでには二〇年近くを要した。しかしそのストーリーと空中アクションの魅力に引かれたパラマウント映画社が最終的に契約に成功したのだが、契約にはバリーに配役に関する最終決定権をもたせるという条件がついていた。バリーはベティー・ブロンソンのテストを見たあと、すぐさま彼女に――撮影所ではなく――直接電報を打って、次のピーター・パン役に決定したと伝えている。撮影監督ジェイムズ・ウォン・ハウ（『影なき男［The Thin Man］』などで名高い）の驚異的なカメラワークとピーター役のベティー・ブロンソン、フック船長役のアーネスト・トレンスらの力強い演技によって、『ピーター・パン』の唯一のサイレント映画であるブレノン監督版は、制作から約一世紀経過した今も新鮮で強烈な印象を与えてくれる。さまざまな特殊効果が使われているが、特にティンカーベルのクローズアップ、空を飛ぶシーン、迷い子の少年たちがウェンディの周囲に魔法のように集まるシーンは印象的だ。この映画の上映にあたり、バリーは以下のよう小文を寄せて紹介している。

妖精の出てくる舞台とリアルな舞台との違いは、妖精の役を舞台では子どもが演じることだ。物語の中では大人であっても妖精はみんな小さいわけだから子どもが演じることになる。妖精の王様もつけひげをとれば子どもなのだ。

これが芝居というものだ。みなさんは誰もが——じっさいの年齢にかかわりなく——子どもにならなくてはいけない。「ピーター・パン」がみなさんの目に妖精の粉をかけると、たちまち！　誰もが子ども部屋の住人にもどり、また妖精を信じるようになり、物語が動きはじめる。

オリジナルのニトロセルロース製のフィルムから復元され着色されたブレノンのサイレント映画を見れば、誰しも驚かずにはいられない。ここに登場するピーター・パンはとてもリアルだ。初めのほうでダーリング夫妻がピーターの忘れていった影を調べるシーンがある。ウェンディがピーターに「息子」ではない何かになってほしくて訴えるがピーターには通じないシーンがある。そして映画はピーターが毎年春の大掃除を手伝うためにウェンディを迎えにきてもいいとダーリング夫人が認めるシーンで終わる。幼い恋心は実らないが、ダーリング夫妻は心の広いところを見せて迷い子の少年たちを家族として受け入れる。

この映画の舞台のひとつはネバーランドだが、ダーリング一家はイギリスではなくアメリカに住んでいて、映画の中ではたびたび愛国的な熱情が吐露されている。海賊船のマストにはどくろのついた海賊旗ではなく星条旗がかかげられ、マイケルは迷い子の少年たちに、ウェンディを「アメリカの紳士」らしい態度で扱えと警告する。ウェンディはふたりの弟と迷い子たちに、みんなのお母さんはあなたたちが「アメリカの紳士らしく死ぬ」ことを望んでいると話し、その話に感動した少年たちは当時のアメリカ国歌だった「わが祖国」を歌いだすというシーンもあった。そしてピーターは、アメリカ大統領になることを拒否してネバーランドに帰る決意をする。子どもたちがもどってくる直前にダーリング夫人は「埴生の宿（ホーム・スイート・ホーム）」を歌うが、スクリーン上にその楽譜が現れ、彼女はそれに合わせてピアノをひく。おそらくは第一次大戦後の時代の愛国的気運のもりあがりが、イギリス人の子どもたちにアメリカ人のような会話をさせたのだろう。

アメリカ国旗、アメリカ紳士、アメリカ的で理想的な家庭生活などがたびたび言及されてはいるが、ピーターはネバーランドからアメリカに、ティンカーベルからウェンディに、冒険から家庭的な幸福に忠誠の対象を変えることを拒否している。ダーリング一家、ナナ、迷い子たちに数では圧倒されながらも、ピーターは断固として人魚やインディアン（海賊はもういない）のもとへひとりで帰る決意をする。

一本だけ残っていたこの映画のフィルムを発見したのはジェイムズ・カードだ。彼は第二次大戦後にニューヨーク州ロチェスターのイーストマン・コダック社で働いていてその存在を知った。そして『ピーター・パン』『ジキル博士とハイド氏』をはじめ多くの宝物とも言えるプリントを保管している有名な保管庫をつきとめたのだ。彼は今日、保存フィルムの世界における偉大な功労者とみなされている。彼は近代美術館のフィルム保存の専門家アイリス・バリーを説得して、長いあいだコダック社保管庫で朽ちるままになっていたこの映画のオリジナルのニトロセルロース製プリントから修復してもらった。そうしたいきさつのすべてを彼は『映画の誘惑――サイレント映画の芸術 [*Seductive Cinema : The Art of Silent Film*]』という著書にまとめている。

クライド・ジェロニミ、ウィルフレッド・ジャクソン、ハミルトン・ラスク監督

『ピーター・パン』ディズニー・スタジオ、一九五三年

ウォルト・ディズニーは『ピーター・パン』にとってアニメーション映画こそが最良の媒体だと確信していた。「今までジェイムズ・M・バリーがどうしてアニメーションの舞台に出てこなかったのか理解できない。戯曲の内容と作者による解釈や演出についてのコメントをよく読めば、きみにもわかるだろう。これはアニメーションにするのに最適な素材だ。じっさい、バリーはアニメーション化を念頭においてこの作品を書いたのかと思うほどだ。彼が舞台での上演で満足したことがあるとは思えない。生身の役者ができることには限界がある。だがアニメーションの中なら想像のおもむくままに何でもさせることができるのだ」

一九三五年、ディズニーは『ピーター・パン』のアニメーション映画化に関する交渉を開始し、四年後にグレート・オーモンド・ストリート小児病院との契約にこぎつけた。しかし第二次世界大戦が始まったことで計画は延期され、あらすじやキャラクターの設定なども戦後しばらくは決まらなかった。ディズニー版の『ピーター・パン』は舞台版をかなり忠実になぞるものとなった（当初はナナが子どもたちと一緒にネバーランドへ行く案もあった）が、それをより洗練させ完成度の高い表現で見せる点に違いがあった。マルチプレーン・カメラ［たくさんのセル画をそれぞれ異なった距離に配置し、それぞれを異なったスピードで動かすことで三次元的な奥行きを生むためのシステム］などの新技術の応用により、子どもたちがロンドンの家々の屋根の上を飛び、ビッグ・ベンのまわりを旋回するシーンなどの飛行シーンを生き生きと表現することができた。

この『ピーター・パン』の映画は、いわゆるディズニー風アニメーションのスタイルを確立したとも言える。『ニューヨーク・タイムズ』紙のある批評家は「育ちのいいウェンディは、上品できれい好きな白雪姫とうりふたつだ。海賊スミーはいつもにこにこしていた小人のハッピー、マイケルは子どもっぽくて口をきかない小人のドーピー（マイケルはしゃべるが）といえる。恐ろしい悪役のフックは『ピノキオ』の気取った

悪党J・ワシントン・ファウルフェローだ。そしてピーターには『ピノキオ』に出てくる何人かの少年の面影がある。バリーの生みだした半透明で光を発する有名な妖精ティンカーベルはと言えば、彼女は『ファンタジア』のセクシーでコケティッシュなケンタウロスの乙女だ」と指摘した（クラウザー）。

映画の冒頭で、この物語が何度も繰り返されていることだというナレーションが入る。「これからお見せする出来事は、むかし起こったことです。そしてこれから先にもまた起こることとです」。映画の中で子どもたちは、ロンドンのブルームズベリーにある家からインディアン［英語版はレッド・スキン（赤い肌）という呼称が使われている］や海賊のいるネバーランドへ連れていかれる。ここで特に問題になるのは、映画の中で歌われる「どうして赤い人は赤くなるの？［What Makes the Red Man Red?］」という問いに答える歌だ。これは「インジュン［インディアンより差別的な呼称］」の王子が「若い娘」に初めてキスをしたら顔が赤くなったからという答えに、少年のひとりが納得する場面で歌われたもの。インディアンの話す言葉は「ハウ？」とか「ウーッ！」とかの一音節語やブロークンな英語にされ、迷い子やダーリング兄弟のきれいな英語と大げさに対比されている。さらに続くシーンには少年たちが「野蛮」で「ずるい」インディアンの生き方をまねようとしたり、ウェンディがインディアンの「女房」にされそうになって激しく抵抗したりするカットもある。

ディズニーの映画ではピーターと同様にウェンディにも焦点が当てられており、ウェンディは大人になって子どものころ想像した夢を捨ててしまう。映画の最後ではウェンディが大人になる覚悟をかため、子どもたちを家に送りとどけた船がゆっくりと消えていくシーンがある。驚いたことに、ディズニー映画ではネバーランドは想像の中だけにある場所とされており、妖精を信じる人は手をたたいて、と観客に呼びかけることもしない。

続編の『ピーター・パン2　ネバーランドの秘密』（二〇〇二年公開）ではウェンディは大人になっていて、娘のジェインがネバーランドへ行って冒険をくりひろげる。第二次世界大戦中のロンドンで、ナチスドイツによる大空襲のさなかにいたジェインがネバーランドへ行き、家にもどるためにさまざまな冒険をしながら、「信念、信頼、そして妖精の粉を信じる心」を取りもどしていく。二〇〇八年には妖精の世界を中心にした、『ピーター・パン』のスピンオフとも言える『ティンカー・ベル』が公開された。これはティンカーベルが生まれてからの半生を描いたものだ。

ジェローム・ロビンズ監督

『ピーター・パン』一九五四年

一九五四年、メアリー・マーティン（『アニーよ銃をとれ』『南太平洋』などでアメリカの観客を魅了していた有名なブロードウェイのスター女優）がピーターを、シリル・リチャードがフックを演じた『ピーター・パン』のアメリカ版ミュージカルが制作された。このミュージカルはニューヨークのウィンター・ガーデン・シアターで一五二回の公演を重ね、その後NBCテレビの「プロデューサーのショーケース」という番組でカラー生中継された。「今度はいつ放送するかという問い合わせの手紙が山のように来ました」とメアリー・マーティンが語っている。そこで一九五六年に、前回と同じメンバーが集まってテレビ放映のための再演が行われ、その放送は驚異的な視聴率を記録した。このミュージカルはブロードウェイでも再演され、一九七九年にはサンディ・ダンカンが、一九九〇年にはキャシー・リグビーがピーターを演じた。ムース・チャーラップ作曲、キャロリン・リー作詞の「アイム・フライング」「海賊の歌」「フックのタンゴ」「ネバーランド」「じっとしてられない［I gootta Crow］」など数々の名曲のなかでも「大人にならないぞ［I Won't Grow Up］」は特に有名だ。

メアリー・マーティンは「正直を言えば、時とともに『ピーター・パン』を見たことがない人が増えていくのは残念だから、イギリスでクリスマス・シーズンには必ず国中で上演される子ども向けの舞台のように、アメリカでも毎年多くの人々によって『ピーター・パン』が上演されるようになればいい」と思い、そんな長続きのする作品の制作に加わりたいと語っていた（ハンソン）。レナード・バーンスタインは短期間だけ『ピーター・パン』の制作にかかわったが、彼が古い背景音楽をとり入れたがったこと、ほかにもいくつかのプロジェクトにかかわっていて多忙だったことなどにより結局は身を引いている。

ともあれこのミュージカルは驚くほどの熱狂を巻きおこした。批評家たちは言葉を尽くして絶賛した。「マーティン嬢は生き生きとして少年らしく、情熱的でけなげなピーター・パンそのものだ……満足そうな笑顔を浮かべて空中を舞う……どんな時代、どんな状況にあっても、彼女は演劇史上最高のピーターのひとりだろう」と『モーニング・テレグラフ』紙が伝えている（ハンソン）。『ニューヨーク・タイムズ』紙はこの舞台を「豊穣」で「優しさに満ちている」と評した（ハンソン）。舞台での飛行中の事故（「もう少しで死ぬところだったわ」とメアリー・マーティンが言っている）があったものの、この舞台は一九五四年一〇月二〇日の初演から数えて一五二回の公演をかさねた。

配役表をふくめ、ブロードウェイ公演に関する資料は次のサイトで閲覧できる。www.broadwaymusicalhome.com/shows/peterpan.htm

ロドニー・ベネット監督

『ザ・ロスト・ボーイズ』一九七八年

『ロスト・ボーイズ――J・M・バリとピーター・パン誕生の物語』の著者アンドリュー・バーキンが脚本を書いたこのドキュメンタリー・ドラマは、BBCが制作して数々の賞を獲得したものだ。バリーの書簡を引用するナレーションをつけ、想像による会話や書簡も組み入れたこの伝記的な番組は、外から見たバリーの生活を見せるだけでなく私たちをバリーの心の中にまで導いていく。バーキンの脚本は、バリーの作品に書かれたひとつひとつの言葉が、いかにバリーの生活のさまざまな出来事や人間関係に影響されているかを見事に解きあかしている。

プロデューサーのルイス・マークスはあとに付記するサイトで、このドキュメンタリー・ドラマがどのように実現したかを克明に語っている。「アンドリューの問題は、彼が金鉱を掘りあてたということだった。彼はその冬、共同研究者のシャロン・グードからルウェリン・デイヴィズ家の五人兄弟の最後の生き残りで、当時七〇歳代だったニコに紹介されたのだ。初めはバーキンのことを彼の一家の悲劇的な物語を金儲けのたねにしようとか、『ジム叔父さん』について誤解を与えるようなことを書こうとかする連中のひとりだろうと警戒していたニコだったが、すぐにバーキンたちの計画を好意的に見るようになり、大量の資料を提供してくれた。日記や数百通もの書簡、写真、亡くなった兄ピーターの未発表の回顧録などに加え、彼自身が記憶していることを大いに語ってくれた。一部はすでにバリーの伝記作者が使用した資料だったが、大部分は未発表の資料だった。調査を進めるうちにアンドリューは、資料の多くが誤って解釈されたり、ひどい場合には写し間違えられていたりしていることに気づいた」

イアン・ホルムがJ・M・バリー役を完璧に演じた『ザ・ロスト・ボーイズ』は一九七八年に放映されて高い評価を受けた。バリーの伝記作者ジャネット・ダンバーはこの作品を「バリーという人物を新たな視点から描いた決定版ともいえるドラマ」だと称賛した。『パンチ』誌は「まずまずだと思って見ていたらこれはいい、となり、さらに同情を感じてほろりとさせられ、とにかく無駄に言葉をかさねずに一言で言ってしまえば、テレビという媒体が生んだ最高傑作だ」と書いた。すばらしい、いつまでも心に残る、愛らしい、心を乱される、などの表現がこのドキュメンタリー・ドラマの傑作を描写するために繰り返し使われた。

最初の場面はケンジントン公園だ。そこでバリーはルウェリン・デイヴィズ兄弟の年長のふたりに出会い、彼の犬と遊ばせたり一緒にゲームをしたりして楽しむ。画面には小説『ケンジントン公園のピーター・パン』にそえたアーサー・ラッカムの挿絵にあった風船売りの女性が生身で登場する。鋭い感受性と深い配慮を見せながら、ドラマは時の経過を追い、少年たちの両親の死、バリーの痛ましい離婚劇、第一次大戦における長男ジョージの戦死、自殺も疑われる四男マイケルのケンブリッジでの事故死にいたる。バーキンが書いたバリーの伝記を補完するものとして、『ザ・ロスト・ボーイズ』はバリーの人物像および養子にした五人の少年と彼との関係を繊細なタッチで描いている。この番組の脚本はオンラインで入手できる。http://www.

jmbarrie.co.uk/abpage/TLB%20SCRIPTS/TLB.htm

スティーヴン・スピルバーグ監督
『フック』一九九一年

ロンドンのヨーク公劇場で『ピーター・パン』が上演されて何年もたったころ、バリーは「大人になれなかった男あるいは年をとったピーター・パン」の物語を書くことを夢想していた。バリーはそれを実現しなかったが、スティーヴン・スピルバーグの手によってすこしひねりを加えた内容で実現された。映画『フック』である。これは恋に落ちてネバーランドを去ったピーター・パンのその後を描いた才気あふれる映画になっている。ピーター・パンはアメリカに住むピーター・バニングというやり手の企業専門弁護士で、子どもがふたりいる。彼は妻のモイラ、息子のジャック、娘のマギー（モイラはウェンディのミドルネーム、ジャックはルウェリン・デイヴィズ家の次男ジャック、マギーはバリーの母マーガレットにちなんだ名前だ）とともに、妻モイラの祖母であり、ピーターの養子縁組をととのえた人でもあるウェンディ・ダーリングを讃えるチャリティ・イベントに参加するためロンドンに里帰りする。ところがフックがジャックとマギーをさらって、ネバーランドへ連れて行ってしまう。必要にせまられたピーターは、かつての生き生きとした力、失っていたアイデンティティ、内に秘めていた子どもの心をとりもどし、本物の父親らしい、子どもとの約束を必ず守る男になっていく。

かつてスピルバーグは「私はいつも自分がピーター・パンであるように感じてきた」と語った。彼の映画には飛行（『キャッチ・ミー・イフ・ユー・キャン』）やピーター・パンの物語（『E・T』）を連想させるところがかなりある。彼はマイケル・ジャクソンとともに『ピーター・パン』のミュージカル版を作ることも考えていたが、結局は実写のアクション映画を選択した。この映画のラストではディズニー・アニメの『ピーター・パン』をまねて、子どものころなくした大切なビー玉を見つけてロンドンの上空を飛びまわるトゥートルズを、バルコニーからバニング家の面々が見るシーンが出てくる。バニングの家族は絆をとりもどしたばかりか、その絆はいっそう強まり、ピーター・バニングは明るい顔で「生きることはきっとすばらしい冒険に違いない」と高らかに言うのだ。

この映画に対しては、テーマパークのようなセットに対する批判や、親子関係についての掘り下げが浅い点を指摘する批判もあったが、二〇世紀の観客に『ピーター・パン』を再認識させるだけのパワーをもつ卓越したシーンも数多くあった。特にピーター・バニングがむかしの自分のことを思いだすシーンは、子どもにとって欠かせないものは何かということを観客に気づかせるシーンだ。バニングは両ひざをつき、子どもと同じ背の高さになる。眼鏡をはずし、おなかをへこませ、にこっと笑って、大人の多くが失ってしまった生きることが嬉しくてしかたないという気持ちをからだ全体で表現するのだ。これは「大人になったピーター」が、子どものころの生きる喜びに代わる喜び、子どもを育て保護する喜び、子どものままでいるのではなく、父親になることで得られる喜びを見出したということなのだ。

P・J・ホーガン監督

『ピーター・パン』二〇〇三年

マイケル・ゴールデンバーグとP・J・ホーガンが脚本を書いたこの映画は、バリーの舞台版および小説にかなり忠実で、多くのせりふがそのまま使われている。この作品は「現代の観客の感性に合わせながらも原作に忠実である」としてグレート・オーモンド・ストリート小児病院の認定を受けている。P・J・ホーガンはピーターの性格の高貴な面を強調し「これがJ・M・バリーが原作で意図したピーター・パンだ――英雄的で不思議な力をもつ少年が海賊と戦い、子どもたちを助け、自分はずっと子どものままでいる」と語っている。この作品は少年と少女の恋物語でもある。ウェンディが子ども部屋で兄弟と一緒に寝るのは今夜かぎりだと大人が言いだす挿話に始まり、昏睡するピーターを覚醒させるウェンディの愛情をこめたキスで終わる、大人になりかける年ごろの初々しい恋物語だ。眠っているウェンディが彼女のベッドの上を旋回して飛ぶピーターに気づくのが最初の出会い（学校でその出会いを思いだしていたウェンディは困ったことになる）であり、フックの致命的な一撃を受けて意識を失ったピーターをウェンディは「指ぬき」でよみがえらせる。それでも結局ピーターは大人にならないことを選択し、ウェンディは弟と迷い子の少年たちを連れて家に帰るのだ。

一〇代の少年が演じたピーターは、元気いっぱいの子どもというよりは、寝室でウェンディとたわむれる初々しい恋の相手のように見える。そしてロマンチックな「妖精のダンス」を踊る彼らを、フックがながめているのだ。このときのウェンディがピーターにうっとりした様子やピーターの人を引きつけずにはおかない魅力を強調する演出はそれまでの映画や芝居やミュージカルにはなかったものだ。従来はうっとりした顔を長々と見せるのではなく、そっけなく次の場面にうつるのが普通だった。ピーター・パンを演じたジェレミー・サンプターは――他のキャストもそうだったが――撮影中に身長が二〇センチ近くのびたので、子ども部屋の窓のサイズを二度も直すことになった。ピーターとウェンディはともに大人になる一歩手前にあって、初めて感じる欲求に魅了され、ためらいながらもそれが何なのか知りたいと強く願う少年少女として描かれていた。

アメリカの映画評論家ロジャー・エバートはこの映画の特徴を鋭く見きわめて「あからさまに性的」ではないが「ほかの作品ではなかったことにしていた性の目覚めがたしかにあったこと」をはっきり示している、と評した。この映画では子ども部屋のシーンに新しいキャラクター、ミリセント伯母さんが登場している。この伯母さんこそ、ウェンディはもう一人前の女性として個室を与えられるべきだと主張し、物語が始まるきっかけを作った張本人だ。ウェンディのおもな役割はピーターを大人にすること、ピーターを大人にならせて愛情の表現をさせることだ。ふたりは手をとりあって長々と妖精のダンス――月の光に照らされた妖精の舞踏会を思わせる――を踊りながら、お互いの目を見つめあう。一緒に家に帰って大人になろうとピーターを熱心に誘うウェンディは「ほかにもいろいろなことがあるのよ」と言う。

ホーガンはこの作品をロンドン、タヒチ、ニュージーランドで撮影するつもりだったが、最終的にはオーストラリアの防音スタジオで撮影した。特殊効果の監督を務めたスコット・ファーラーの言う「絵本から抜け出てきたように華麗で色彩豊かな」映画にするために、特殊効果の費用は惜しまなかった。子どもたちは楽々と空に舞いあがり、巧みな動きで戦いを演じ、妖精の粉は窓から差しこむ日差しのようにきらめいて子どもたちに降り注いだ。

マーク・フォースター監督
『ネバーランド』二〇〇四年

アラン・ニーの戯曲『ピーター・パンだった男［The Man Who Was Peter Pan］』をもとに作られた映画『ネバーランド』は、バリーとシルヴィア・ルウェリン・デイヴィズおよび彼女の五人の息子たちとの関係を描いている。バリーが少年たちと出会ったとき、彼らの父親アーサーはまだ存命だったが、この映画が始まるころには亡くなっていたので、バリーとシルヴィアのプラトニックな関係の妨げにはならなかった。実際には五人兄弟だった少年たちは、この映画では四人になっており、そのほかにもバリーの生涯や戯曲『ピーター・パン』の上演に関する事実に多くの脚色がほどこされている。『ピーター・パン』をルウェリン・デイヴィズ家で上演したのは、実際には五歳のマイケル（病気でヨーク公劇場の公演に行けなかった）のためで、シルヴィアのためではない。彼女が病気になったのはそれより数年あとのことだった。

この映画の主題はシルヴィアと少年たちがいかにバリーの創作活動に影響を与えたかということだが、それにバリーと少年たちによるさまざまな冒険ごっこのシーンや、バリーが霊感を得て創作に励むシーン、あるいはまたバリーがもつ自分の子ども時代や空想の世界に固執する様子もはさまれている。私たち観客は公園で犬とたわむれるバリーや鼻の上にスプーンをのせてバランスをとるバリーに、しだいに敬意をいだくようになる。ピーター・パンが妖精を信じる人は手を叩いてと言えば、彼を応援したくなる。そして両親の死に対処しきれないでいるピーター・ルウェリン・デイヴィズを見て涙を流す。バリーと少年たちの住むロンドンにピーター・パンの存在を暗示するシーンからは、フォースター監督の非凡な才能が感じられる。夜になり、ひとしきりベッドの上ではしゃぎまわって疲れた少年たちを、カメラは子ども部屋の窓格子の外からの視点で見せる。それは子ども部屋に「飛びこもう」としているピーター・パンの目から見た光景だ。また別のシーンでは、少年たちが凧揚げをしている。カメラの視点は空中の凧のところにある。そしてそこにはティカーベルの存在をあらわすおなじみの光線と鈴の音があるのだ。

『ピーター・パン』の翻案、前日談、後日談、スピンオフ一覧

Adair, G. Peter Pan and the Only Children. London and Basingstoke: Macmillan Children's Books, 1987.

Barry; Dave, and Ridley Pearson. Peter and the Starcatchers. New York: Puffin, 1994.『ピーターと星の守護団』デイブ・バリー、リドリー・ピアスン著、海後礼子訳、主婦の友社、2007年。

--- . Escape from the Carnivale. New York: Disney Editions / Hyperion Books, 2006.

--- . Cave of the Dark Wind. New York: Disney Editions / Hyperion Books, 2007.

--- . Peter and the Secret of Rundoon. New York: Disney Editions / Hyperion Books,
2007.

--- . Peter and the Shadow Thieves. New York: Disney Editions / Hyperion Books, 2007.『ピーターと影泥棒』デイブ・バリー、リドリー・ピアスン著、海後礼子訳、主婦の友社、2007年。

--- . Blood Tide. New York: Disney Editions / Hyperion Books, 2008.

--- . Peter and the Sword of Mercy. New York: Disney Editions / Hyperion Books, 2009.

Brady, Joan. Death Comes for Peter Pan. London: Secker & Warburg, 1996.

Brooks, Terry. Hook. New York: Ballantine, 1991.『フック』テリー・ブルックス著、二宮馨訳、CBSソニー出版、1992年。

Byron, May. J. M. Barrie's Peter Pan & Wendy, Retold by May Byron for Boys and Girls, with the Approval of the Author. Illus. Mabel Lucie Attwell. London: Hodder & Stoughton, 1926.

--- . J. M. Barrie's Peter Pan & Wendy, Retold by May Bryon for Little People with the Approval of the Author. Illus. Mabel Lucie Attwell. London: Hodder & Stoughton, 1926.

--- . J. M. Barrie's Peter Pan in Kensington Gardens, Retold by May Byron for Little People with the Permission of the Author. Illus. Arthur Rackham. London: Hodder & Stoughton, 1929.

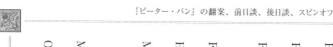

David, Peter. Tigerheart. New York: Del Rey, 2009.

Drennan. G. D. Peter Pan. His Book, His Pictures, His Career, His Friends. London: Mills and Boon, 1909.

Dubowski, Cathy East, adapt. Peter Pan. New York: Random House, 1994.

Egan. Kate. Welcome to Neverland, New York: HarperFestival, 2003.

Fox, Laurie. The Lost Girls, New York: Simon & Schuster, 2004.

Fresan, Rodrigo. Kensington Gardens: A Novel. Trans. Natasha Wimmer. New York: Farrar, Straus and Giroux, 2006.

Frye, Charles. The Peter Pan Chronicles. Charlottesville: University of Virginia Press, 1989.

Herford, Oliver. The Peter Pan Alphabet. New York: Charles Scribner's Sons, 1907.

McCaughrean, Geraldine. Peter Pan in Scarlet, New York: Simon & Schuster, 2006.『ピーター・パン・イン・スカーレット』ジェラルディン・マコックラン著、こだまともこ訳、小学館、2006年。

Moore, Bob, adapt. Walt Disney's Peter Pan and the Pirates. New York: Simon & Schuster, 1952.

O'Connor, D. S., ed. Peter Pan Keepsake, the Story of Peter Pan Retold from Mr. Barrie's Dramatic Fantasy. London: Chatto & Windus, 1907.

---. The Story of Peter Pan. London: Bell, 1912.

O'Connor, D. S., and Alice B. Woodward. The Peter Pan Picture Book. London: G. Bell 1907.

O'Roarke, Jocelyn. Who Dropped Peter Pan? New York: Penguin, 1996.

Perkins, Frederick Orville. Peter Pan: The Boy Who Would Never Grow Up to Be a Man. Boston: Silver, Burdett, 1916.

Press. Jenny. Peter Pan: A Storyteller Book. New York: Smithmark, 1995.

Shalant. Phyllis. When Pirates Came to Brooklyn, New York: Dutton, 2002.

Somma, Emily. After the Rain: A New Adventure for Peter Pan. West Hamilton. Ontario: Daisy, 2004.

Yolen, Jane. "Lost Girls." Sister Emily's Lightship and Other Stories. New York: Tor, 2000.

映画

Peter Pan. Dir. Clyde Geronimi, Wilfred Jackson, and Hamilton Luske. Disney Studios, 1953.『ピーター・パン』クライド・ジェロニミ、ウィルフレッド・ジャクソン、ハミルトン・ラスク監督、ディズニー・アニメ。

The Lost Boys. Dir. Joel Schumacher. Warner Bros., 1987.
Hook. Dir. Steven Spielberg. Columbia/Tristar, 1991.『フック』スティーヴン・スピルバーグ監督。
Return to Never Land. Dir. Donovan Cook and Robin Budd. Walt Disney, 2002.『ピーター・パン2――ネバーランドの秘密』ディズニー・アニメ。
Peter Pan, Dir. P. J. Hogan. Universal Studios, 2003.『ピーター・パン』P・J・ホーガン監督。
The Lost Boys of Sudan. Dir. Jon Shenk and Megan Mylan. New Video Group, 2004.
Finding Neverland. Dir. Marc Forster. Miramax, 2004.『ネバーランド』マーク・フォースター監督。
Tinker Bell. Walt Disney Studios, 2008.『ティンカー・ベル』ディズニー・アニメ。

テレビ番組

Peter Pan. NBC. With Mary Martin. 1955.
Peter Pan. NBC. With Mia Farrow. 1976.
Peter Pan. A&E. With Cathy Rigby, 2000.

ビデオゲーム

Disney Junior Games: Peter Pan Neverland Treasure Quest. PC. Disney Interactive. San Mateo, CA: Sony, 2002. ディズニー・ジュニア「ピーター・パンのシークレットトレジャー」
Fox's Peter Pan and the Pirates. Nintendo Entertainment System. THQ. Redmond, WA: Nintendo of America, 1991.
Kingdom Hearts: Chain of Memories. Game Boy Advance Prod. Square Enix. Los Angeles: Square Enix, 2002.「キングダム　ハーツ」シリーズ、スクウェア・エニックス
Peter Pan. Game Boy Advance. Prod. Atari. New York: Atari, 2003.
Peter Pan: Return to Neverland. Game Boy Advance. Prod. Disney Interactive. Burbank, CA: Disney Interactive, 2002.

J・M・バリーと『ピーター・パン』に対するさまざまな意見

大人になりたくない少年、あるいは大人になりたくない男の物語は多くの読者、観客その他の人々の人生に影響を与えてきた。本書を執筆していた私は『ピーター・パン』の舞台や小説について、あるいはピーター・パンというキャラクターや作者バリーについて、じつに多くの人が雄弁に語るべき言葉をもっていることを知った。私は執筆の過程で耳にしたそれらの見解を私の言葉でわかりやすくまとめて注釈に組みこむよりも（誘惑に負けて注釈の中に入れたものも少しはあるが）、熱い思いを語った人々の言葉そのものをここに記録することにした。彼らの言葉は『ピーター・パン』の本や舞台に夢中になった人々の心に必ずや訴えるものがあるだろう。この章はチャーリー・チャップリンによるバリーとの出会いの回想から始まり、劇作家仲間でともにロンドンのアデルフィ・テラスの住人だったジョージ・バーナード・ショーが語った思い出で終わる。そのあいだにはアレクサンダー・ウルコットなどの著名な劇評家の発言や子どもたちの声、あるいはまたピーター・パンを演じた女優たちの声、そして子どものころ自分も飛びたいと思った人々が語った声もある。そうした発言のあとには、初めてピーター・パンと出会ったときの大人（多くは作家）の反応も記録しておいた。冷笑的な風潮が広まっていた当時にあっても、『ピーター・パン』に否定的な見解を述べる人はほとんどいなかった。しかし、わずかながらも見つけることのできた否定的な見解にも、ここで発表の機会をもうけることにした。

チャーリー・チャップリン

「著名な人々との出会い」(『私の外国旅行』より)

バリーがいる。彼と私は同時に相手を見つけた。バリーと会うこと、これは今回の私の旅の第一の目的だった。彼は黒っぽい口ひげと落ちくぼんだ目をもち、悲しそうな表情が深くきざまれた顔をした小柄な男だ。だが私は、彼の口のあたりに今にも冗談を言いそうなしわが隠れているのを見てとった。皮肉な人物? いや、少し違うようだ。

私は彼の視線をとらえ、その辺で一緒に座ろうという身ぶりをした。そして、そのパーティーはそもそも、そうなるように計画されたものだと気づいた……。

その場にいる全員が楽しそうに見える……バリー以外は。彼の目は悲しそうで、疲れているようにも見える。しかし、彼は急に笑顔になる。それまでずっと仮面の下に笑顔を隠していたかのように。私はその場にいる人々はみんな私に好意をもっているのだろうか、それとも私がバリーにどうふるまうか興味しんしんで見ているのだろうかと疑ってしまう……。

バリーになんと言おう? どうして前もってそれを考えておかなかったのだろう?……

バリーは、私にやってもらえないだろうかと言う。ピーター・パンを演じる役者を探していると言い、私にやってもらえないだろうかと言う。彼の言葉に私は大いにうろたえる。このような人物に会うのを避けようとしたり、会うのを恐れていたりしたとは! だが私は、その提案について彼と真面目に話しあうことが怖くて、思わず身がまえてしまった。私が何もわかっていないと彼が判断すれば、気を変えるかもしれない。

こんなことが想像できるだろうか。バリーが私にピーター・パンを演じてくれと言うなんてことが。よく考えもせずに何か言って台無しにするには、あまりにも重大な話だ。そこで私は話題を変えて、このすばらしい機会をのがしてしまった。こうして私のバリーとの最初の会話は見事な失敗に終わってしまったのだ……。

バリーは再び口をひらき、映画について話しはじめた。それなら私もわかるはずだ。私は散漫な知識を総動員して、彼の話についていこうとする。彼の頭の中はいったいどうなっているのだろう。

彼は私の映画『キッド』について話し、私は彼がお世辞を言おうとしているのかと思う。ところがとんでもない！　彼はその映画の批判を口にする。

彼は辛辣だ。「天国」のシーンはまったく不要だと言い、どうしてあのシーンにそれほど力を入れたのかと言う……彼の非常に思慮深い分析を聞いているうちに、私のためらいが急速に消えていく……

私は彼が『キッド』に興味をもち、評価もしてくれていることが嬉しくなってくる。そしてドラマの構成について私と語り合うことで、彼は非常に優しくひかえめに私への敬意を示してくれているのだとわかってくる。こうして、まだ少し感じていた気まずさも完全になくなる。

「でも、サー・ジェイムズ、そのご意見には賛成しかねます――」などと私は言っている。私はすっかり変わってしまった。そして私たちは気楽に楽しく会話を続ける。話しているうちに私は彼の年齢を思いだし、ますます彼の気まぐれなところにも気づく……これほど若々しい精神をもつバリーが、自分の年齢を残念に思うことがあるのだろうか、と私は思う。

バリーがささやく。「私の家へ行って一杯飲みながら静かに話しましょう」。私はぜひそうしたいと思う。ノブロックと私は彼についてアデルフィア「ママ」・テラスの自宅まで歩く。彼の部屋はテムズ川の堤防を見下ろすところにある。

この住居はいくぶんバリー自身と似たところがある。だがどう似ているのか言葉ではうまく説明できない。美しい家具で飾られたダークウッド張りの広い部屋にある、大きな書き物机がまず目に入る。どこを見てもシンプルさと居心地のよさが感じられる。部屋の右隅にレンガ製の大きな暖炉があるが、この部屋でめだつのは別のコーナーに置かれた小さなキッチン用の炉だ。ピカピカに磨かれたそれは実用品というより装飾のようだが、使用人がいないときはそれを使って自分でお茶を入れるのだとバリーは説明する。そういうやり方が、バリーらしいと言えるのだろう。

私たちの話題は映画に移り、バリーは『ピーター・パン』を映画にする計画を話す。会話は非常に親密に進み、私はいつのまにか彼に演劇について話し、バリーは映画についてのアイディアを私に語りだす。そうしたアイディアの多くは私の喜劇に使えそうだ。本当に楽しいおしゃべりができた。

　誰かがドアをノックする。ジェラルド・デュ・モーリアだ。彼はイギリスの著名な俳優であり、小説『トリルビー』の作者の息子だ。私たちのパーティーは午前三時ごろまで続く。バリーが疲れてふらふらのようなので私たちは退散する。私はデュ・モーリアとともにストランド通りを歩いた。デュ・モーリアが言うには、バリーはデュ・モーリアの甥が溺死して以来、それまでの彼とは変わってしまい、ずいぶん老けてしまったということだ。

アレクサンダー・ウルコット

『叫びとささやき』

　トゥリーは言った。「フローマン、バリーは正気ではない……こんなことは言いたくないが、あなたに知らせないわけにはいかない。たった今バリーが戯曲を読んで聞かせてくれた。彼はあなたにも読んで聞かせるつもりだ。だから私はあなたに警告しておく。私の頭がおかしくなったわけではない。あの戯曲を聞いたあと、私は自分の頭が大丈夫かどうかためしてみた。バリーは気が狂ったとしか思えない。彼は四幕物の芝居の全編を通して妖精と子どもとインディアンが聞いたこともない支離滅裂なストーリーの中で駆けまわる芝居を書きあげた。おまけに、想像できるか？　最後のシーンは森の木のてっぺんが舞台なんだ」

ルパート・ブルック

『友人と使徒』

　きみは『ピーター・パン』という芝居を知っているだろうか？　私はそれを去年見て、すっかり夢中になってしまった。二、三日のうちにまた再演を見に行くつもりでいる。とても魅力的で愛らしく、美しい芝居だ。現実的に見れば、たしかに馬鹿馬鹿しいストーリーなのだ。私は年をとってしまった。こんな子ども向けの芝居に夢中になるのは老いたしるしだ……。

　私は夢遊病者のように歩きまわり、覚えている『ピーター・パン』の魅力的なセリフの断片をひとりで語っていたこともある。ケンブリッジをぶらついていると、トリニティ通りは消えてなくなり、人魚の入り江の岸辺を歩いている自分に気づく。キングズ・チャペルが私の目の前でどんどん小さくなり、上へ上へと上がっていって、突然木のてっぺんから吊り下げられた小さな家になることもよくある。

「ミスター・バリーへの手紙」

『ピーター・パン』評

お子さんのいる方々、一刻も早くその子たちを連れてヨーク公劇場へ行くことをお勧めします。お子さんのいない方々は一日だけどこかで借りてきてください。連れていった子どもたちがあなたの名案に大喜びするのを見るという滅多にない機会が得られることでしょう。もし自分自身は一緒に楽しむことができなかったという人がいたら、その人はどこかがおかしいのです。

オスカー・パーカー

「ロンドン・ステージ」

私がかねて注目してきた『ピーター・パン』は、「第三世紀」つまり初演以来三年目の今年も早々から好調である。私は、この非常に独創的で大胆な新趣向の芝居は果たして一年後の第二の審問に耐えられるだろうかと興味をもって見ていた。そしていま私は「ネバー・ネバー・ネバーランド」のピーター、ウェンディ、迷い子の少年たちとともに三時間をすごしてきたところだ。果たして楽しむことができるだろうかという私の好奇心は、ニューヨークでの冬公演を見たアメリカの批評家の辛辣な批評を最近読んだためにより高まっていた。彼はその舞台を「唖然とするほどの期待外れ」――「荒唐無稽の妖精物語のたぐい」――「もってまわった複雑なストーリー」だと評し、彼にとってピーター・パンは「ほとんどの大人の心に潜在する子どもの心を目覚めさせるようなこと」は一切なかったというのだ。私は彼を気の毒に思う。これまでの人生であまりにも多くのつらい経験をし、それが石のように固い層となって心に堆積しているために、子どものころの楽しい空想の記憶が心の中に入りこむことができなかったのだろう……。ここロンドンでもニューヨークでも——どちらの町でもこの芝居はヒットしている——大人の観客が連日のように劇場を埋めつくすのはなぜか、それはバリー氏がこの芝居にこめた意図——子どものころの空想そのものではなく、現実と夢が混じりあって同居していた子ども時代の心を呼びおこそうという意図が、多くの人々の琴線に触れるものだからだ。

ルイーズ・ボイントン

ニューヨークは『ピーター・パン』を求めていた。人々の心がいくつもの厄介な問題や悪くなる一方の世相のせいでほとんど病的なまでに疲弊している今このの時に、この芝居はやってきた。法で罰することのできない悪行が経済や政治の世界にはびこり、悪行に手を染めていない人々はそれをあばくことに忙しいご時世だ。文学や演劇には世相を皮肉る傾向があった。それは二〇世紀らしい陽気さと知性のある皮肉だ。だがそれらすべてにも苦く陰鬱な雰囲気の影響がおよんでいる。まさにそんな時に、深い洞察力と優しさを備えたひとりの男性が生みだし、芸術家の魂と子どもの心を備え、生き方も考え方も美しいひとりの女性が体現する『ピーター・パン』がやってきたのだ……。

ピーター・パンになるということは、与えられた役を演じることとは違う。それは、生き生きとした思想を具体的な形で見せることだ。子どもの視点から生命を見るというシンプルでとても美しい方法で、生命力とは何かを示すことだ……。すばらしい現実に見えるものが、じつは現実とはほど遠いことがある。そしてすべての愛らしい幻想は、実現するかもしれない夢なのだ。

ヴァージニア・ウルフ

『情熱的な新米』

私たちはジェラルドと一緒に『ピーター・パン』を見にいった。バリーズ［ママ］の芝居——彼の芝居はいつもそうだが、これも才気あふれる想像力に富んだ作品だが、少しセンチメンタルすぎるかもしれない。——でも、とても楽しいひと時だった。

マックス・ビアボーム

「ピーター・パン再び」

もちろん子どもたちがこれらの本を読むことはない、読んだとしても楽しいとは思わないだろう。これらの本をむさぼり読むのは大人たちだ。子どもたちは知りたくてたまらない気持ちを、大衆紙がたれ流す断片的な情報で満たす。そして目を見開き、半径四マイルの通りに毎日落とされるピンを全部ひろって並べたらロンドンからミラノまで届くという考えにわくわくするのだ。

匿名

「人生と手紙」

目下ヒット中のJ・W［ママ］・バリーの『ピーター・パン』だが、大勢の声にまどわされない自分なりの判断力をもつ人々は、この芝居が世間で言われるほど感動的でまったく申し分のない作品だと言う印象をもつことはないだろう。この芝居には魅力的なところとそうでないところがミックスされている……。

これは子どもが書いた芝居だと思って見ると、子どもには書けないだろうと思われる洗練されたところが目につく。いっぱしの大人が書いたものだと思って見ると、子どもっぽい素朴さが目につく。この素朴さが一貫して子どもの視線をたもったものなら問題はないかもしれないが、ときには必ずしも純真そのものとは言えないあてこすりになっていることもある。この二面性は、芝居の内容に関する本質的な欠点というよりは、芝居の組みたて方の欠点だ……。

短気な愚か者の父親と優しい愚か者の母親が登場する、上品で穏やかな子ども部屋の光景とはほど遠いオープニングのシーンはなんとも不愉快であり、それに続く子どもたちがピーター・パンから飛びかたをならう魅力的なシーンもその不快感を拭いさることはできない。

アレクサンダー・ウルコット

『叫びとささやき』

そして子どもはそれが大好きだ。『ピーター・パン』の観客についてもひとつの章をもうける必要があるだろう。あなたが昼の公演を見たことがないなら、この芝居を本当に見たとは言えない。小さな観客たちが座席で目をみはり、乳母の制止をふりきり、群れをなして通路から舞台に押しよせる様子を見るべきだ。子どもがいかにこの芝居を本当のことのように感じているか、どれほど観客席を飛びまわりたいと思っているか、あなたはボックス席からよく見るべきだ。彼らが幼い声をそろえてティンカーベルを助けようとするのを聞き、例えばマイケルが夢中になりすぎてフットライトの反対側に行くと進行をさまたげるほどの声援を送り、「あぶない、ピーター、気をつけて！　オウムが薬に毒を入れたよ」と親切に教える叫びを聞くべきだ。

演劇史を書くなら、真面目な顔をした子どもたちが指ぬきをもらおうと楽屋口に列をつくって待っていたことを書くべきだ。演劇史家ならピーターあてに送られてきた数えきれないほどの手紙、もし飛びかたを忘れてしまったら妖精の粉をひとつまみ買えるようにと親切に同封されたペニー硬貨でずっしりと重い手紙の束を、見ることもあるかもしれない。

しかし『ピーター・パン』をもっとも愛しているのはもっと人生経験を積んだ人々だ。ピーターに魅了された仲間の中には、厳格な法律家、酔いつぶれた酒飲み、有名な編集者や劇作家、少しだけ頭のおかしい詩人、一見近寄りがたそうな会社社長などの人々がいる。外見だけではその人がピーター・パンの友人かどうか見分けることはできないが、公演のたびに見かけるようなら、その人は優しい心の持ち主らしいと思ってもいいだろう。

誰もがこの芝居を好きだとは言えない。しかしこの芝居を愛する人は多く、なりふり構わず中毒症状を呈して、劇場に一〇回以上通うこともいとわないという人もいるのだ。劇のオープニング音楽の初めの数節を聞くだけで、あるいは職務に忠実なライザの大げさな態度を見るだけで、思わず笑いだすと同時に泣きだしたくなってしまう人もいる。ウェンディのために作られた小さな家の外に立ってピーターが静かに護衛しているシーンを見れば、思わず気持ちが高揚して、その高揚した温かい気分をそのまま家に持ち帰らずにはいられない人々もいる。

『ピーター・パン』がニューヨークで初めて上演されたのは一九〇五年一一月六日の夜だった。前年のロンドン公演が大ヒットしたこともあり、アメリカ公演への期待には並々ならぬものがあった。「あなたは妖精を信じますか?」と書かれた派手なポスターがマンハッタンの屋外広告板をかざり、そのために雇われた使い走りの少年たちがエンパイア劇場のロビーのすみでからだをまるめて、チケットの発売を徹夜で待っていた。しかしニューヨークに先立って公演されたアメリカの都市から伝えられたニュースは期待を裏切るものだった。ワシントンは明らかに妖精を信じなかった。バッファローはピーター・パンに冷淡だった。ニューヨーク初日の晩、礼儀正しいが当惑した観客は忠実に笑いと拍手をおくった——ただし不安そうに、まとはずれな場面で。

『ピーター・パンの伝説』の著者は——彼の筆致にこめられたものが残念な気持ちなのか悪意なのかはともかく——ニューヨークの批評家たちのありさまに容赦なく言及した一章を書かずにはいられなかった。批評家の中にはその舞台の魅力に陽気な好反応を示した批評家もいたが、まったく否定的な反応を示した批評家もいたのだ。一例をあげよう。

> バリー氏の過剰なおふざけは、またもや観客を当惑させるばかりだった。もし『ピーター・パン』がこの地で長期的なヒットを収められないとしたら、その責任は完全にバリー氏にある。それは訳がわからないだけでなく大きな失望を与えるものだ……たわ言の寄せあつめ、安っぽいメロドラマ、三流のドタバタ劇だ。第二幕のネバーランドのシーンは『オズの魔法使い』や『ベイブス・イン・トイランド［Babes in Toyland］』［一九〇三年ニューヨーク初演のマザー・グースをもとにした内容の子ども向けオペレッタ］と比較すると、これらふたつの作品がさまざまな年齢の子どもたちを引きつける理由である子ども時代の喜びを、『ピーター・パン』

は表現できていない……すぐれた女優モード・アダムズの名声にとって、これは彼女の時間を無駄にするものだ。ちなみに、そもそも『ピーター・パン』が演劇だと言えるとしたらの話だが、これはひどい芝居だ。

……だがバリーに向けられたもっとも辛辣な批判は、ある「朝刊紙」に掲載された次のような意見だった。

『ピーター・パン』は答のない謎だ。昨夜の公演は根っからのモード・アダムズのファンの多くを裏切るものだった……彼［バリー］の子どもっぽく単純なアイディアには冷笑するしかない。まるで頭のおかしくなった人間の幻想だ……すばらしい才能をもったモード・アダムズ嬢がこんなナンセンスにつきあって才能を無駄にするのは残念なことだ。

さて、三流のドタバタ劇は一〇周年を迎え、今も人気は衰えていない。頭のおかしくなった人間の幻想は、アメリカで一〇〇〇〇人をこえる観客を大いに楽しませてきた。不信心者のスミーやジュークスやフックは海へ突き落とされてしまった。そして一〇周年を迎えた今、エンパイア劇場から風が運んでくる歓声がピーターの勝ち誇った声のように聞こえたのは、幻想だったのだろうか？

ニーナ・ブシコー、ブルース・K・ハンソン

『ピーター・パン年代記』より

私にとって『ピーター・パン』はつねに子ども向けの妖精物語以上のものだった。妖精の物語は作者の深い意図を表現するための道具にすぎない。この物語は全編を通して、男の究極の利己性と女の究極の利他性を基調テーマとする、人間の本質についてのひとつの哀切きわまりない解釈なのだ。

「ピーター・パンへの手紙」

『ポーリン・チェイスへの手紙』より

ピーター・パンさま

わたしはあなたが大好きになりました。大好きすぎて夜中にあなたの夢を見て泣いていたとお母さんが言いました。あなたに私のところへ来てほしいです。そうしてわたしの子犬やいろいろなものを見せてあげたいです。ベックスヒルに来ることがあったら、わたしの家に来てください。わたしたちはベックスヒルの町から四マイルくらい離れたところに住んでいます。わたしたちはみんな、もう一度あなたに会いたいです。わたしとわたしのうちの赤ちゃんに飛びかたを教えてくれませんか？　あなたにわたしの六ペンスを送ります。写真のいちばん小さい女の子がわたしです——。

愛をこめて

マージョリーより

ピーター・パンさま

お元気ですか。

ぼくはきのう（八日）劇場へ行きました。飛ぶのはとてもすてきなことだと思いました。グローブパークへ来てぼくに飛びかたを教えてくれませんか？　もしあなたが忙しければ、ウェンディに来るようにたのんでください。

みなさんが昼過ぎと夜と二回も劇場に来るのは、きっと疲れるだろうと思います。

ぼくには兄さんと姉さんがいて、姉さんは寄宿学校に入っています。でも毎週家に帰ってきます。

ひまがあったらぼくに手紙をください。

たくさんの愛をこめて

チャールズ・ウィリアム・エリック

追伸——ぼくは八歳です。

ピーターさま、ウェンディさま

わたしは水曜日に劇を見ました。とても楽しかったです。わたしを覚えていますか？　わたしはボックス席に座っていて、劇の最後に木のてっぺんにいるあなたとウェンディに手をふりました。

わたしはフック船長が大嫌いです。あなたを殺そうとしたからです。あなたが眠っているときにフック船長の顔に緑の光があたって、そのときの顔は本当にこわかったです。彼はあの恐ろしい手をかわいそうなウェンディの口に当ててしゃべれなくしました……。

わたしに飛びかたを教えてほしいです。

ウェンディが春の大掃除に行ったら、わたしが大好きだと言ったと伝えてください……。

バーバラより

匿名

「ピーター・パン」、あるいはバリー氏が「大人にならない少年」とつけくわえたあの少年は、バリー氏自身だ。むしろ、あの子どもというべきか。なぜなら彼は、大人になりきれていない大抵の男たちよりずっと前に成長が止まっている——兵隊にあこがれたり蒸気機関車に心を奪われたりする少年になる以前に留まっているからだ。例えばキプリング氏のように、少年の心を持ち続ける男性はさほど珍しくはない。しかしバリー氏のように子どもの心を持ち続けている男性に、私は会ったことがない。この前例のなさこそが、バリー氏の最新作の特徴だ。そして、まさにそれこそが、バリー氏を現代のもっとも先端を行く劇作家にしている理由なのだ。

ヘスケス・ピアソン

『バーナード・ショー』

［ジョージ・バーナード・］ショーは、マックス・ビアボームの、『ピーター・パン』は奇をてらったわざとらしさが目につく完全にまとはずれの失敗作を大人が子どもに無理に押しつけようとしたものだ、という見解に賛成し、「私が『アンドロクレスとライオン』を書いた理由の一部には、子どものための劇はこうあるべきだとバリーに示すこともあった」と告白している。たしかに子どもはそれをじゅうぶんに楽しんだかもしれないが、大人は……この芝居を冒瀆的だとみなし、自分の子どもたちに勧めるどころか見ることを禁じていた。

匿名

バリー氏がピーターを劇の中だけに長くとどめておくことは無理だと感じて、本の形にしたのは結構なことだ。バリー氏がピーターを本にしたことを喜ばないのは、よほどのへそ曲がりだけだろう。

アイザック・フレデリック・マーコッソン、ダニエル・フローマン

『チャールズ・フローマン』

フローマンが初めて『ピーター・パン』の戯曲を読んだとき、彼はそれに魅了されたあまり、友人に片っ端からその話をしないではいられなかった。道で出会った友人を呼びとめて、いくつかの場面を演じて見せたりした。とはいえ、その公演を実現するには途方もない勇気と自信が必要だった。草稿を見るかぎり、それはまるでサーカスとドタバタ喜劇を合わせたようなものに見えたからだ。なにしろ、子どもたちが空を飛んで窓から部屋に出入りし、ワニが目覚まし時計を飲みこみ、大の男が犬と居場所を交換して犬小屋に入るなど、さまざまな馬鹿げたこと、あり得ないことが起こるのだ。

『ピーター・パン』との関連で、フローマンが生涯でもっとも大きな満足感と幸福感を味わった経験のひとつが以下のようなものだと知っても、驚く人はいないだろう。「ピーター」を生みだすきっかけとなった少年のひとりが、病気になって家で寝ていなければならなくなった。そのせいでロンドン公演を見られなくなったその子はすっかり沈みこんでいた。フローマンがロンドンに到着すると、バリーが言った。

「あの子が劇場に来られないなら、劇をあの子のいる場所へもって行こう」

フローマンはその子の病室に押しこめるだけの人数のスタッフとキャストの一団を、彼の家に送りこんだ。大喜びでベッドの枕にもたれて見ている少年の目の前で、めくるめくような妖精の物語が繰りひろげられた。これはおそらく、自宅にいるひとりの少年のために演じられた唯一の芝居だろう。

チャールズ・フローマン

大都市で暮らすということは、巨大なビルが子どもから広々とした空を眺める機会を奪い、緑の草地のかわりに単調な灰色の通りがある場所で暮らすことだ。今するべきことは、子どもらしく海賊や妖精やインディアンのことを空想するかわりに「世間に出ていくこと」だ――こうした傾向が子どもの早すぎる自意識の目覚めと想像力の枯渇を招くと指摘されている。……私の長い経験から言えば、まさに今アメリカの演劇界に求められているもの――すなわち都会育ちの子どもの純粋な想像力をかきたてるもの、私たち大人が当然のようにもっていた妖精の国を子どもたちの想像力にも気づかせるもの――父親と母親と子どもがそろって大きな喜びを感じ、そのすばらしい一体感をもたらすものへの期待が、バリーの双肩にかかっている。

ダフネ・デュ・モーリア

『ジェラルド』

フックが一九〇四年に初めて登場し、海賊船の甲板を行ったり来たりしたとき、子どもたちはぎゃあぎゃあ泣きながら座席から運びだされ、一二歳の少年でさえ安全なボックス席の中で母親の手をにぎったと言われている。彼の立ち居ふるまいや恐ろしい悪魔のような笑みが、どれほど子どもたちに嫌われたことか！　青白い顔、血のように赤い唇、長くて脂っぽくカールした髪、人を馬鹿にするような笑いかた、狂ったような叫び声、気味が悪いほどていねいな動作、そして何より階段を下りてきて、冷酷な顔でゆっくりとピーターのコップに毒薬を入れるあの恐ろしい瞬間。当時はこの悪漢が倒されないかぎり、誰も心安らかではいられなかった。海賊船での戦いは生きるか死ぬかの戦いだった。ジェラルドはフックだった。彼は、シモンズの衣装を着てクラークソンのかつらをつけ、舞台の上でわめきながら暴れまわる、今どきの子どもにちょっと滑稽だと思われるようなまがい物の海賊ではなかった。むしろ彼は悲劇を背負い、安らぎを知らない幽霊のような存在、その魂は常に何かに責めさいなまれているような男だった。暗い影、不吉な夢。いつの時代にも幼い少年たちの心の奥底にひそんでいる恐怖の化身だった。すべての少年にはその子だけのフックがいる。バリーはそれを知っていた。それは夜になると出てきて、彼らの暗い夢の中にこっそり忍びこむのだ。フックはスティーヴンソンやデュマの魂だ。彼は神のご加護を受けないものだ。恐怖と霊感が一体となった孤独な魂だ。ジェラルドは彼の想像力と天才のひらめきによってフックそのものになっていた。

ポーリン・チェイス

「脚光を浴びて」

ここで根強い人気をたもち、常に新鮮さを失わないこの毎年恒例の公演の舞台裏について、私の思い出を語ることにしよう。まず私が指摘したいのは、『ピーター・パン』の公演ではほかの芝居ではあり得ないことがたくさん起こるということだ。かくして毎年一二月になると測定の儀式が行われる。出演する子役たちの身体測定だ。身長が高くなりすぎていないかどうか、全員が調べられるのだ。みんなからだを縮めて本当の身長より五センチくらいは低く見せることができる。しかしあまり大きくなりすぎた子は係員をごまかせない。すると係員はこわい顔をしてきっぱり言うのだ。「今年は合格にしましょう。でも気をつけてくださいよ!」あるいは「不合格だね。予想以上に背がのびすぎた。気の毒だが、もう無理だ!」と言われる子もある。そう、身体測定の日は『ピーター・パン』にまつわる悲劇のひとつだ。

モード・アダムズ、フィリス・ロビンズ

『モード・アダムズ』より

私が出演したすべての芝居の中でいちばん好きだったのは『シャントクレール』だが、それに次いで好きなのが『ピーター・パン』だった。それがほかのどんな芝居より楽しい内容だったからというだけでなく、『ピーター・パン』のおかげで私に新しい世界、美し

い子どもの世界が開けたからだ。子どものころの私は常に大人の中で暮らしていたから、ほかの子は私にとってなんとなく恐ろしい存在だった。子どもに見つめられると、神の審判を受けているように感じた。大人になってピーターを演じるまで、私にとって子どもは謎だった。そんな私にピーターは「ひらけゴマ」と唱えて新しい世界を見せてくれた。なにしろ私が子どもを理解しようとしまいと、子どもたちはみんなピーターを理解してくれたのだから。

「すばらしく幻想的な雰囲気で表現されたJ・M・バリー」

バリーのすばらしいファンタジーの中でも、『ピーター・パン』ほど健全で真の満足を与え、優しい気持ちにさせる作品はほかにない。彼には人の心がわかっている。人の心の動きを理解し、彼の登場人物の気持ちを深く追究している。子どもの心をここまで美しく描けるような資質を自分の中にもっている人物でなければ、『ピーター・パン』を書くことはできなかっただろう。

マーク・トウェイン

「モード・アダムズへの手紙」フィリス・ロビンズ著
『モード・アダムズ』より

『ピーター・パン』は、金銭欲にまみれたこの浅ましい時代に、私たちの心を清め、勇気づけてくれるすばらしい贈り物であり、あなたがピーターを演じているかぎり『ピーター・パン』は上演中の芝居の中で二位以下を大きく引き離して絶対の第一位だと私は確信している。

マーク・トウェイン

「サミュエル・クレメンスによる有名なユーモア
作家マーク・トゥエインへのインタビュー」

「ピーター・パンは」現実の生活を描く劇の決まりごとには完全に反しているが、妖精の国のルールにはきちんとしたがっている。そしてその結果は全体として満足できるものだ。

ジョージ・オーウェル

「最高に楽しかった……」『エッセイ集』

私が思うに、これまでの歴史で一九一四年以前のように、純粋に大衆の富が——貴族階級のいっさいの介入なしに——幅をきかせた時代は一度もなかった。それは……『メリー・ウィドウ』やサキの書いた小説や『ピーター・パン』や『虹の終わるところに［*Where thr Rainbow Ends*］』が生まれた時代だ。それは人々がチョコレートや葉巻について語り、すばらしいとか素敵だとか最高だとか言っていた時代だ……。一九一四年以前のちょうど一〇年間には、より大衆的な、より未成熟な贅沢の雰囲気、整髪料の香りやミント味のクレーム・ド・マントや中にガナッシュが入ったチョコレートに代表される雰囲気、まるで緑の芝生の上で「イートン・ボーティング・ソング」を聞きながらいつまでもストロベリー・アイスクリームを食べているような雰囲気が漂っていた。

マシュー・ホワイト・ジュニア

「モード・アダムズと楽屋口のファン」

先日聞いた話だ。『ピーター・パン』を四七回も見たニューヨークのお針子がいて、彼女は住宅街で仕事をしていても夜一〇時半には必ずそこを出て、エンパイア劇場へ行っていた。アダムズ嬢が楽屋口から出てきて道路をわたり、馬車まで歩くのを見るだけのために。ある日、たまたまアダムズ嬢は熱心なファンのために手にしていた花を投げ、……お針子は運よくそれを手に入れることができた。彼女は嬉しさのあまり馬車の窓に駆けよった。そして馬が走りだすまでのわずかな時間に、アダムズ嬢にお礼をいい、私は何回も『ピーター・パン』を見たことがあると告げ、自分の住所を教えた。

その一日か二日後、彼女にあこがれの人からサイン入りの写真が届いた。その日以来、楽屋口で他のファンと一緒に彼女を待つほかにも、彼女はひまさえあればアダムズ嬢の自宅周辺をうろつくようになった。一緒に楽屋口で待つファンの中に母親が料理人をしているという少女がいて、お針子と仲よくなった。その子は一度だけ見た『ピーター・パン』の舞台が忘れられず、もう一度見るために節約してお金をためているところだった。

お針子は手のこんだ美しいピンクッションを作り、じっとチャンスを待っていた。そしてついにある午後、アダムズ嬢が外出から帰って自宅に入る直前に走りよってそのプレゼントを渡すことができた。アダムズ嬢は彼女を覚えていて自宅に招き入れ、会話を交わすうちに料理人の娘のことを知った。そしてお針子が帰るとき、その子と一緒に芝居を見られるようにと無料の入場券を二枚渡した。その帰り道、お針子はふと「あの子には料理人のお母さんがいる。お母さんは一度も『ピーター・パン』を見たことがない。私は五〇回近く見たことがある。だったらお母さんとあの子がふたりで行けるように、チケットをあげよう！」と考えた。

そして彼女はそうした。

ロバート・ルイス・スティーヴンソン

『J・M・バリー』

ヘンリー・ジェイムズへの手紙「バリーは大したものだ。『小さな牧師』と『スラムズの窓』はどうだ？あの若者には才能があるよ。だが滑稽に走りすぎないように気をつけないとな。彼の中には天才がいるが、すぐ近くにジャーナリストもいる――それがどう転ぶかだ」

J・M・バリーへの手紙「私にはきみのような黄昏の魅力はない。私は有能な作家だが、きみはどうやら天才のようだ」

パメラ・モード

『遠い世界』

彼は小柄で青白い顔をしていた。大きな目は落ちくぼんでまわりが影のようになっていた……私たちの両親は彼を「ジミー」と呼んでいた。彼はそれまで会った誰とも似ていなかったし、この先も似た人に会うことはなさそうだった。ひ弱そうに見えたが、愛犬のセントバーナード、ポーソスとレスリングをするときは強かった……朝の奇妙な光が変化を始めて夕方になると、バリーさんはだまってわたしたちひとりひとりに手をさしだし、私たちはその中へ自分の手をすべりこませて、だまったまま一緒に海辺の森に向かって歩いた。そして落ち葉を足でかきまわし、鳥やうさぎが突然動く音が聞こえはしないかとみんなで耳をすました。ある夕方、私たちは大きな木の幹にあいた穴の中に、豆のさやがひとつあるのを見つけた。私たちはそれをもって帰ってバリーさんに見せた……さやをあけてみると、中に妖精が書いた小さな手紙が入っていた。バリーさんは妖精の字が読めると言って、私たちに読んで聞かせてくれた。私たちは帰るまでに、あと何通か豆のさやに入った手紙を受けとった。

E・V・ルーカス

『読むこと、書くこと、記憶すること』

バリーは子どもと遊ぶのが得意だった。じっさい、彼は自分も子どもになりきって遊んだ。そのことに彼の想像力と創意と楽しみを結集していた。彼は子どもたちに手紙を書くことを大いに楽しんでいた。もしそれらの手紙が保存されていれば——と私は心から思う、バリーが自分の手紙はすべて破棄してほしいと本当に思っていたとしても（私は絶対にその考えには賛成できないが）、その願いに反して保存されていたら——魅力あふれる本ができることだろう。

匿名

バリーの作品には単なる物語以上の、何世代にもわたる人々がその物語を新たに作り、自分なりの言葉で語りたくなるような力がある。言いかえれば、彼の作品はただ教えたり楽しませたりするだけでなく、観客全体の心に浸みこんでいく力がある。彼がこの力——それはまさにおとぎ話がもつ力だ——を備えている以上、批評家は何も言うことができない。なぜなら彼は不滅の作品を生みだすべく神に選ばれた人間なのだから。それ以外に語るべき言葉はない。

ジャック・グールド

「テレビのネバーランド」

今朝のアメリカでは、全国的に妖精の粉のあとが残っているはずだ。昨夜放映されたメアリー・マーティン主演の『ピーター・パン』はとてもよかった。テレビで初めて見るのがブロードウェイのオープニング公演を見るよりいいかどうか、なんてことはどうでもいいのだ。……何百万もの家庭で、家族みんながネバーランドへ行き、至福の時をすごしたのだから。

メアリー・マーティン

『私が心を捧げたもの』

これまでに舞台で経験したいつまでも忘れられないすばらしい瞬間、幸福な記憶はたくさんあるが、中でもピーターとネバーランドは私の心の大きな部分を占めて離れることがない。私がピーターを大好きだからということもあるし、私以外の世界中の人がピーターを大好きだからということもある。でももっと大きな理由は、ネバーランドには本当にあったらいいなと思う生活があるからだ。そこには時間がなく、自由で、茶目っ気があり、愉快なことがたくさんあり、優しさがあり、魔法があり……。

私がピーターになりたくないと思う日があったという記憶はまったくない。子どものころ、私は飛べると信じていた。夢の中でよく飛んでいた。それはいつも同じ夢だった。まず走って両腕を大きな鳥のように上げ、空に舞いあがって、飛ぶのだ。

J・R・R・トールキン

「妖精物語について」（『トールキン読本』）

大人になっていくことは、必ずしもより邪悪になっていくことと同じではないのだが、たしかにこのふたつが同じであることも多い。子どもは成長するものであり、ピーター・パンにはならない。無邪気さや好奇心を失うために成長するのではなく、定められた旅をするために成長する。その旅においては、たしかに目的地に着くことのほうが希望をもって進むことよりも大切だ。もっとも、目的地に着くためには希望をもって進まなければならないのだが。しかし物語に見られる危険や悲しみや死の影は、未熟で知性に欠け利己的な若者に落ちつきと時には賢明さすら与えることがある。これは妖精物語から得られる教訓のひとつと（説教がましくならずに教訓を与えられるとしたらの話だが）言えるだろう。

スザンヌ・K・ランガー

『感覚と形』

私も急に現実にもどって大変なショックを受けたときのことを今でもよく覚えている。子どものころ、私はモード・アダムズの『ピーター・パン』を見に行った。劇場に行ったのはそれが初めてで、目の前に繰りひろげられる幻想世界は圧倒的ですばらしく、この世のものとは思えないほどだった。興奮が最高潮に達したとき（ティンカーベルがピーターを助けるために、かわりに毒の入った薬を飲んで死にかけていた）、ピーターが観客席のほうを向いて妖精を信じている証拠を見せてくれと頼んだ。その瞬間、幻想は消えた。そこには何百人もの子どもたちが並んで座り、手をたたいたり、叫んだりしていた。ピーター・パンの衣装を着たアダムズ嬢が、自分が主役を演じている芝居の中で私たちを指導する教師のように語りかけていた。もちろん私は何が起こっているのか理解できなかった。でもそのとき感じた鋭い痛みのせいで残りのシーンは台無しになり、その状態は次の幕が始まるまで続いていた。

パトリック・ブレイブルック

『J・M・バリー』

ほとんどの子どもは『ピーター・パン』の本当の意味を理解していないと私は思う。彼らは大人になることを拒否した少年が楽しい冒険をしたり、ぎりぎりで危機をのがれたりする面白い妖精物語だと思っている。物語の背後に隠された象徴的意味や哲学、ピーターの悲哀、ネバー・ネバーランドが秘めている究極の悲しみなどは大人のために書かれたものだ……。こうして毎年クリスマス・シーズンになると子どもたちはロンドンの中心部ウェストエンドのひとつの劇場で、妖精を信じると宣言するために拍手をおくる。多分ほとんど無意識のうちに一緒に拍手する親もいる。それこそが『ピーター・パン』の魅力の真髄だ。もうずっと前に子どもの無邪気さを失うと同時に妖精の国を失ってしまい、今や商業主義がはびこる冷たく苦い世間で暮らす大人たちに、『ピーター・パン』はそこからかけ離れた子ども時代の美しい妖精の世界を思いださせるのだ。

ダン・カイリー

『ピーター・パン・シンドローム』

私たちは誰でも、あの陽気なピーター・パンが出てくるワクワクするようなおとぎ話を思いだす。……彼は……私たちのハートに触れ、みんなの魂を若さの泉で満たしてくれる。

　しかし、J・M・バリーが創り出したピーター・パンにも、もうひとつの面があることを、どれだけの人が気づいているだろうか。……バリーの書いた原作を、そういう目でもう一度注意深く読み直すと、恐るべき事実が見えてくる。こんなことは私も信じたくないが、ピーター・パンはとても淋しい少年なのだ。……一見、陽気に振る舞ってはいるけれど、問題だらけで、苦悩の連続の毎日である。彼は、なりたくない大人と、もはや、そうではいられなくなった少年との狭間の混沌の中で、身動きできなくなっている。……さらにその傾向は年を追うごとに強くなっていく。よく知られたピーター・パンではなく、ほとんど知られていないピーター・パンの一面が、子どもたちの心をつかまえてしまった。このまま、子どもたちの心が解放されないと、彼らはこれから先ずっと、社会の中で混沌とした日々を送らなければならなくなる。私がピーターの話を引合いに出しても、きっとピーターは文句を言わないと思う。というよりも、そんなこと、彼にとってはどうでもいいことだろう。（小此木啓吾訳）

ベリル・ベインブリッジ

『とてつもない大冒険』

「この芝居の裏に隠された意味については多くの本が書かれていて、私はそのほとんどを読んだが、それらの本はこの芝居の作者に対してフェアでないと思う。作者バリー氏の母親が彼の兄の死にいだいた悲しみが、彼の情緒的な成長に悪影響を与えたかどうか私にはとやかく言う資格はないし、それはどちらでもいいことだ。私たちは誰でも何らかの十字架を背負っている。私はあの芝居を純粋なおとぎ話だと思っている。私には象徴主義的な解釈なんぞのたわごとは一切不要だ」とメレディスは言った。

ダン・シモンズ

『ハイペリオンの没落』

ブローン・レイミアが子どもだったころ、父親が上院議員となり、ごく短期間ながら住み慣れたルーサスを離れ、タウ・ケティ・センターの司政庁居住コンプレックスに並ぶ木造家屋に移り住んだことがあるが、その時期に、ウォルト・ディズニーの古めかしい平面アニメ、『ピーターパン』を見たことがある。そのアニメを見たあとは、本でも同じ物語を読み、どちらも心に強く残った。

それから何ヵ月ものあいだ、五歳だった彼女は、ピーターパンがやってきて連れさってくれる夜を待ち望んでいた。板葺(いたぶ)き屋根の窓には、自分の寝室への道を記したメモを残したりもした。両親が眠っているあいだにそっと家をぬけだし、ディア・パークのやわらかい芝生に寝転がって……夜になったらネヴァーランドの少年が迎えにきてくれて、右手に二番めの星をめざし、朝までまっしぐらに飛び続ける場面を夢見たこともあった。自分はピーターパンのパートナーであり、ネヴァーランドに迷いこんだ少年たちの母親であり、邪悪なフック船長に天罰をくだす女神であって、なによりもピーターの新しいウェンディであり……永遠の子どもの新しい友だちなのだ。(酒井昭伸訳)

ケイ・レッドフィールド・ジャミソン

『躁うつ病を生きる』

まれに炭酸リチウムは水晶体の遠近調節に支障をきたす原因になる。それによって視界がぼやけることもある。集中力や注意力の持続時間を減じ、記憶力に影響を及ぼすこともある。知的、心情的に自分と言う存在の核であった読書が、不意に自分の手の届かないものになったのだ。……わたしはそれを子どもの本に見つけた。子どもの本は、大人向けのものに比べて話が短く、活字が大きいので手にとりやすかったということもある。幼いころに親しんだ「ピーター・パン」「メアリー・ポピンズ」「シャーロットのおくりもの」「ハックルベリー・フィン」「ドリトル先生」「オズ」などのおきまりの本を、何度も繰り返し読んだ。それらはずっと遠いむかしに忘れられない世界に招き入れてくれたものだ。そのとき、再びチャンスが訪れ、あらためて喜びと美しさを味わった。(田中啓子訳)

ファニー・ハウ

「妖精たち」『壁の鏡』より

『ピーター・パン』の芝居の途中でティンカーベルのためにわき起こる劇場をゆるがすような拍手は、まるでロシア革命を記念して行われた「冬の宮殿の襲撃」の再現イベントのようだった。それは子どもが、抑圧的な理性によっては信じることを許されない何かを信じる権利を守るものだった。その何かとは言葉に表せない訳のわからないものだ。妖精を守る社会とは、じつは訳のわからないものを守る社会なのだ。

メアリー・ゲイツキル

『太った女、やせた女』

日曜日の夜には、母が『エルマーの冒険』『ちいさな魔女』『ピーターパン』などの本を読んでくれた。『ピーターパン』を読んでもらってから、天国の絵を描くのをやめ、ネバーランドを描きだした。ネバーランドはピンクとブルーとグリーンで、中に家のある木、隠れ穴や隠れ家、紗の衣を着たちいさな女、短剣を優美な手にもって飛びまわる子どもたちがいた。だが、その名自体には、身に纏う美しい毛布のように、ある悲しさを感じた。わたしはピーターパンがいつか夜きてくれ、わたしを連れて飛んでいってくれると、必死に信じようとした。それを信じるには年をとりすぎており、そうはならないとわかっていたが、不幸な認識の上に無理やりこの派手な水玉模様の天幕をかけた。そしてわたしを取り巻く郊外の世界を、本で読んだヴィクトリア時代のロンドンに見立てようと努めたが、現実の環境を直視せねばならぬたびに、不快な違和感を感じた。（酒井洋子訳）

ローズマリー・スケイン

『キューバの家庭』

オペレーション・ペドロ・パン（ピーター・パン計画）は、マイアミにいる親戚が一五歳のペドロ・メネンデスを支援できなかったことをきっかけに始まった。ある支援者がペドロをカトリック福祉事務局（ＣＷＢ）――これはのちにカトリック・チャリティーとなる――に連れていき……ジェイムズ・ベイカー氏およびハバナのアメリカ商工会議所のメンバーが……アメリカ国内に親戚や友人のいない子どもたちに住む場所と教育を提供すると申し出た……一九六〇年代初頭には、キューバから一万四〇〇〇人以上の青少年がピーター・パン計画によってアメリカに入国した。このときの子どもの中には二度と祖国の家族に会えなかった者もいた。

L・T・スタンリー

「パントマイムの精神」

今年のクリスマス・シーズンに『ピーター・パン』を見にいけば、「あなたは妖精を信じますか？」という問いに全員が肯定の拍手で答えるのを見て、子どもたちがこの芝居に完全に引きこまれているのがわかるだろう……一時間ほどのあいだ、失われていた私たちのワクワクする心がよみがえるのは心地よいものだ。人間が意図せずに他者に与えられる喜びの中でも、子どもたちの心からの笑いは、もっとも愛らしくもっとも心を温めるもののひとつだ。

映画『逃亡者』

アンドリュー・デイヴィス監督、一九九三年

コズモ・レンフロ〔ジェラードの部下〕――どうしたんです？奴はどこへ？

連邦保安官捕サミュエル・ジェラード――このダムからピーター・パンみたいに飛びこんだ。ここからだ。

コズモ・レンフロ――何ですって？

連邦保安官捕サミュエル・ジェラード――本当さ。ドボンとね。

スーザン・ポウィック

『正しい飛びかた』

「なんだか怖そうね。私はその話は覚えていないわ。ママは怖い話は読んでくれなかったのよ」とジニーが言った。

「馬鹿なこと言わないで！『ピーター・パン』は怖い話じゃないなんて。フック船長やワニが出てきて、ちょっと意地悪なティンカーベルがウェンディを鳥みたいに弓矢で射て落とそうとするのよ」

ジニーはまた首を横にふった。「怖くなかった。私はいつも最後には何もかもうまくいくとわかっていたのよ。ママが最初にその話を読んでくれたときにそう言ったから」

「私には言わなかった。話を聞いているあいだずっと私は怖がっていたのに」

ダグラス・E・ウィンター

『クライヴ・バーカー』

クライヴはジョーンの川辺の物語もとても好きだったが、彼女が読んでくれた本の中でいちばん好きだったのは『ピーター・パン』だった（「ぼくが死んだらこの本を棺に入れてほしいと思っている」と彼は私に言ったことがある）。

ほかにも多くの子どもの本を楽しんだ彼だったが、そこまで深く親しんだものはなかった……「『ピーター・パン』は特別だった。ピーターはまさに私がなりたいと思っていた少年そのものだった。空を飛べる。誰にも属していない。何でも自分で決められる。誰でも子どものころ、あこがれたはずだ。子どもはみんな、自分のことは自分で決めたいと思っている、そうだろう？　……私は子ども部屋の窓をあけて飛んで行きたいと思っていたよ。八歳の私にとっては、ピーターが自由の代償として支払ったものは大したものには見えなかった。それでも本の最後のところではいつも泣いてしまった。本当はあれがとても悲しい話だと気づいていたんだね。なぜそうなのかはわからなかったにしても」

アン・マキャフリー

「『ピーター・パン』への序文」

母が私とふたりの兄弟に『ピーター・パン』の本を初めて読んで聞かせてくれたのは七〇年以上もむかしのことだ。そのとき印象に残ったふたつのことを私は今も覚えている。ひとつはネバーランドへの道案内を聞いて、そこへ行くのは無理だと思ったこと（そのとき私は「ふたつ目の横丁を右、それから朝までまっすぐ」なんて変な道案内だと思ったものだ）、もうひとつは妖精を魔法で生きかえらせる方法（生きて、ティンカーベル！）……ネバーランドへの道はずっと私の心にとりついていた……私がSF作家になる前も、そんな不確かな道案内が役に立つはずがないと思っていた。しかしよく考えてみれば、ロンドンにいる人間が北を向いていれば右は東になる。そして朝までまっすぐ飛び続ければ……何時に出発するかによって違ってくるが……ダーリング家の子どもたちが七時ごろベッドに入れられたと考えれば……朝にはインドかミクロネシアの海の上あたりで朝を迎えるのではないだろうか。そのあたりならたくさんの小さな無人島があり、海賊船の基地になっているかもしれないし、F・D・ベッドフォードの魅力的な挿絵に描かれたような入り江やサンゴ礁や熱帯の植物があるだろう。だから、風変りな道案内のように見えるかもしれないが「朝までまっすぐ」はきちんとした根拠のある説明なのだ。バリーがネバーランドは地球上のどこにもないと言ったことは一度もないのだ。妖精の粉を初期の反重力スプレーとして使い、楽しいことを考えればスピードも増すだろう。

ロドリゴ・フレサン

『ケンジントン公園』

家から逃げだす必要。おそらく永久に。いくつもの悲しい歌が並ぶ森にある一本の木に登って下りてきたくないと自分が感じ、考えていたことを私は思いだす。ポケットに両手をつっこんで歩き、サマーハウスに行きつく。ヴィクトリア時代の人がときどき芝居の本読みに使う場所だ。私は中に入り——なんとも不思議なことに——床の上に本が、『ピーター・パン』と呼ばれる本があるのを見つける。

私はそれを開く。

私はその中に入る。

私は読む。

子どもはみんな大人になる。ひとりを除いて。

本はみんな、大人になる。一冊を除いて。『ピーター・パン』は——私たちが子どものころ読み、大人になって読みかえすほかのすべての本とちがって、その作者と同じように、そしてその読者と同じように——大人にならない。これまでもこれからも決して成長しない。『ピーター・パン』という作品は、主人公ピーター・パンと同じなのだ。

私は『ピーター・パン』の中に入りこむ。そして二度と出てこない。

ピーター・パンは作者だ。

子どもの本の作者。

アダム・ゴプニク

『子どもの門を通って』

中部アメリカの上空を飛ぶ飛行機の座席で、私は『ピーター・パン』を読む。一度芝居を見たことはあるが、きちんと読んだことはなかった。私は多分、原作の中に隠された飛ぶための秘密の呪文を見つけられると思っていたのかもしれない。秘密は見つけられなかったが、私はその読書を楽しんだ。『ピーター・パン』は逃走について、外へと向かう動きについて、ネバーランドを越える飛行について書かれていると私はわかった。J・M・バリーにとって、私たちがハロウィーンになるとうらやましいと思うタウンハウスは、そこから逃げだしたいもの、中産階級の子どもが寝る時間に閉じこめられる小さな牢獄を意味していた。バリーは自分の知る特定の家を嫌っていたわけではなく、彼の物語にインスピレーションを与えた実在の少年たちのために、彼らが住んでいるような家を物語の舞台にした。だからこそバリーは中産階級の代名詞ともいえる五階の窓を当然のように物語に登場させたのだ……。

しかし私たちの目には、『ピーター・パン』に出てくる家は、家庭生活の喜びという手に入れることのできないもの、そこへ飛んで行きたくなる場所のように見える。ちょうどメアリー・ポピンズの家族が住む「桜の木通り」に自分の子どもたちが住んでいたらいいのに――魔法が使える乳母にそこから子どもが連れだされることは望まないだろうが――と思うように。エドワード七世およびジョージ六世が在位した時代は自由主義を脅かす災厄、つまり第一次世界大戦の直前から直後にあたるが、それにもかかわらずその時代のロンドンは子ども向けの本の魅力的な舞台だった。

子どもを育てるうえで大人は相反する気持ちをもつ。私たちは子どものために庭があって乳母がいる安全な家を求めるが、同時にそれを越えた世界、星とインディアンと、海賊船で歩かされる海に張りだした板(本当に危害を受けることは望まないが)も求めている……。

スティーヴン・スピルバーグ

「ピーター・パンについて」

アンドリュー・ゴードン著『夢の帝国』より

私はいつも、自分がピーター・パンのようだと感じてきた。今もそう感じている。私にとって大人になるのはとても困難なことだった……私はピーター・パン・シンドロームの犠牲者というわけだ。

人が空を飛ぶシーンに初めて接したのは『ピーター・パン』の中だった……私は完全に魅せられると同時に飛ぶことは怖いと思った。飛ぶことは私の映画の中では重要なことだ。私の映画のすべてに飛行機が出てくる……私にとって飛ぶことは自由と無限の想像力を意味している。しかし興味深いことに、私は飛ぶのが怖いのだ。

パティ・スミス

『ジャスト・キッズ』

「パトリシア。シャツを着なさい」母の口調は厳しいものだった。
「暑すぎるわ。誰もシャツを着ていないし」と口答えすると、
「暑かろうと、そうでなかろうと、シャツを着る年齢なのよ。あなたは、レディーになろうとしているんだから」私はこの母の言葉に激しく抵抗した。私は私なんだし、私はピーター・パンの仲間だから成長しないんだと反駁した。（にしむらじゅんこ・小林薫訳）

デビッド・セダリス

『炎に飲みこまれたとき』

パリの次はロンドンだった。六階にある部屋の窓はきれいに並んだエドワード時代風の煙突のてっぺんを見下ろしていた。ひとりの友人がそれを「ピーター・パンみたいな景色」だと評したせいで、今では私にもそうとしか見えない。私はベッドに横たわったまま片手に鉤をつけた男のことを考え、それから若さについて考え、そして私は若さを浪費してしまったのだろうかと考えずにはいられない。

ジェラルド・ブロム

『子ども泥棒』

私より前に多くの人たちがそうだったように、私もピーター・パンの物語が大好きだ。ネバーランドという魔法の世界を遊び場にして永遠に続く子ども時代という心惹かれる筋書きに魅了されている。だが多くの人と同じように私のピーター・パンのイメージも、ち

またに氾濫するディズニー映画のキャラクターと、それを使ったピーナッツバターのコマーシャルの影響を強く受けたものだった。人好きのする、気まぐれないたずら者というイメージである。

しかしそれは、子ども向けの書店にある水で薄めたように無害にされたものではなく、ジェイムズ・バリーが書いたままのオリジナルの『ピーター・パン』――今では政治的に不適切とされて使用できない言葉も出てくる――を読むまでのことだった。それを読んだ私は、物語の底にひそむ暗い雰囲気がわかり始め、本当のピーター・パンがじつに暴力的で危険で時には残虐になることを知ったのだ。

そもそも不死の少年が子ども部屋の窓の外をうろつき、自分のため、つまり自分の敵と戦うために子どもを誘惑して家族のもとから連れ出すというのは、どう考えても穏やかではない。

A・S・バイアット

『子どもの本』

エンディングのひとつ前のシーンはウェンディによる「美しい母親たちの審査」のシーンだ。子ども部屋を美しく着飾った女性たちが埋めつくす。大声で騒ぎ立てるのではなく、顔を赤らめた子や、手首に傷がある子に繊細に反応したり、ずっとむかしに失った子どもにやさしくキスをしたりすれば、その女性は迷い子たちのひとりを自分の息子だと主張できる。ウェンディはまるで女王のようにふるまい、女性たちの何人かを立ち去らせた……ステイニングはオリーヴにこっそり話しかけた。「これは省くべきだな」。オリーヴは控えめに微笑んでうなずいた。「パントマイムのようでもあり芝居のようでもある。そもそもこれは芝居であってパントマイムじゃない」とステイニングが言う。彼の前の席の着飾ったレディが「静かに」と言った。そのシーンの成りゆきを熱心に見ていたのだ。

盛大な拍手のあと、観客が思い思いに語り合っている。オリーヴはトムに「面白かった？」とたずねた。

「ノー」とトムが言った。苦悶の表情を浮かべている。

「どうして?」

トムは何かつぶやいたが、聞きとれたのは「本当じゃない」という言葉だけだった。それから「彼は男の子の気持ちが全然わかっていない。こんなの、でっちあげだ」

オーガスト・ステイニングが「きみはこれが大人になりたくない大人のための芝居だと言いたいのかな?」と言った。

「ぼくが?」トムが言う。そして「これは全部作りごとだよ。あの男の子たちがみんな女だってこと、誰だってわかるじゃないか」と言った。

きちんとしたスーツを着た彼のからだが不満で震えていた。「これは『不思議の国のアリス』とは違う。アリスの話は実体のある別世界だ。これには糸と針金と見せかけしかない」とトムは言った。

「きみはピューリタンみたいに厳しいな」とステイニングが言った。「きみの言うことはまったく正しいが、この作品はこの先も愛され、人々は見せかけであることを忘れて楽しむことになるだろうと私は思うよ」

ジョージ・バーナード・ショー

ヘスケス・ピアソン著
『ジョージ・バーナード・ショー』より

私は、バリーを知るすべての人間と同じように、彼とはつねに互いを敬愛しあう仲だった。とはいえ長年アデルフィ・テラスで向かいに住んでいたのだから、私たちは毎日のように会っていただろうと思われがちだが、五年間にせいぜい三回ほど道で出会ったにすぎない。彼は訪問先でまるで煙突のように葉巻をふかすことができなければ落ちつかず(少しばかりの煙草ではだめなのだ)、私たちの住まいが何週間も住めなくなってしまうので訪問するならこちらからということになっていたが、それも非常にまれなことだったのだ。

バリーは作家というものは行動的ではなく、特に語るべき経歴はないという事実を自覚していたのではないかと思う。

私が知るかぎりでは、彼の人生の大きな出来事といえば、妻が去ったことと養子が戦死したことぐらいしか思い浮かばない。彼は無口そうに見えるが、いったん輿に乗ればナイアガラの滝のようにとめどなく話すことができた。一度グランヴィル＝バーカーと私と三人でウィルトシャーを歩いていたとき、バリーが少年時代の話をしたことがある。一年に二回ベーコンを食べることができたが、それ以上に嬉しい御馳走はポリッジだったと彼は言っていた。私はなんとなく彼の父親は牧師だという印象をもっていたのだが、それは私の勝手な想像だったようだ。じっさいには彼の父は織物工だったと思う。

彼の心には驚くほど暗い陰があったが、残念なことにそれを劇作に活かすことはできなかった。子ども向けの芝居だけは、観客をしあわせな気分にさせるものだったが。

バリーの完全な伝記を書こうとすれば、ちょっとした大仕事になるだろうが、誰かにできることなら、おそらくあなたにもできるだろう。私は彼については本当にほとんど知らないのだ。しかし公式の観点から見れば、私は彼について知るべきことはすべて知っているような気がする。いずれにせよ、私は彼が好きだった。

J・M・バリーの遺産――『ピーター・パン』とグレート・オーモンド・ストリート小児病院

グレート・オーモンド・ストリート小児病院は、一八五二年の聖バレンタインデーに開院した。それはイギリス初の小児専門病院で、その後まもなくヴィクトリア女王の後援を受けるようになり、世間からも広く注目を集めるようになった。チャールズ・ウェスト医師がこの病院を設立した当時は小児の死亡率が非常に高く、また子どもは感染症をもちこむとして多くの病院が受け入れを拒否していた時代だった。ウェスト医師は固い信念と先駆的な精神をもつ人物で、大変な苦労の末にロンドンに小児専門病院を作る計画を実現させたのである。

開院して初めての患者は三歳半のエリザ・アームストロングだった。エリザは肺結核で、それは当時としてはありふれた、しかし多くの場合は死にいたる病気だった。ほとんどの患者と同じく、エリザも治療費を払うことのできない貧しい家庭の子どもだった。この病院自体が寄付による基金で運営されており、開院当初から資金面の苦労は絶えなかった。そんなとき、チャールズ・ディケンズが病院の援助にのりだす。開院のわずか六週間後、ディケンズはみずから発行する週刊誌「ハウスホールド・ワーズ」に「萎れかけた蕾」と題する記事を発表した。それは、熱のこもった援助の要請にくわえ、その病院が子どもたちにとってどれほど必要かを訴える内容だった。彼はロンドンの子どもの高い死亡率に取りくむ方法として、説得力のある実例を示したのだ。ディケンズの記事が出たわずか数週間後に――その記事の影響であることはまず間違いないだろうが――ヴィクトリア女王がその病院に資金を寄付し公式に後援者となった。王室の賛助を得て、病児のための病院は「いつでも子ども第一」をモットーに確実に前進できるようになった。

グレート・オーモンド・ストリート小児病院をサポートする文筆家たちの輪はディケンズに始まり、以後も着実に続いてきた。なんといってもこの病院があるブルームズベリー地区は、ロンドンでも文学者が多く住むいわば文学の中心地だったのだ。一部だけ名前をあげても、オスカー・ワイルド、A・A・ミルン、ルイス・キャロル、J・B・プリーストリー、モニカ・ディケンズなどの文筆家はみんな、何らかの形でこの病院を支援してきた。

しかしバリーほど気前のよい寄贈者は多くなかった。すると当然のように「なぜJ・M・バリーは『ピーター・パン』を小児病院に寄贈したのか?」という問いが浮かんでくる。一九四八年にイギリスの国民医療制度(NHS)に含まれるまで、この病院の経営は個人的な寄付と公共の援助にたよっていた。J・M・バリーは気前のいい人物として知られており、ロンドンに出てきて最初の数年間に住んでいたところがこの病院のすぐ近くだったので親しみをもっていた。バリーの名前が記されたいちばん古い病院の記録は、一九〇一年の大みそかに開かれた基金集めのためのパーティーの出席者名簿である。初めて個人的に寄贈したのが一九〇八年だ。一九二二年にサウス・イースト・ロンドンのキャットフォードにピーター・パン遊園地が開園したときには、バリーはその収益が直接この病院に入るように手配した。彼の個人的秘書を務めたレディ・シンシア・アスキスはウィームズ伯爵の娘であり、ウィームズ伯は当時この病院の経営委員会議長を務めていたので、バリーは事情をよく理解していたのだろう。

一九二九年二月、小児病院は隣接するコラムズ・フィールドの孤児養育院の跡地を買いとろうとした。バリーは理事たちに基金募集のキャンペーンに協力してほしいと頼まれたが辞退し、「いつかそのうちに、援助する手段をととのえます……私は何回かそこを通ったことがあるし、この計画がうまくいくよう望んでいます」と告げた。そして二か月後、彼は『ピーター・パン』の版権をすべて小児病院に寄贈すると発表して、理事会ばかりか世界中の人々を驚愕させたのだ。病院の事務局長ジェイムズ・マッケイはこれを「驚くべき贈り物」と言い、院長を務める皇太子（のちの国王エドワード八世）は、直接バリーに感謝の手紙を書いた。

続く一二月にはバリーが提案して、病棟のひとつで『ピーター・パン』の「子ども部屋のシーン」がサー・ジェラルド・デュ・モーリアとジーン・フォーブス・ロバートソンを始めとするキャストによって演じられた。集まった患者や看護師や医師はそれを見て大いに楽しみ、バリー自身も背景の陰から見ていた。いつしか『ピーター・パン』のロンドン公演のキャストはこの病院で芝居の一部を演じ、病棟を訪問することが伝統となった。それは今も続いており、役者たちはバリーの遺産がどれほど子どもたちの役に立っているかをじかに知り、心を打たれるのが常である。

一九三〇年、この病院はピーター・パン同盟を設立した。これは『クマのプーさん』を書いた作家のA・A・ミルンとその挿絵画家E・H・シェパードが子どもたちに「病気になって慰めが必要な子を助けよう」と呼びかけて設立したものだ。同じ年の病院改築資金を募るための晩餐会ではバリーが司会を務め、スピーチの中で「ずっとむかし、ピーター・パンは病気になって小児病院に入院していたことがあります。私にこの病院の役に立つようなちょっとしたお手伝いをさせたのは、ピーター・パンだったのです」と語った。ピーター・パン病棟、ティンカーベル・プレイエリア、エントランスのピーター・パン像、病院内のチャペルに掲げられたサー・ジェイムズ・バリーの記念プレートは、病院からバリーへの感謝のしるしである。バリーの――そして「大人にならない少年」の――名前は患者とその両親の心の中で、そしてこの病院で働くすべての人々の心の中で特別な位置を占めている。

この病院は長いあいだ通りの名前と密接に結びつけられてきたので、一九九〇年代になって公式にグレート・オーモンド・ストリート小児病院と改称された。この病院は今日では世界的にも最先端の医療を行う小児科専門病院のひとつとなっており、イギリス全土から熱心な小児医療の専門家が集まり、国民医療制度によって対象患者に無料で治療を提供している。この病院の先進的な研究と治療は、国の内外から訪れる非常に希少な疾病や難病に苦しむ子どもたちや生命の危険がある子どもたちに希望を与えるものだ。日常的な病院経営のコストは国民医療制度によってまかなわれているが、基金からの収入のおかげで子どもたちに最先端の医療を提供することができている。J・M・バリーの心のこもった遺産はこの病院の再建、研究、最新機器の導入を助け、子どもたちが八〇歳を越えるまで生きられるよう助けているのだ。

クリスティーヌ・ド・プーティア
ピーター・パン部長
グレート・オーモンド・ストリート小児病院チャリティ

参考文献

J.M.BARRIE の作品

A. Collected Editions

Kirriemuir Edition of the Works of J. M. Barrie. 10 vols. London: Hodder & Stoughton, 1913.

The Definitive Edition of the Plays of J. M. Barrie. Ed. A. E. Wilson. London: Hodder & Stoughton, 1942.

B. Individual Works

Better Dead. London: Swann, Sonnenschein, Lowrey; 1888.

Auld Licht Idylls. London: Hodder & Stoughton, 1888.

When a Man's Single. London: Hodder & Stoughton, 1888.

An Edinburgh Eleven. London: Office of the "British Weekly," 1889.

A Window in Thrums. London: Hodder & Stoughton, 1889.

My Lady Nicotine. London: Hodder & Stoughton, 1890.

Richard Savage. London: privately printed, 1891.

The Little Minister. London: Cassell, 1891.

Margaret Ogilvy, by Her Son, J. M, Barrie. London: Hodder & Stoughton, 1896.

Sentimental Tommy. London: Cassell, 1896.

Tommy and Grizel. London: Cassell, 1900.

The Wedding Guest. Hodder & Stoughton, 1900.

The Boy Castaways of Black Lake Island. London: J. M. Barrie in the Gloucester Road, 1901.

The Little White Bird; or, Adventures in Kensington Gardens. London: Hodder & Stoughton, 1902.『小さな白い鳥』鈴木重敏訳、パロル舎、2003 年。

Peter Pan in Kensington Gardens. London: Hodder & Stoughton, 1906.『ケンジントン公園のピーター・パン』南條武則訳、光文社古典新訳文庫、2017 年、他。

Walker, London. New York & London: S. French, 1907.

Peter and Wendy. London: Hodder & Stoughton, 1911.『ピーター・パンとウェンディ』石井桃子訳、福音館文庫、2003 年、他。

Quality Street. London: Hodder & Stoughton, 1913.

The Admirable Crichton. London: Hodder & Stoughton, 1914.『あっぱれ、クライトン』福田恆存翻訳全集第 8 巻、文藝春秋者、1993 年に収録。

Half Hours. London: Hodder & Stoughton, 1914.

"Der Tag"; or, The Tragic Man. London: Hodder & Stoughton, 1914.

Alice-Sit-by-the-Fire. London: Hodder & Stoughton, 1918.

Echoes of the War. London: Hodder & Stoughton, 1918.

Mary Rose. London: Hodder & Stoughton, 1918.

Courage. London: Hodder & Stoughton, 1922.

Dear Brutus. London: Hodder & Stoughton, 1922.

"Neil and Tintinnabulum." In *The Flying Carpet.* Ed. Cynthia Asquith. London: Partridge, 1925. Pp. 65-95.

"The Blot on Peter Pan." *The Treasure Ship: A Book of Prose and Verse.* Ed. Cynthia Asquith. London: S. W. Partridge, 1926. Pp. 82-100.

Peter Pan, or The Boy Who Would Not Grow Up. London: Hodder & Stoughton, 1928.『大人になりたくないピーター・パン』塗木桂子訳、大阪教育図書、2007 年。

Shall We Join the Ladies? London: Hodder & Stoughton, 1929.

The Greenwood Hat. Edinburgh: Constable, 1930.

Farewell Miss Julie Logan. London: Hodder & Stoughton, 1932.

The Boy David. London: Peter Davies, 1938.

M'Connachie & J. M. B. London: Peter Davies, 1938.

The Letters of J. M. Barrie. Ed. Viola Meynell. London: Peter Davies, 1942.

When Wendy Grew Up, An Afterthought. Foreword by Sydney Blow. Edinburgh: Thomas Nelson, 1957.

Ibsen's Ghosr; or, Toole Up-to-Date. London: Cecil Woolf, 1975.

その他の参考文献

Allen, David Rayvern. *Peter Pan & Cricket.* London: Constable, 1988.

Aller, Susan Bivin. *J. M. Barrie: The Magic behind Peter Pan.* Minneapolis: Lerner, 1994.『ピーター・パンがかけた魔法――J.M. バリー』スーザン・ビビン・アラー著、奥田実紀訳、文渓堂、2005年。

Alton, Anne Hiebert. *Peter Pan.* Peterborough. Ontario: Broadview Press, 2011.

Anon. "*Peter Pan*, at the Duke of York's. *Illustrated London News,* January 7, 1905.

Ansell, Mary, *Dogs and Men.* London: Duckworth, 1924.

Asquith, Cynthia. *Portrait of Barrie.* London: James Barrie, 1954.

---. Diaries: 1915-1918. London: Hutchinson, 1968.

Atzmon, Leslie. "Arthur Rackham's Phrenological Landscape: In-betweens, Goblins, and Femmes Fatales." *Design Issues* 18 (2002): 64-83.

Avery, Gillian. "The Cult of Peter Pan." *Word & Image* 2 (1986): 173-85.

Babbitt, Natalie. "Fantasy and the Classic Hero." In *Innocence and Experience: Essays and Conversations on Children's Literature.* Ed. B. Harrison and G. Maguire. New York: Lothrop, Lee & Shepard, 1987.

Barker, H. Granville. "J. M. Barrie as Dramatist." *The Bookman* 39 (1910): 13-21.

Baum, Rob K. "Travesty; Peterhood and the Flight of a Lost Girl." *New England Theatre Journal* 9 (1998): 7 1-97.

Bell, Elizabeth. "Do You Believe in Fairies? Peter Pan, Walt Disney and Me." *Women's Studies in Communication* 19 (1996): 103-26.

Bendure, Joan C. *The Newfoundland Dog: Companion Dog-Water Dog.* New York: Macmillan, 1994.

Billone, Amy, "The Boy Who Lived: From Carroll's Alice and Barrie's Peter Pan to Rowling's Harry Potter." *Children's Literature* 32 (2004): 178-202.

Birkin, Andrew. *J. M. Barrie and the Lost Boys: The Love Story That Gave Birth to Peter Pan.* New York: Clarkson N. Potter, 1979.『ロスト・ボーイズ――J.M. バリとピーター・パン誕生の物語』アンドリュー・バーキン著、鈴木重敏訳、新書館、1991年。

---. Introduction. *Peter Pan, or the Boy Who Wouldn't Grow Up.* London: The Folio Society, 1992.

---. *J. M. Barrie and the Lost Boys.* New Haven, CT: Yale University Press, 2003.

---. "Introduction." *Peter Pan in Kensingtone Gardens.* By J. M. Barrie. London: The Folio Society, 2004.

Blackburn, William. "Mirror in the Sea: *Treasure Island* and the Internalization of Juvenile Romance." *Children's Literature Association Quarterly* 8 (1983): 7-12.

---. "Peter Pan and the Contemporary Adolescent Novel." *Proceedings of the Ninth Annual Conference of the Children's Literature Association.* Boston: Northeastern University; 1983.

Blake, George. *Barrie and the Kailyard School.* London: Arthur Barker, 1951.

Blake, Kathleen. "The Sea-Dream: Peter Pan and Treasure Island. " *Children's Literature* 6 (1977): 165-81.

Braybrooke, Patrick. *J. M. Barrie: A Study in Fairies and Mortals.* Philadelphia: Lippincott, 1924.

Briggs, K. M. *The Fairies in English Tradition and Literature.* Chicago: University of Chicago Press, 1967.

Bristow, Joseph. *Empire Boys: Adventures in a Man's World.* London: HarperCollins, 1991.

Brophy, Brigid, Michael Levey; and Charles Osborne. "Peter Pan." *Fifty Works of English Literature We Could Do Without.* London: Rapp & Carroll, 1967. Pp. 109-12.

Buckingham, David. *After the Death of Childhood: Growing Up in the Age of Electronic Media.* Cambridge, MA: Polity, 2000.

Byrd, M. Lynn. "Somewhere Outside the Forest: Ecological Ambivalence in Neverland from *The Little White Bird to Hook.*" *In Wild Things: Children's Culture and Ecocriticism.* Ed. Sidney I. Dobrin and Kenneth B. Kidd. Detroit: Wayne State University Press, 2004. Pp. 48-70.

Card, James. "Rescuing Peter Pan." *In Seductive Cinema: The Art of Silent Film.* New York: Alfred A. Knopf, 1994. Pp. 81-98.

Carpenter, Humphrey. *Secret Gardens: A Study of the Golden Age of Children's Literature.* Sydney: Allen & Unwin, 1987.『秘密の花園———英米児童文学の黄金時代』ハンフリー・カーペンター著、定松正訳、こびあん書房、1988年。

Chalmers, Patrick. *The Barrie Inspiration.* London: Peter Davies, 1938.

Chase, Pauline. *Peter Pan's Postbag: Letters to Pauline Chase.* London: Heinemann, 1909.

Chassagnol, Monique. "Representing Masculinity in James Barrie's *Peter Pan.*" In *Ways of Being Male: Representing Masculinities in Children 's Literature and Film.* Ed. John Stephens. New York: Routledge, 2002. Pp. 200-15.

Coats, Karen. *Looking Glasses and Neverlands: Lacan, Desire dud Subjectivity in Children's Literature.* Iowa City: University of Iowa Press, 2004.

Colley, Linda. Captives: Britain, Empire, and the World, 1600-1850. New York: Random House/Anchor Books, 2004.『虜囚———1600～1850年のイギリス、帝国、そして世界』リンダ・コリー著、中村裕子、土平紀子訳、法政大学出版局、2016年。

Connolly; Cyril. *Enemies of Promise.* New York: Macmillan, 1948.

Coveney, Peter. *The Image of Childhood.* Baltimore: Penguin, 1967.

Crafton, Donald. "The Last Night in the Nursery: Walt Disney's *Peter Pan.*" *The Velvet Light Trap,* 24 (1989): 33-52.

Crowther, Bosley. "The Screen: Disney's 'Peter Pan' Bows." *New York Times,* February 12, 1953.

Cutler, B. D. *Sir James M, Barrie, A Bibliography,* New York: Greenberg, 1931.

Daiches, David. "The Sexless Sentimentalist." *The Listener* 63 (1960): 841J-3.

Darlington, William Aubrey. *J. M. Barrie.* London: Blackie & Son, 1938.

Darton, F. J. Harvey. *J. M. Barrie.* London: Nisbet, 1929.

Davis, Tracy C. "'Do You Believe in Fairies?': The Hiss of Dramatic License." *Theatre Journal* 57 (2005): 57-81.

Deloria. Philip, and Neal Salisbury. *A Companion to American Indian History.* London: Wiley Blackwell, 2004.

Doyle, Sir Arthur Conan. *The Coming of the Fairies.* 1922. London: Pavilion, 1997.『妖精の出現———コティングリー妖精事件』サー・アーサー・コナン・ドイル著、井村君江訳、あんず堂、1998年。

Dunbar, Janet. *J. M. Barrie: The Man Behind the Image.* New York: Houghton Mifflin, 1970.

Eby, Cecil Degrotte. *The Road to Armageddon: The Martial Spirit in English Popular Literature, 1870-1914.* Durham, NC: Duke University Press, 1987.

Egan, Michael. "The Neverland of Id: Barrie, Peter Pan, and Freud." *Children's Literature* 10 (1982): 37-55.

Elder, Michael. *The Young James Barrie.* Illus. Susan Gibson. London: Macdonald, l 968.

Fiedler, Leslie. "The Eye of Innocence." In *Salinger: A Critical and Personal Portrait.* Ed. Henry Anatole Grunwald, New York: Harper & Row. pp. 218-45.

Fields, Armond. *Maude Adams: Idol of American Theater,* 1872-1953. Jefferson, NC: McFarland, 2004.

Fox, Paul. "Other Maps Showing Through: The Liminal Identities of Neverland." *Children's Literature Association Quarterly* 32 (2007): 252-69.

Franz, Marie-Louise von. *The Problem of the Puer Aeternus.* Toronto: Inner City Books, 2000.

Galbraith, Gretchen R. *Reading Lives: Reconstructing Childhood, Books, and Schools in Britain, 1870-1920.* London: Macmillan, 1997.

Garber, Marjorie. *Vested Interests: Cross-Dressing and Cultural Anxiety.* London: Penguin, 1992.

Garland, Herbert. *A Bibliography of the Writings of Sir James Matthew Barrie Bart., O. M.* London: Bookman's Journal, 1928.

Geduld, Harry M. *Sir James Barrie.* New York; Twayne, 1971.

Gibson, Lois Rauch. "Beyond the Apron: Archetypes, Stereotypes, and Alternative Portrayals of Mothers in Children's Literature." *Children's Literature Association Quarterly* 13 (1988): 177-81.

Gilead, Sarah. "Magic Abjured: Closure in Children's Fantasy Fiction." *Literature for Children: Contemporary Criticism.* Ed. Peter Hunt. London: Routledge, 1992. pp. 80-109.

Goddard, Ives. "'I Am a Red-Skin': The Adoption of a Native American Expression (1769-1826)." *Native American Studies* 19 (2005): 1-20.

Golstein, Vladimir. "Anna Karenina's Peter Pan Syndrome." *Tolstoy Studies Journal* 10 (1998): 29-41.

Green, Martin. "The Charm of Peter Pan." *Children's Literature: Annual of the Modern Language Association Division on Children's Literature and the Children's Literature Association* 1981 (9): 19-27.

Green, Roger Lancelyn. *Fifty Years of Peter Pan.* London: Peter Davies, 1954.

---. *J. M. Barrie.* New York: Henry Z. Walck, 1961.

Greenham, Robert. *It Might Have Been Raining: The Remarkable Story of J. M, Barrie's Housekeeper at Black Lake Cottage.* Maidstone, Kent, UK: Elijah, 2005.

Griffith, John. "Making Wishes Innocent: Peter Pan." *The Lion and the Unicorn* 3 (1979): 28-37.

Gubar, Marah. Artful Dodgers: *Reconceiving the Golden Age of Children's Literature.* Oxford: Oxford University Press, 2009.

Hammerton, John Alexander. *J. M. Barrie and His Books: Biographicd and Critical Studies.* London: Horace Marshall & Son, 1900.

---. *Barrie: The Story of a Genius.* New York: Dodd, Mead & Co., 1929.

---. *Barrieland: A Thrums Pilgrimage.* London: Sampson Low & Co., 1929.

Hanson, Bruce K. *The Peter Pan Chronicles: The Nearly One-Hundred- Year History of "The Boy Who Wouldn't Grow Up."* New York: Birch Lane Press, 1993.

Hayter-Menzies, Grant. *Mrs. Ziegfield: The Public and Private Lives of Billie Burke.* Jefferson, NC: McFarland, 2009.

Hearn. Michael Patrick. "Introduction to J. M. Barrie's *Peter and Wendy.*" *Peter Pan: The Complete Book.* Montreal: Tundra Books, 1988.

Hollindale, Peter. Introduction. *Peter Pan in Kensington Garden: and Peter and Wendy.* Oxford: Oxford University Press, 1991. Pp. vii-xxviii.

---. "Peter Pan, Captain Hook and the Book of the Video." *Signal* 72 (1993): 152-75.

---. " Peter Pan: The Text and the Myth. " *Children's Literature in Education* 24 (1993): 19-30.

---., ed. *J. M. Barrie: Peter Pan and Other Plays.* Oxford: Oxford University Press, 2008.

Hudson. Derek. *Arthur Rackham, His Life and Work.* London: Heinemam, 1960.

Jack, R. D. S. "The Manuscript of Peter Pan." *Children's Literature* 18 (1990): 101-13.

---. *The Road to the Never Land: A Reassessment of J. M. Barrie's Dramatic Art.*

Aberdeen, Scotland: Aberdeen University Press, 1991.

John, Judith Gero. "The Legacy of Peter Pan and Wendy Images of Lost Innocence and Social Consequences in *Harriet the Spy.* " In *The Image of the Child: Proceedings of the 1991 International Conference of The Children's Literature Association.* Battle Creek, MI: Children's Literature Association, 1991. Pp. 168-73.

Karpe, M. "The Origins of Peter Pan," *Psychoanalytic Review* 43 (1956): 104-10.

Kavey, Allison B., and Lester D. Friedman. *Second Star to the Right: Peter Pan in the Popular Imagination.* New Brunswick, NJ: Rutgers University Press, 2009.

Kelley -Lainé, Kathleen. *Peter Pan: The Story of a Lost Childhood.* Trans. Nissim Marshall. Rockport, MA: Element Books, 1997.

Kennedy, John. *Thrums and Barrie Country.* London: Heath Cranton, 1930.

Kiley; Dan. *The Peter Pan Syndrome: Men Who Have Never Grown Up.* New York: Dodd, Mead, 1983.『ピーター・パン・シンドローム——なぜ、彼らは大人になれないのか』ダン・カイリー著、小此木啓吾訳、祥伝社、1984年。

----. *The Wendy Dilemma: When Women Stop Mothering their Men.* Westminster, MD: Arbor House, 1984.『ウェンディ・ジレンマ——"愛の罠"から抜けだすために』ダン・カイリー著、尾島恵子訳、祥伝社、1984年。

Kincaid, James. *Child-Loving: The Erotic Child and Victorian Culture.* New York: Routiedge, 1992.

Kissel, Susan. S. "'But When at Last She Really Came, I Shot Her': Peter Pan and the Drama of Gender." *Children's Literature in Education* 19 (1988): 32-41.

Knoepflmacher, U. C. *Ventures into Childland: Victorians, Fajry-Tales and Femininity.* Chicago: University of Chicago Press, 1998.

Konstam, Angus, and Roger Michael Kean. *Pirates --- Predators of the Sess; An Illustrated History.* New York: Skyhorse, 2007.

Kutzer, M. Daphne. *Empire's Children: Empire and Imperialism in Classic 13ritish Children's Books.* New York: Garland, 2000.

Lane, Anthony. "Lost Boys: Why J. M. Barrie Created Peter Pan." *The New Yorker,* November 22, 2004. Pp. 98-103.

Le Gallienne, Eva. *With a Quiet Heart: An Autobiography of Eva Le Gallienne,* New York: Viking, 1953.

Lewis, Naomi. "J. M. Barrie." In *Twentieth Century Children's Writers.* Ed. Daniel Kirkpatrick. New York: Macmillan, 1978.

Linetski, Vadim. "The Promise of Expression to the 'Inexpressible Child': Deleuze, Derrida and the Impossibility of Adult's Literature." *Other Voices: The e-Journal Of Cultural Criticism* (January 1999).

Lundquist, Lynne. "Living Dolls: Images of Immortality in Children's Literature." In *Immortal Engines: Life Extension and Immortality in Science Fiction and Fantasy.* Ed. George Slusser, Gary Westfahl, and Eric S. Rabkin. Athens: University of Georgia Press, 1996. Pp. 201-10.

Lurie, Alison. "The Boy Who Couldn't Grow Up." *The New York Review of Books*, February 1975. Pp. 11-15.

---. *Don't Tell the Grown-Ups: The Subversive Power of Children's Literature*. Boston: Little, Brown, 1990.

Lynch, Catherine M. "Winnie Foster and Peter Pan: Facing the Dilemma of Growth." *Children's Literature Association Quarterly* 7 (1982): 107-11.

Mackail, Denis. *Barrie: The Story of J. M. B.* London: Peter Davies, 1941.

Marcosson, Isaac F., and Daniel Frohman. *Charles Frohman: Manager and Man*. New York: Harper & Brothers, 1916.

Markgraf, Carl. *J. M. Barrie: An Annotated Secondary Bibliography*. Greensboro, NC: ELT Press, 1989.

McQuade, Brett. "Peter Pan: Disney's Adaptation of J. M. Barrie's Original Work." *Mythlore* 75 (1995): 5-9.

Merivale, Patricia. *Pan the Goat-God: His Myth in Modern Times*. Cambridge, MA: Harvard University Press, 1969.

Miller, Laura. "The Lost Boy." *New York Times Book Review*, December 14, 2003. P. 35.

Morgan, Adrian. *Toads and Toadstools: The Natural History, Folklore, and Cultural Oddities of a Strange Association*. Berkeley, CA: Celestial Arts, 1995.

Morley, Sheridan. "The First *Peter Pan*." *Theatre's Strangest Acts: Extraordinary But True Tales from Theatre's Colourful History*. London: Robson, 2006. Pp. 44-48.

Moult. Thomas. *Barrie*. London: Jonathan Cape, 1928.

Nash, Andrew. "Ghostly Endings: The Evolution of J. M. Barrie's Farewell Miss Julie Logan." *Studies in Scottish Literature* 33 (2004): 124-37.

Nelson, Claudia. *Boys Will Be Girls: The Feminine Ethic and British Children's Fiction, 1857-1917*. New Brunswick, NJ: Rutgers University Press, 1991.

Nesbit, E. *Five Children and It*. New York: Random House, 2010. 『砂の妖精』イーディス・ネズビット著、石井桃子訳、福音館書店、2002年。

Nikolajeva, Maria. *From Mythic to Linear: Time in Children's Literature*. Lanham, MD: Children's Literature Association and Scarecrow Press, 2000.

Ogilvie. Daniel M. *Fantasies of Flight*. Oxford: Oxford University Press, 2004.

---. "Margaret's Smile." In *Handbook of Psychobiography*. Ed. William Todd Schultz. Oxford: Oxford University Press, 2005. Pp. 175-87.

Ormond. Leonée. *J. M. Barrie*. Edinburgh: Scottish Academic Press, 1987.

Pace, Patricia. "Robert Bly Does Peter Pan: The Inner Child as Father to the Man in Steven Spielberg's *Hook*." *The Lion and the Unicorn* 20 (1996): 11 3-20.

Perrot. Jean. "Pan and *Puer Aeternus*: Aestheticism and the Spirit of the Age." *Poetics Today* 13 (1992): 155-67.

Powell. Michelle. "An Awfully Big Adventure." www.amprep.org/past/peter/peterl.html.

Robbins. Phyllis. *Maude Adams: An Intimate Portrait*. New York: G. P. Putnam's Sons, 1956.

Rose, Jacqueline. *The Case of Peter Pan, or The Impossibility of Children's Fiction*. London: Macmillan, 1984.『ピータ・パンの場合———児童文学などありえない?』ジャクリーン・ローズ著、鈴木晶訳、新曜社、2009年。

---. "State and Language: *Peter Pan* as Written for the Child." In *Language. Gender, and Childhood*. Ed. Carolyn Steedman. Cathy Unwin, and Valerie Walkerdine. London: Routledge, 1985. Pp. 88-112.

Rotert, Richard. "The Kiss in a Box." *Children's Literature* 18 (1990): 114-23.

Routh, Chris. "Peter Pan: Flawed or Fledgling 'Hero'?" In *A Necessary Fantasy? The Heroic Figure in Children's Popular Culture*. New York: Routledge, 2000. Pp. 291-307.

---. "'Man for the Sword and for the Needle She': Illustrations of Wendy's Role in J. M. Barrie's *Peter and Wendy*." *Children's Literature in Education* 32 (2001): 57-75.

Rowling. J. K. *Harry Potter and the Sorcerer's Stone*. New York: Scholastic, 1997.『ハリー・ポッターと賢者の石』J.K. ローリング著、松岡佑子訳、静山社、1999年。

Roy, James A. *James Matthew Barrie*. London: Jarrolds, 1937.

Russell, Patricia Read. "Parallel Romantic Fantasies: Barrie's *Peter Pan* and Spielberg's *E. T.: The Extraterrestrial*. " *Children's Literature Association Quarterly* 8 (1993): 28-30.

Rustin, Michael. "A Defence of Children's Fiction: Another Reading of Peter Pan." *Free Associations* 2 (1985): 128-48.

Seville, Catherine. "Peter Pan's Rights: To Protect or Petrify?" *Cambridge Quarterly* 33 (2004): 119-54.

Sibley, Carroll. *Barrie and His Contemporaries*. Webster Groves, MO: International Mark Twain Society, 1936.

Smollett, Tobias. *The Works of Tobias Smollett*. London: B. Law, 1797.

Starkey, Penelope Schott. "The Many Mothers of Peter Pan: An Explanation and

Lamentation." *Research Studies* 42 (1974): 1-10.

Stevenson, Lionel. "A Source for Barrie's Peter Pan." *Philological Quarterly* 7 (1929): 210-14.

Stewart, Angus. "Captain Hook's Secret." *Scottish Literary Journal* 25 (1998): 45-53.

Tarr, Carol Anita. "Shifting Images of Adulthood: From Barrie's *Peter Pan* to Spielberg's *Hook*." In T*he Antic Art: Enhancing Children's Literary Experiences through Film and Video*. Ed. Lucy Rollin. Fort Atkinson, WI: Highsmith, 1993. Pp. 63-72.

Telfer, Kevin. *The Remarkable Story of Great Ormond Street Hospital.* New York: Simon & Schuster, 2008.

Toby, Marlene, and Carol Greene. *James M, Barrie: Author of* Peter Pan. Danbury, CT: Children's Press, 1995.

Twain, Mark. *The Adventures of Tom Sauwyer.* New York: New American Library, 1980.『トム・ソーヤーの冒険』マーク・トウェイン著、柴田元幸訳、新潮社、2012年、他。

Walbrook, H. M. *J. M. Barrie and the Theatre*. London: F. V. White, 1922.

Wellhousen, Karyn, and Zenong Ym. "'Peter Pan Isn't a Girls' Part': An Investigation of Gender Bias in a Kindergarten Classroom." *Women and Language* 22 ((1997): 35-39.

White, Donna R., and C. Anita Tarr, eds. *J. M. Barrie's* Peter Pan *In and Out of Time: A Children's Classic at 100*. Lanham, MD: *Children's Literature* Association and Scarecrow Press, 2006.

Williams, David Park. "Hook and Ahab: Barrie's Sttange Satire on Melville." *PMLA* 80 (1965): 483-88.

Wilson, Ann. "Hauntings: Anxiety, Technology, and Gender in *Peter Pan*." *Modern Drama* 43 (2000): 595-610.

Winter, Douglas E. *Clive Barker: The Dark Fantastic*. New York: HarperCollins, 2001.

Wolf, Stacy. "'Never Gonna Be a Man / Catch Me If You Can / I Won't Grow Up': A Lesbian Account of Mary Martin as Peter Pan." *Theatre Journal* 49 (1997): 493-509.

Woollcott, Alexander. *Shouts and Murmurs: Echoes of a Thousand and One First Nights*. New York: The Century Co., 1922.

Wright. Allen. *J. M. Barrie: Glamour of Twilight*. Edinburgh: Ramsay' Head Press, 1976.

Wullschläger, Jackie. *Inventing Wonderland: The Lives and Fantasies of Lewis Carroll, Edward Lear, J. M. Barrje. Kenneth Grahame, and A. A. Milne.* New York: Free Press, 1995.

Yeoman, Ann. *Now or Neverland: Peter Pan and the Myth of Eternal Youth. A Psychological Perspective on a Cultural Icon.* Toronto: Inner City Books, 1999.

Zipes, Jack. *Sticks and Stones: The Troublesome Success of Children's Literature from Slovenly Peter to Harry Potter* New York: Routledge, 2001.

---. Introduction. *Peter Pan: Peter and Wendy and Peter Pan in Kensington Gardens.* New York: Penguin, 2004. Pp. vii-xxxii.

www.gosh,org/peterpan. Great Ormond Street Hospital website for Peter Pan, with a gallery of illustrations and other resources.

www.jmbarrie.co.uk. Website hosted by Andrew Birkin.

www.jmbarrie.net. Website hosted by J. M. Barrie Society.

www.kirriemuirheritage.org. Website of the Kirriemuir Heritage Trust, formed to protect and develop the heritage of J. M. Barrie's birthplace and its surrounding district.

www.moatbrae.org. Website for Moat Brae House, a Georgian townhouse in Dumfties, Scotland, where J. M. Barrie played pirates while a pupil at Dumfries Academy.

【カバー写真提供】HIP ／ PPS 通信社

【著者】J・M・バリー（J. M. Barrie）

1860 ～ 1937年スコットランド生まれ。『ピーター・パン』をはじめとする様々な小説や戯曲を執筆した。エディンバラ大学卒業。1911年にこれまでの戯曲や原型作の最終版として『ピーター・パンとウェンディ』を刊行。1919年にセント・アンドルーズ大学の学長、1930年にエディンバラ大学学長。

【編者】マリア・タタール（Maria Tatar）

1945年ドイツ生まれ。プリンストン大学で博士号。ハーヴァード大学人文学部長。専門は児童文学、ドイツ文学、民俗学。児童文学、ファンタジーに関する著書多数。長年の研究とその成果に対して全米人文科学基金、グッゲンハイム財団、ラドクリフ高等研究所などから賞を授与されている。

【日本語版監修】川端有子（かわばた・ありこ）

児童文学研究者。日本女子大学家政学部児童学科教授。1985年神戸大学文学部英文科卒。ローハンプトン大学文学部で博士号取得。著書に『少女小説から世界が見える ペリーヌはなぜ英語が話せたか』『児童文学の教科書』などがある。

【訳者】伊藤はるみ（いとう・はるみ）

1953年、名古屋市生まれ。愛知県立大学外国語学部フランス学科卒。主な訳書にジュディス・フランダーズ『クリスマスの歴史』、M・J・ドハティ『図説アーサー王と円卓の騎士』、イアン・ウィリアムズ『バーベキューの歴史』、G・マテ『身体が「ノー」と言うとき』などがある。

［ヴィジュアル注釈版］
ピーター・パン
下

2020年7月20日　第1刷

著者…………J・M・バリー
編者…………マリア・タタール
日本語版監修…………川端有子
訳者…………伊藤はるみ

装幀・本文 AD…………岡孝治＋森繭

発行者…………成瀬雅人
発行所…………株式会社原書房

〒160-0022 東京都新宿区新宿 1-25-13
電話・代表 03（3354）0685
http://www.harashobo.co.jp
振替・00150-6-151594

印刷…………シナノ印刷株式会社
製本…………東京美術紙工協業組合

ISBN978-4-562-05774-0, Printed in Japan